人间椅子

[日] 江户川乱步—著
焦玥　庄前—译

時代文藝出版社
SHIDAI WENYI CHUBANSHE

图书在版编目（CIP）数据

人间椅子 / (日) 江户川乱步著；焦玥, 庄前译
. -- 长春：时代文艺出版社, 2023.8（2025.3重印）
ISBN 978-7-5387-6321-8

Ⅰ. ①人… Ⅱ. ①江… ②焦… ③庄… Ⅲ. ①推理小说—小说集—日本—现代 Ⅳ. ①I313.45

中国版本图书馆CIP数据核字(2022)第113923号

人间椅子

RENJIAN YIZI

[日] 江户川乱步 著 焦玥 庄前 译

出品人：吴 刚
产品总监：郝秋月
责任编辑：张洪双
封面绘制：张宇欣
装帧设计：黄鑫妍 陈 阳
排版制作：陈 阳

出版发行：时代文艺出版社
地　　址：长春市福祉大路5788号 龙腾国际大厦A座15层（130118）
电　　话：0431-81629751（总编办） 0431-81629758（发行部）
官方微博：weibo.com/tlapress
开　　本：880mm × 1230mm 1/32
印　　张：11.5
字　　数：245千字
印　　刷：三河市万龙印装有限公司
版　　次：2023年8月第1版
印　　次：2025年3月第2次印刷
书　　号：ISBN 978-7-5387-6321-8
定　　价：49.80元

目录

目次

人间椅子

人間椅子

にんげんいす

那是仅有触觉、听觉与微弱嗅觉的爱恋，是隐匿于黑暗世界的爱恋，它绝不是俗世之物，而是恶魔之国的爱欲。

每天上午十点，目送上班的丈夫走出家门后，佳子才终于拥有自己的时间。每当这时，佳子总是待在与丈夫共用的书房里。最近，她正在为 K 杂志的夏季增刊创作长篇小说。

佳子是一位年轻貌美的女作家，近期声名鹊起，比她那任外务省书记官的丈夫还要知名一些，每天都会收到几封读者的来信。

在开始工作之前，她一定会把收到的信件从头到尾看一遍，今天也是如此。她在书桌前坐好，开始看读者的来信。

信的内容千篇一律，都是一些无聊的字句。但佳子性格善良体贴，只要是寄给自己的，无论什么样的信她都会浏览一遍。

她先从内容较少的开始，看完了两封信和一张明信片，最后剩下一封稿件一样厚重的信。像这样不提前告知就突然寄来稿子的情况时有发生，其中多数是一些冗长的无趣之作，但她依然拆开信封取出里面的纸稿，想着哪怕只看看标题也好。

果然，信封里装的是一摞装订好的稿纸，但不知为何，纸上既没写标题也没有署名，而是直接从“夫人”这一称呼开始。“难道这还真是一封信？”佳子想着，无意间扫了两三行，这几行内容让她莫名生出一种异样的不祥预感，但天生的好奇心促使她读了下去。

夫人：

我与夫人素昧平生，冒昧致信，望您海涵。

接下来我说的话肯定会让您感到吃惊，但我想在您面前坦白自己犯下的荒诞离奇的罪行。

最近几个月的时间里，我从人间销声匿迹，一直过着魔鬼一般的生活。当然，偌大的世界没有一人知道我的所作所为，若是没有意外，或许我会永远这样生活下去。

然而，最近我的心理发生了奇妙的转变，无论如何，我必须对这不幸的身世进行忏悔。只是这样说也许会引起您诸多的怀疑，但我恳请您把这封信读完。这样一来，您就会明白为什么我的心理会发生转变，也会明白为什么我一定要向您坦白。

那么，我该从哪里开始写起呢？这件事实在是过于惊世骇俗，用写信这种人类通用的方式说出来，总让人感觉有些害羞，难以下笔。但纠结也无济于事，总之，我就从事情的开始依次讲起吧。

我生来相貌丑陋，又因长期的颓废生活愈发难以入目，这一点还请您牢记于心。否则，若您接受了我无礼的请求愿意与我见面，却毫无准备地看到我的丑陋样貌，那您的反应对我来说是会难以承受的。

我的身世何其不幸啊！我虽面貌丑陋，但胸中却燃烧着不为人知的强烈热情。我忘记了自己怪物般丑陋的脸，忘记了自己只是一个穷困工匠的现实，不自量力地憧憬着甜美的、奢侈的、五彩斑斓的“梦”。

若我出生在更加富裕的家庭中，还可以借玩乐排解相貌的烦闷；若我被上天赋予一些艺术天分，还可以借优美的诗歌忘却世间的乏味。然而，不幸的我没有获得任何馈赠，只能悲哀地做一名家具工匠的儿子，靠继承父亲的手艺度日。

我专门制造各种椅子。无论多么挑剔的客户，都对我做的椅子称赞有加，所以公司特别关照我，给我的也都是一些高级订单。高级的椅子对靠背、扶手上的雕刻要求复杂，对垫子的质量、各部分的尺寸等细节也要求细致，工匠要花费的苦心是常人难以想象的。但付出的心血越多，椅子完成时的喜悦也就越大，说句不谦虚的话，我认为这份心情与艺术家完成得意之作时的成就感是差不多的。

每做好一把椅子，我都会先自己试坐一番，这是我在无趣的工匠生活中唯一感到满足的时刻。我会想象日后有什么人坐在这把椅子上，是高贵的绅士，还是美丽的夫人？定制的椅子都如此豪华，那么宅邸的房间布置也一定十分奢侈。想必，墙上挂着名家的油画，屋顶悬着华丽的水晶吊灯，地上铺着昂贵的地毯，这把椅子前的桌面上肯定也摆放着芬芳夺目的西洋花束。我沉浸在这种幻想中，感觉自己似乎变成了这个房间的主人。虽然只有一瞬，但那种愉快的心情实在是无法描述。

我的梦境还在无休止地延长。我——一个贫穷、丑陋的工匠，在幻想的世界中会变身成为一位高贵的公子，坐在这把我亲手制作的豪华的椅子上。身边，是总在梦中出现的美丽恋人在对我微笑，倾听我说的话。不仅如此，我们还十指相扣，甜蜜地呢喃耳语。

然而，无论何时，这样的美梦总是忽然之间被打破，邻居大妈喧闹的说话声、附近患病儿童歇斯底里的哭喊声把我拉回来，展现在我面前的依然是现实那丑恶的、灰色的残骸。回到现实中，我依然是悲哀又丑陋的自己，与梦中的公子毫无半点儿相似之处。刚才在我身边嫣然微笑的美人儿又在哪里？连附近整日灰头土脸的保姆都不愿理睬我。只有我做的椅子孤零零地立在那里，像是刚才美梦的遗物。但是，这把椅子也迟早有一天会离我而去，被搬往一个截然不同的世界。

就这样，每完成一把椅子，我的心中都会产生一种难以名状的空虚。这无法形容、令人厌恶的心情日积月累，逐渐变得让我难以忍受。

我开始认真地思考：与其继续过这种蛆虫一般的生活，还不如一死了之。在工场里埋头凿木材时、钉钉子时，或是搅拌刺鼻的涂料时，我都在固执地想着。但是，既然我都能下定决心去死，难道就没有其他办法了吗？比如……就这样，我的想法渐渐朝着恐怖的方向发展下去。

恰逢彼时，我被委托制作一批从未做过的大号真皮扶手椅。这批椅子要送往同在Y市的一家酒店，酒店老板是外国人，原本要从他的国家运送椅子过来，但公司经过一番周旋，说日本也有不输外国的椅子匠人，才终于拿到了订单。于是，我废寝忘食地投入到椅子的制作之中，真的是倾尽全力，沉迷其中。

看着完工的椅子，我感受到了前所未有的满足，这是我最为出色的作品，看得我入迷。按照惯例，我将四把一组的椅子搬出一把，放到向阳的房间地板上，悠闲地坐下来。这把椅子多么舒服啊！蓬松的坐垫软硬适中；触感柔软的鞣皮特意没有染色，保持了灰色的原貌；丰满的靠垫呈现出合适的斜度，轻轻地支撑着我的后背；两侧鼓起的扶手描绘出精致的曲线……所有的一切呈现出一种奇妙的和谐，把“安乐”一词展现得淋漓尽致。

我深深地陷进椅子里，双手摩挲着圆润的扶手陶醉其中，无止境的幻想带着彩虹般夺目的色彩接连翻涌而来。这就是幻象吗？心中所想的场景清晰地浮现在眼前，我甚至有些担心自己是不是发了疯。

这时，我脑海中突然冒出一个绝妙的想法，所谓恶魔的低语，大概就是这种情况吧。那是一个极其荒诞无稽、令人毛骨悚然的想法。然而，这种毛骨悚然却化为难以言表的魅力，怂恿、诱惑着我。

最初，我只是单纯地不想离开这把自己倾尽全力打造的椅子，如果可能的话，我还想与它如影随形。但在我展开幻想的羽翼时，不知不觉中，这个幻想与那天我脑海中发酵的恐怖想法结合在一起。那之后，我大概是真的疯了，我下决心要把这诡异至极的幻想变为现实。

我急忙将四把椅子中做得最好的一把拆开，改造成合适的样子以实施我的绝妙计划。

那把扶手椅相当大，座位下方四面包裹着皮革，靠背和扶手也非常厚重，这几处内部的空洞是互相连通的，完全可以藏进一个人而不会被发现。当然，椅子内部装有结实的木架和大量弹簧，但只要我对它稍加改动，留出足够的空间，并按照椅子的形状坐好——双腿放在座位下方，头和身体钻进靠背里，一个人就可以完全藏进椅子里。

木匠手艺是我的拿手好戏，所以我将椅子内部做得十分精巧便利。例如，我在一小块皮革上做出一条外面看不见的缝隙，用于呼吸和听取外部的声音；在靠背内部头边的位置做了一个小隔板用于储物，可以塞一些水壶和军用压缩饼干；准备了大橡胶袋以备不时之需，等等。我下了许多功夫，只要有食物，在里面待上两三天也没有任何不便。也就是说，我将这把椅子变成了一个单人房间。

我只穿一件衬衫，打开椅子底部的盖子钻了进去。那种感觉实在是怪异，漆黑、压抑，仿佛爬进了坟墓里。仔细想来，这里确实是我的坟墓。在我爬进这把椅子的同时，我就如同穿上隐身衣一样，从这人间消失了。

不久，公司就派人推着大板车来取货。我家中只有一个住家徒弟，他对此事一无所知，照常招呼着搬运工。装车时，一个工人大声抱怨道:“这家伙也太沉了!”藏在椅子中的我不禁吓了一跳。但好在扶手椅本身就很重，并没有引起他们格外的注意。不一会儿，板车“咔嗒咔嗒”的震动带来一种异样的触感，传进了我的身体。

一路上我提心吊胆，但就在当天下午，我藏身的这把椅子就不出意外地被安置进了酒店。后来我才知道，那里不是私人房间，而是一间类似休息室的地方，供人等候、读报、吸烟，总有人频繁出入。

想必您早就注意到了，我这古怪行动的首要目的，就是想趁着四下无人时从椅子里溜出来在酒店里转悠、行窃。谁能想到椅子里竟然藏了个大活人呢？我可以像影子一样自由自在地偷遍各个房间。当人们产生骚乱时，我就逃回椅子里屏住呼吸，欣赏他们四下搜查的愚蠢样子。不知您是否知道，海边有一种蟹叫作“寄居蟹”，它们的外表与大蜘蛛相似，会趁着没人时在附近横行霸道，但一听到脚步声就会飞快地缩回贝壳里，只伸出恶心的、毛茸茸的前爪探听敌人的动静。我就是“寄居蟹”——椅子就是我的贝壳，我不在海边，而是在酒店中肆意横行。

我这离奇古怪的计划竟出人意料地成功了，在到达酒店的第三天我就干了一票大的。盗窃时紧张又享受的心情，得手时难以言说的喜悦，以及看着众人在我眼前叫嚷着“逃到那边、逃到这边去了！”的滑稽样子，这一切都充满了神奇的魅力，让我乐在其中。

但遗憾的是，我没有时间为您详细说明。我在那里发现了比盗窃快活十倍、二十倍的怪异乐趣，坦白这一点才是我写这封信的真正目的。

一切要从我的椅子刚被放进酒店休息室时说起。

椅子刚送到时，酒店老板们前来查验，之后四周便静悄悄的，房间里大概没人。但我才刚刚到这里，实在不敢贸然从椅子里出来。在很长一段时间里（也可能只是我的感觉），我将自己的全部注意力集中在耳朵上，凝神细听周围的情况，不敢放过一丝响动。

就这样，过了一阵儿，大概是从走廊的方向传来一阵沉重的脚步声。距离我四五米处的地面开始铺有地毯，脚步声变得几乎微不可察，但能听到男人粗重的鼻息。忽然，一个似乎是西方人的大块头一下子坐在我的腿上，还轻轻地弹了两三下。我的大腿与男人结实的臀部之间只隔了薄薄的一层皮革，我甚至能感觉到他的体温。他宽大的肩膀刚好靠在我的胸前，宽大的手掌隔着皮革与我的手交叠。他似乎是在抽雪茄，一股浓厚的男性气息透过皮革的缝隙飘了进来。

夫人，请把自己带入我的位置想象一下，您就知道当时的场景有多么离奇诡异了。我惊恐万分，在黑暗中僵硬地缩起身体，腋下冷汗涔涔，大脑一片空白，完全丧失了思考能力。

从这个男人开始，那一天中，各式各样的人轮番坐在我的腿上，谁都没有注意到我在椅子里。他们都以为自己坐的是一块柔软的坐垫，没人知道那其实是一个鲜活人类的大腿。

这一方皮革天地暗无天日，我在其中也动弹不得——多么诡异又充满魅力的世界啊。在这里，我感知到的人类与平日所见的几乎完全不同，他们只不过是声音、鼻息、脚步声、衣服的摩擦声和几团富有弹力的肉块。我不看容貌，而是用触感来判断区分每一个人。有的人体态肥硕，触感像腐坏的菜肴；相反，有的人瘦骨嶙峋，像是一具尸骸。此外，脊梁骨的弯度、肩胛骨的宽度、手臂的长度、大腿的粗细或是尾椎骨的长短等等，综合所有的点来看，无论多么相似的身材，两者之间肯定存在差别，除了容貌和指纹之外，通过这种触摸全身的方法也完全可以将人区分开来。

关于异性也是如此。一般情况下，大家主要从容貌的美丑来评价她们，但在椅子中则丝毫没有这个问题，那里只有赤裸的肉体、嗓音和气味。

夫人，请原谅我这过于直白的讲述：我在椅子中对一位女性的肉体产生了强烈的爱意。那是第一个坐在我藏身的椅子上的女性。

从她的声音可以想象，那是一位涉世未深的外国少女。刚好，那时房间里空无一人，她似乎很开心，小声地哼着奇妙的歌，蹦跳着走进了房间。她来到我藏身的扶手椅前，丰满又极其柔软的肉体一下子就投向我的身上。而且，不知为何，她还突然一边哈哈大笑，一边手舞足蹈，像网里的鱼儿一般活蹦乱跳。

之后大约半小时的时间里，她一直坐在我的腿上，时不时地唱唱歌，还和着拍子扭动着沉重的身体。

对我来说，这实在是件始料未及的惊天大事。在我看来，女人是神圣的，不，几乎可以说是恐怖的存在，我甚至不敢直视她们的脸。但现在，我和一名毫不相识的异国少女同处一个房间、共坐一把椅子，我们之间仅隔着一层薄薄的皮革，近得可以感受到皮肤的温度。尽管如此，她依然安然自得，将全身的重量都交付给我，在一人独处的安心感下随意扭动着身体。椅子中的我可以装作抱紧她，可以隔着皮革亲吻她丰润的脖颈，还可以随心所欲地做任何事情。

自从有了这个惊人的发现，盗窃这一初衷已经退到了第二位，我完全沉浸到这神奇的触感世界中去了。我曾想，或许这个椅子中的世界才是上天赐予我的真正的归宿。在光明的世界中，像我这种丑陋又懦弱的男人，只能永远自卑、羞耻又悲惨地生活下去。然而，只要换一个世界，情况就会有所改变。在光明的世界里，别说能和淑女说上话了，就连靠近都不被允许。但在椅子中，只需忍耐一下这狭小的空间，我就可以接近她们，聆听她们的声音，触碰她们的肌肤。

椅中之恋！它的魅力多么奇妙又令人陶醉啊！没有真正钻到椅子中体验过是不会明白的。那是仅有触觉、听觉与微弱嗅觉的爱恋，是隐匿于黑暗世界的爱恋，它绝不是俗世之物，而是恶魔之国的爱欲。仔细想来，这世上，在人们看不见的角落里正在发生的是多么诡异、恐怖的事情，实在是超乎想象。

当然，按照最初的计划，我本打算一旦盗窃成功就马上逃离酒店的。但我沉浸在这世间罕见的喜悦之中无法自拔，别说逃离了，我甚至想在椅子中安家，让这样的生活永远继续下去。

每晚外出时我都慎之又慎，不发出一丁点儿声音，也没有让人看见，自然也没有什么危险。话虽如此，我已经在椅子中生活了好几个月，这漫长的时间里竟然没有一个人发现我，这连我自己都感到不可思议。

我几乎整天待在椅子里，一直保持着弯臂、屈膝的动作，身体也因此变得麻木僵硬，无法完全直立，最后只能像个瘫子一样爬行着往返于厨房或洗手间。我真是个疯子！这样的痛苦都没能让我放弃这奇妙的触感世界。

这里本就是一家酒店，虽然也有人在此长住一两个月，但每日的客人络绎不绝，我的奇妙恋情也只能随着时光的流逝不停地更换对象。而对于这些“恋人”，我并非像普通人那样只凭借容貌去留忆，取而代之的是她们身体的姿态。

她们有的像小马驹一样精悍，苗条又紧实；有的像蛇一样妖艳，活动自如；有的像橡胶球一样肥胖，充满脂肪与弹性；还有的像希腊雕塑一样坚实，肌肉强劲又发达……每一位女性的肉体都有其不同的特征和魅力。

就这样，辗转在不同女性的肉体之间，我又尝到了另一些不同寻常的滋味。

有一次，欧洲某个强国的大使（听日本侍从闲谈得知）坐在了我的腿上。他不仅是一位政治家，更是一位广为人知的世界级诗人，正因如此，我才为触碰过这位伟人的皮肤而骄傲得欢欣雀跃。他坐在我身上，与两三个本国人交流了十分钟左右就离开了。当然，我完全听不懂他在说什么，但他每做一次手势，比常人温暖许多的肉体也跟着活动，搔痒般的触感带给我一种难以名状的刺激。

那时，我突然开始想象：如果！我在皮革后用尖锐的匕首狠狠地刺向他的心脏，结果会怎样呢？那肯定会给他造成致命伤。他的国家自不必说，日本的政界又会为此掀起多大的波澜呢？报纸上刊登出来的报道会有多么激情洋溢？他的死不仅会对日本与他国的外交关系产生重大影响，从艺术角度来看，也无疑是世界的一大损失。如此重大的事件，我却轻而易举地就可以实现。这种想法不禁让我得意起来。

还有一次，某国一位著名的舞蹈家来日，刚好下榻这家酒店。虽然只有一次，但她曾坐在我的椅子上，给了我与大使来访时相似的感受。而且，她给我带来了至今从未体验过的理想肉体美的触感。对待这份美丽，我甚至无暇生出下流的想法，只能像对待艺术品一样，怀着敬虔的心赞美她。

除此之外，我还有过各种各样稀奇的、古怪的或是恐怖的经历，但讲述这些故事并不是这封信的目的，我就不一一赘述了，让我赶快进入重点吧。

来到酒店几个月后，我的命运发生了变化：酒店老板因为一些情况决定回国，将酒店直接转让给某家日本公司。接手的日本公司一改原来奢华的经营方针，决定将这家酒店改造成大众型旅馆，一些不需要的家具便委托给某家大型家具商进行拍卖，其中，就有我的那把椅子。

得知这个消息，我一时间有些失望，甚至想过要以此为契机重返人间，重新开始新的生活。那时，我盗窃存下的金额已经相当可观，就算回到现实中，也不必再过以往那种悲惨的生活。但我转念一想，离开外国人经营的酒店确实很令人失望，但也是一个新的希望。这几个月中，虽然我爱上了无数的异性，但她们都是外国人，无论肉体有多么完美，我都得不到精神上的满足。我渐渐想，这或许是因为日本人只能对日本人产生真正的爱恋吧。恰好我的椅子被送去拍卖，这一次，这把椅子说不定会被日本人买下，放在日本人的家里。这就是我新的希望，我决定继续在椅子中生活一段时间。

在家具商店里的那几天我过得辛苦极了，但幸运的是，虽然是二手货，我的椅子依然豪华得引人注目，拍卖刚开始就很快找到了买主。

买主是个官员，住在离Y市不远的一座大城市里。被卡车拉到买主家的那段路上，我在椅子里被颠簸得痛不欲生。但比起如愿以偿被日本人买走的欣喜，这点儿痛苦根本不值一提。

官员家的宅邸相当气派，我的椅子被放置在宽敞的书房里，最令我满意的是，这家年轻貌美的夫人比她的丈夫更加频繁地使用书房。之后的一个月中，我无时无刻不与夫人在一起，除了吃饭、睡觉之外，夫人一直在书房埋头写作，她那柔软温和的身体就一直坐在我的身上。

我究竟有多么爱她，在这里就不多费笔墨了。她是我接触到的第一个日本人，而且她还拥有着十分曼妙的肉体，从她身上我才第一次感受到了真正的爱情。相比之下，之前在酒店里的诸多经验根本称不上是爱，证据就是：至今为止，我从未产生过这样的想法，却唯独对这位夫人，我不满足于享受暗中的爱抚，还煞费苦心、千方百计地想让她察觉到我的存在。

如果可以，我希望夫人能注意到椅子中的我，还一厢情愿地希望她也能爱我。但我应该怎样暗示她呢？如果直接告诉她椅子里藏了一个人，她肯定会大惊失色，把这件事告诉她的丈夫或是用人。这样不仅前功尽弃，我还会背上恐怖的罪名，受到法律的惩罚。

于是，我尽可能地让夫人感到舒适，对这把椅子产生依恋。她是一位艺术家，她的感觉肯定比常人更加细腻、微妙。如果她能在我的椅子上感受到生命，不将椅子看作一件物品，而是视为一个生物而依恋我，那我就已经心满意足了。

当她将身体投入我身上时，我会尽可能轻柔地接住她；当她感到疲乏时，我会以难以察觉的幅度缓慢地挪动，调整她的位置；当她开始打盹儿时，我则极轻微地摇晃大腿，充当她的摇篮。

不知是不是我的这份心意得到了回报，又或者仅仅是我的错觉，最近夫人似乎很喜爱我的椅子。她带着甜蜜与温柔将身体沉在椅子中，像婴儿卧在母亲的怀里，又像少女回应恋人的拥抱，她在我腿上扭动身体的模样似乎都带着依恋之情。

就这样，我的热情燃烧得日渐猛烈，现在，啊！夫人！我胸中有一个痴心妄想、无法无天的愿望。我想见我的恋人一面，若是能与她交谈几句，我便死而无憾。

夫人，想必您早就想到了。请原谅我的冒犯，我所说的恋人，其实就是您。自从您的丈夫从Y市的家具店将我的椅子买回来，我就一直爱慕着您。

夫人，这是我毕生的请求，不知您是否愿意见我一面，然后——哪怕一句也好——对我这个悲惨丑陋的人说句安慰的话呢？我绝没有更多的奢望了，丑陋卑鄙的我实在配不上更高的奢求。还请您听一听，我这个不幸之人恳切的愿望。

为了写这封信，昨晚我离开了您的宅邸，因为当面向夫人提出这种请求太过危险，更何况我也实在是做不到。

现在，就在您读这封信的同时，我正不安地在您的宅邸附近徘徊。

如果您愿意答应我这无礼的请求，请在书房窗台的石竹盆栽上盖上您的手帕作为信号，这样一来，我就会以一个普通客人的身份到府上拜访。

随后，这封信便以热烈的祈愿告终。

读到一半时，佳子已经被惊悚的预感吓得脸色苍白。

她下意识地站起来，逃离那把令人作呕的扶手椅，跑去了和式客厅。她本不想再看，想着直接将信撕毁算了，但她还是放心不下，在客厅的小几上继续读了下去。

她的预感果然成真了。

这太恐怖了！她每天坐的椅子里竟然藏着一个陌生男人！

“啊，太可怕了。”

她感到背后一阵恶寒，像被泼了凉水一般不停地打着寒战。

这件事太过出人意料，她已经不知该如何是好了。检查一下椅子？可那太恶心了，就算椅子里没有人，里面肯定还残留着食物和其他的污迹。

“夫人，您的信。”

她猛地回头一看，原来是女佣拿来一封刚刚送达的信件。

佳子下意识地接过信封想要打开，却在看到信封上的字迹时大惊失色，不禁手一松，将信扔到了地上。只见信封上写着她名字的字迹与刚刚那封恐怖信件上的笔迹分毫不差。

她犹豫了很久，最后还是打开信封，战战兢兢地读了起来。信很短，但其中出奇的内容却让她再一次大吃一惊：

突然致信，多有冒犯，万望见谅。我平素非常喜爱老师您的作品，附件寄上的拙作，若您能读上一读，批评一番，我实在是荣幸之至。出于一些原因，原稿在这封信提笔之前就已经寄出，想必您已经读过了，不知感觉如何？倘若拙作能多少给您留下一些印象，那我便欣喜万分了。

原稿上特意省略了标题，我想将其命名为《人间椅子》。

至此，多有失礼，敬请赐教，不尽欲言。

黑蜥蜴

黑蜥蜴

くろとかげ

她两条美丽的手臂露在外面。手臂上，她绰号的由来——黑蜥蜴刺青，依旧栩栩如生。

黑街女王

据说，在某个圣诞前夜，这个国家也曾一夜间勒死上千只火鸡。

G 街是帝都最大的繁华地带，夜晚的霓虹灯将无数的行人染得五彩斑斓。沿着这条街道往里走，里面盘卧着这座城市的黑街。

每到晚上十一点，G 街上的行人就变得寥寥可数，对于“夜游族”来说实在是无趣至极，但作为代表帝都面貌的街道，这种井然的秩序十分符合它的身份。而位于 G 街后方的黑街，此时才刚开始热闹起来，耽于享乐的男男女女在门窗紧闭的昏暗房间里蠢动欢腾，直至凌晨两三点。

就在前文所说的圣诞前夜，凌晨一点，这条黑街上一栋漆黑的高楼里正在举办着一场狂乱的晚会。从外面看起来，它就是一栋空宅，但楼里的派对却刚刚达到高潮。

这层夜总会场地十分宽敞，数十名男女有的举杯高声叫好，有的歪戴着横纹尖帽子疯狂跳舞，有的装成大猩猩四下追赶惊慌逃窜的小女孩儿，有的哭喊，有的怒吼，五色的彩纸如雪花飘落，彩带像瀑布奔腾而下，数不清的红蓝气球在呛人的烟雾中缓缓飘浮。

“呀！黑天使！是黑天使！”

“黑天使降临了！”

“好哇！女王万岁！”

人人高声叫喊，烂醉的声音喧闹混乱，房间里骤然响起暴风雨般的掌声。

众人自觉让出一条路，一位妇人踩着欢快的台步走到房间中央。她着一身黑色晚礼服，帽子、手套、袜子和鞋都是纯黑的，一身黑衣中，她美丽的脸庞因兴奋而泛红，如一朵盛放的红玫瑰。

“各位好，我已经醉了，但我们还要尽情畅饮，尽情欢跳！”

美艳的妇人在头顶挥舞着右手，可爱地叫道。

“尽情畅饮！尽情欢跳！黑天使万岁！”

“喂！服务员，香槟！上香槟！”

不一会儿，“砰砰”两声，软木塞子穿过五彩的气球飞到空中，四下响起玻璃杯清脆的碰撞声，随后传来“好哇！黑天使！”的大合唱。

黑街女王这高超的人气究竟是从何而来？即使不清楚她的来历，但她那美丽的容貌、出众的举止、极致的奢华和数不清的宝石首饰，无论哪一点，都足够让她拥有女王的称号，更何况她还具备更加出色的魅力——她是个大胆的自我表现家。

“黑天使！再来一段宝石舞吧！”

不知谁高喊一声，人群随之爆发出一阵尖叫，整齐的掌声一阵接着一阵。

角落里的乐队开始奏乐，淫靡的萨克斯声撩拨着众人的听觉。

众人围成一个圆阵，最中央，女王开始跳起了宝石舞。黑天使摇身变成了白天使——她美艳泛红的躯体上一丝不挂，只戴着两条硕大的项链、一对精美的翡翠耳饰、镶有无数钻石的手镯和三枚戒指。

现在，她只是一具闪耀着光芒的粉红色肉体。这具身体摇肩、抬腿，跳着精妙妖艳的埃及宫廷舞蹈。

“喂，快看！黑蜥蜴开始爬了！真是太美了！”

“啊，真的！那小虫子开始爬动了！”

身穿晚礼服的青年们交头接耳。

美女的左手腕上趴着一条通体纯黑的蜥蜴，它带有吸盘的脚随着女子手腕的起伏蹒跚蠕动，看起来像是在爬：从肩到颈，从颈到下巴，甚至还要爬上女子鲜红丰润的嘴唇。然而它一直只在同一边手臂上蠕动。原来，那不过是一个蜥蜴状的刺青。

这寡廉鲜耻的舞蹈只持续了四五分钟。待舞蹈结束，醉酒绅士们蜂拥而上，口中迸出激动的大喊，又忽然将全裸的美人抬起来，像是抬神轿一样，嘴里喊着号子，在房间内一圈圈走了起来。

“太冷了！太冷了！快带我去浴室。”

女王下达了命令，人们便遵照女王意愿，抬着神轿走出房间，朝准备好的浴室游行而去。

黑街的圣诞前夜就这样以女王的宝石舞收尾。之后，人们携着各自的同伴，三三两两地返回酒店或家中去了。

狂欢结束后，房间里一片狼藉，彩纸彩带散落遍地，还残留着浮力的气球稀稀落落地浮在天花板上，像出船后的码头一般十分凄凉。

在冷清的后台，一个年轻人蜷缩在角落的椅子上，像一团被遗弃在原地的垃圾。他身穿鲜艳的条纹短西装，扎着红色领带，鼻子塌扁，肌肉强健，看模样像是一名拳击手，给人的感觉有些乖戾。但他精神萎靡，垂头丧气，精神与长相截然相反，看起来就像是一个废物。

“她还在磨蹭什么呢，也不考虑考虑别人！我现在可正在性命攸关的紧要关头，她还磨磨蹭蹭，谁知道警察什么时候会闯进来，真是急死了！”

他浑身颤抖，用手指梳了梳乱蓬蓬的头发。

这时，一名穿着制服的服务生踩着成堆的彩带，端来一杯威士忌。他接过酒杯，训斥了一句“也太慢了”，一口气将酒喝光，又命令服务生再来一杯。

“小润，让你久等了。”

终于，让年轻人等了许久的人终于出现了——是黑天使。

“我费了好大劲儿才甩掉那些烦人的少爷们，这才能折回来。好了，让我听听你的请求吧。”

她在年轻人面前的椅子上坐下，表情严肃认真。

“不能在这儿说。”

被叫作小润的年轻人依旧愁眉苦脸，阴沉着声音答道。

“不能被人听到？”

“嗯。”

“你犯罪了？”

“嗯。”

“伤人了？”

“不是，要只是这样就好了。”

黑衣女人了解了情况，不再继续追问，从椅子上站了起来。

“那我们出去吧。除了修建地铁的施工人员，G街上基本没什么行人，我们边走边说吧。”

“好。”

于是，扎着难看红领带的年轻人和美丽惹眼的黑天使，这对奇怪的组合并肩走出了大楼。

外面只有街灯和柏油路，深夜的街道上似乎飘荡着死亡的气息。“咔嗒、咔嗒……”二人的脚步声奏出一种特别的节奏。

“你到底犯了什么罪？这么沮丧，一点儿也不像你。”

黑衣女人开始问道。

“我杀人了。”

润一——也就是小润，低头盯着脚下，声音低沉可怖地答道。

“哎呀，杀了谁？”

这惊人的回答竟然没让黑衣女人产生丝毫触动。

“情敌混蛋北岛，还有咲子那娘儿们。”

“哎呀，你终于动手了啊……在哪儿杀的？”

“在他们的公寓里，尸体我塞进衣柜里了。明天早上，事情肯定会败露的，大家都知道我们三人的情况，公寓的值班人也知道今晚我进了他们的房间。完了，要是被抓就全完了……我还想再自由一阵儿啊。”

“你要远走高飞？”

“嗯……夫人，你总说我是你的恩人吧？”

“是啊，你从危难中把我救下来，当然是我的恩人了。从那以后，我一直特别佩服你的本事。”

“那么，现在报恩的时候到了，请借我一千日元，我要逃跑。”

“仅仅一千日元倒是没有问题，不过，你觉得你能顺利逃走吗？不可能的，你在横滨或是神户的码头上就会被抓起来。这种时候慌里慌张地逃跑是最笨的方法了，愚蠢透顶。”

黑衣女人的语气就好像已经习惯了这种事。

“那你是说，让我躲在东京？”

“没错，我觉得这样比较稳妥，但还是很危险，如果有更好的办法就好了……”

黑衣女人突然站在原地，一副认真思考的样子，然后突然问了一个奇怪的问题：

“小润，你家在五楼吧？”

“是啊，但这跟这件事什么关系？”

年轻人焦躁地答道。

“哎呀，太棒了！”黑衣女人口中发出一声惊呼，“我有个好主意，简直是为你量身定制的。小润，这个办法绝对可以让你平安无事！”

“什么办法？快告诉我！”

不知为何，黑天使露出一个意味深长的微笑，紧盯着润一苍白的脸，一字一句地用力说道：

“你要死了，我们要杀掉雨宫润一。”

“什么？你……你说什么？”

润一被吓得目瞪口呆，他张大了嘴，呆呆地注视着黑街女王美丽的面容。

地狱景象

雨宫润一按照约定站在京桥边，正当他等黑衣女人等得不耐烦时，一辆汽车在他身旁停了下来，身穿黑西装、头戴鸭舌帽的年轻司机从车窗向他招了招手。

“不坐不坐。”

润一以为是出租车，挥了挥手示意司机离开，心想这车用来做出租车也有些太豪华了。

“是我！是我！快上车！”

司机含笑回答，竟然是女人的声音。

“啊！是夫人！你会开车？”

得知跳宝石舞的黑天使仅用十分钟就换了一身男装开车赶来，润一不禁吃了一惊。他认识黑衣女人已经一年多了，但她的身份依旧是一个谜。

“可别瞧不起我，开车我还是会的。别一脸奇怪地傻站着了，快上车。现在已经两点半了，不快点儿行动，天就要亮了。”

润一不知所措地上了车，刚坐上后座，车就如离弦之箭在夜晚无人的马路上疾驰而去。

“这个大袋子是干什么的？”

润一无意间发现座椅的角落里塞了一个大麻袋，便向黑衣女人问道。

“这个袋子可以救你一命。”

美丽的司机回头答道。

“有点儿奇怪啊，我们到底要去哪儿，要做什么？我有些害怕。”

“G街的英雄说什么泄气话呢，我们不是说好了什么都不问的吗？难道你不相信我？”

“不，我不是这个意思。”

之后，不管他说什么，女人都一直注视着前方，一句话也没有回答。

汽车绕过U公园的大池塘，爬上坡道，在一堵长长的围墙边停了下来。四下荒无人烟，一片死寂。

“小润，你带手套了吧？把外套脱了，戴上手套，上衣的扣子全部扣好，帽子压低一点儿。”

身穿男装的美女一面吩咐，一面关掉了前后车灯，连车里的小灯泡也都熄灭了。

附近一盏路灯都没有，四下一片漆黑，熄灯熄火的汽车像个盲人，静静伫立在黑暗中。

“走吧，拿着那个袋子，下车跟我来。”

润一按照她的吩咐下车。黑衣女人穿着立领黑色西装，手上戴着手套，打扮得像一名西洋小偷。她牵着润一的手，几乎强拉着他走进一扇敞开的大门。

二人走过一片遮天蔽日的树林，横穿一片宽阔的空地，从一段狭长的西式洋房边经过。微弱的路灯如萤火般稀疏，前方一直昏暗不明。

“夫人，这里不是T大学的校园吗？”

“嘘！不许说话！”

女人握着他的手骤然用力，轻声斥责道。四周寒气逼人，只有二人交握的手掌处有些温度，暖意透过两层手套传来，他的手心出了一层薄汗。但此时，杀人犯雨宫润一却没有心情去感受女人的温度。

在黑暗中行走，不经意间唤起了他两三个小时前的激烈记忆。咲子——他曾经的恋人，被自己扼住喉咙，舌头从口中伸出，嘴角滴答滴答地流着鲜血，双眼瞪得如牛眼一般大，恶狠狠地盯着他。她可怖的样貌，与临终前在空中乱抓的五根手指，变成一幅巨大的幻象充斥在前方，让他心惊胆战。

二人走了一会儿，前方宽阔的空地中央出现一栋红瓦洋房，四周围着快要倒塌的板墙。

“到了，就是这里。”

黑衣女人一边低声说，一边摸索着板门的锁，她似乎是带了钥匙来，只听“咔嗒”一声，门被打开了。

走进院子里又关上板门，女人这才打开手电筒，照着地面向洋房走去。地上铺满了落叶，像是踏入了一栋无人居住的鬼屋。

登上三级石阶，眼前出现一段门廊，栏杆上的白漆斑驳脱落，踩着破烂的灰泥砖前行五六步，一扇古朴坚固的大门映入眼帘。

黑衣女人又用钥匙先后打开两扇一样的门，走进一个空荡荡的房间。房间里弥漫着医院里那种强烈的消毒水气味，又混有一种异常酸甜的味道，十分刺鼻。

“这里就是我们的目的地。小润，一会儿无论看到什么都不许出声，虽然这里应该没有人，但是墙外时常会有巡夜的人路过。”

黑天使的低语声仿佛是在威胁他。

润一被一种莫名的恐惧包围，吓得浑身颤抖，呆立在原地。这个鬼屋一样的砖房究竟是什么地方？这刺鼻的异味是什么？这个宽敞到说话几乎有回音的客厅里究竟放着什么东西？

黑暗中，北岛与咲子临死前那丑陋不堪、令人作呕的样貌重叠起来，再一次清晰地浮现在润一的眼前。他浑身冒着冷汗，陷入至今从未经历过的诡异错觉，以为自己被两人的恶灵召唤，正在黄泉路的黑暗中徘徊。

黑衣女人依然拿着手电筒，光束在地板上缓慢爬行，似乎是在找些什么。

圆形的光亮在木纹粗糙的地板上滑行，不一会儿，一张清漆斑驳的桌子从下往上渐渐进入手电筒的照射范围。这张桌子又大又宽，看起来十分结实。咦？还有一条人腿，应该是有人在这个房间里睡觉。

不过，那是一条干瘪的老人的腿，脚踝上还用绳子挂了一个木牌，这是什么意思？

而且，这老头儿真奇怪，房间里这么冷，他竟然在裸睡。

光束从大腿照到腹部，从腹部移动到肋骨分明的胸口，接着又照向鸡爪一样细瘦的脖子、无力下垂的下颌、呆然张开的嘴唇和露出的牙齿、磨砂玻璃一样毫无光泽的眼球……这是一具尸体。

光束中的景象与刚刚眼前的幻象诡异地重叠，润一顿时感到毛骨悚然。犯下杀人罪行的他心绪混乱，加上不知自己身处何地，不由得开始怀疑，难道自己发疯了？还是自己被魇在了噩梦中？

然而，接下来手电筒照出来的景象让他忘记了黑衣女人的叮嘱，忍不住放声尖叫起来。

六块榻榻米大小的浴池里，密密麻麻地堆满了男女老少全裸的尸体，叠了两三层，简直是一幅地狱景象！

死者们拥挤在血池中，活像地狱画像里的恐怖光景。这真的是现实吗？

“小润，你可真胆小。没什么可怕的，这是实习用的尸体解剖室，每所医科学校都有的。”

黑衣女人毫无惧色地笑着。

原来如此，这果然是在大学的校园里。但即便如此，他们为什么一定要到这恐怖的地方来呢？哪怕是润一这个流氓，也不禁被黑衣女人出人意料的行动吓得瞠目结舌。

手电筒的光束在堆积如山的尸体上扫了一圈，然后停在了上层一具宛然如生的青年身上。

黑暗中，青年裸露着黄色的皮肤，一动不动，像是一张诡异的幻灯片。

“就是他了。”

黑衣女人将手电筒的光从青年尸体身上移开，小声说道。

“这个年轻人是K精神病医院的患者，昨天刚刚去世。K精神病医院与这所学校结有特别约定，所以人一死，就把尸体送到这里来了。这间解剖室的管理员是我的朋友……嗯，算是我的手下吧，所以我知道这里有这样一具年轻尸体。这具尸体怎么样？”

“什么怎么样？”

润一心惊不已，这个女人究竟在想些什么？

“他的身高、胖瘦是不是和你很相似？只有长相不同。”

被她这么一说，润一才发现，这名青年的年纪和身材，确实都与自己极其相似。

润一心想：原来她要用这具尸体来做替身。不过，这女人长了一副美艳贵妇的模样，怎么会想出这么惊悚的主意来？

“想明白了吧？我的头脑如何？像不像个魔术师？要将一个人从世上完全抹去，不使用魔术可是办不到的。来吧，把那个袋子拿出来，可能有点儿恶心，我们得把这具尸体装进口袋，搬到车上去。”

比起尸体，润一对他的救星黑衣女人产生了更大的恐惧。这女人究竟是什么人？就算她是喜爱残虐游戏的富家太太，这准备得也有些太周密了。她刚刚还说解剖室的管理员是她的手下，她的势力竟然能深入到学校里，那她肯定是个相当邪恶的恶徒。

“小润，你发什么呆呢，快把袋子拿出来。”

黑暗中听到女人的斥责，润一感受到一种异样的威慑，就像被猫盯上的老鼠，心脏发麻，只得按照她说的去做。

酒店来客

当晚，帝都最大的 K 酒店也举办了一场盛大的舞会，出席的人员有本国人，也有外国人士。但现在是凌晨五点，彻夜狂欢的人群已经离去，守在门口的门童服务生们也开始昏昏欲睡，一辆汽车停靠在酒店的门前。

是绿川夫人回来了。

服务生们对这位美貌的客人抱有极大的好感，在注意到来人后，便争相跑向车门。

绿川夫人披着貂皮大衣下了车，身后跟着一位男性同伴。这位先生四十岁左右，嘴唇上的胡子向两侧翘起，下巴上留着浓密的山羊胡须，鼻梁上架着玳瑁框的眼镜，身穿镶毛领的厚外套，下身露出条纹礼服裤，看模样像是一名政治家。

“这位是我的朋友，我隔壁的房间还空着吧？还请准备一下。”

绿川夫人向前台里的酒店经理说道。

“对，是空着的，您请。”

经理恭敬地回话，随即命令服务员去做整理准备。

留着胡子的男人一言不发，默默地在登记本上签了名，然后跟着夫人进了走廊。他写下的名字是“山川健作”。

他们回到房间，在各自的浴室里洗过澡后，二人在绿川夫人的卧室会合。

山川健作脱掉礼服外套，只穿了一条裤子，使劲搓着双手与绿川夫人讲话，他的嗓音稚嫩年轻，与他严肃的容貌毫不相称。

“唉，真受不了，这只手上好像还有味道。夫人，我这辈子从来没做过这么惨不忍睹的事，这还是第一次。”

“呵呵，你还真敢说。你不是还杀了两个活人吗？”

“嘘！这怎么能直接说出来呢，外面的人会听到的。”

“没关系，我们声音这么小，外边听不见的。”

“啊！一想起来就吓人。”山川浑身抖了抖，“刚才在我家，用铁棍捶那尸体的脸……我从来没有过这么恶心的感觉。把他扔进电梯的洞里时，是不是‘哐啷’响了一声？啊，我不行，受不了了。”

“你可真胆小，做完的事情就不要再想了。那时候你就已经死了，现在站在这里的人叫山川健作，是一位名门学者，你可要振作起来呀。”

“但是，真的没问题吗？大学里少了一具尸体，不会暴露吧？”

“你说什么呢，你以为我没想到这个问题吗？我不是说了吗，那里的管理员是我的手下，他怎么可能犯这种错误？而且现在学校放假，老师学生都不在，那么多尸体，勤杂工又不可能记住每一张脸，只要工作人员稍稍在记录上动点儿手脚，就算少了一具，除了当时的负责人，没有人会注意到的。”

“这么说，我们得把今晚的事告诉那个管理员。”

“嗯，等早上给他打个电话就行了……话说回来，小润，我有件事想问你，你坐下来说吧。”

绿川夫人穿着友禅染[①]的振袖睡衣坐在床上，指着身旁床上的空位，向山川——也就是润一招了招手。

“我能把这烦人的胡子和眼镜摘下来吗？”

“可以啊，门已经锁好了，没问题。”

接下来，两人像一对恋人，并肩坐在床上交谈起来。

“小润，你已经死了，你知道这意味着什么吗？可以说，现在坐在这里的，这个全新的你，是由我创造出来的。所以，你不能违背我的任何命令。”

“要是违背了呢？”

“我会杀了你，我这个魔术师的恐怖之处你再清楚不过。山川健作这个人就相当于是我的人偶，你没有户籍，所以哪怕你突然消失不见，也没有人会提出疑义，警察也无可奈何。所以，从今天开始，你就是我的一个身强力壮的人偶，人偶的意思就是奴隶，明白吧？是奴隶。”

润一早就被眼前的魔女迷了心窍，绿川夫人这样说，他竟然没有感到丝毫不快，甚至产生了一种无法言喻的甜蜜依恋之情。

“好的，我甘愿成为女王陛下的奴隶。无论多么卑鄙的工作我都愿意做，也可以亲吻你的鞋底。但请你不要抛弃你的孩子，不要抛弃我。”

润一将手放在绿川夫人的膝盖上撒娇，渐渐哭起来。黑天使

---

① 友禅染：日本一种特有的染色技巧。

温柔地微笑着，手臂搂着他宽阔的肩膀，像哄孩子一样，调整节奏轻轻地拍打。隔着睡衣，她能感觉到有热泪滴滴答答地落在腿上。

“哈哈哈，真是的，我们怎么都伤感起来了。好了，我还有更重要的事情要说呢。”

夫人放开手，说道：

“你觉得我是什么人？你还不知道我的身份吧？”

“我不在乎。哪怕您是女贼、是杀人犯，我也是您的奴隶。”

“呵呵，你猜对了。没错，我就是女贼，或许也杀过人。”

“咦？什么？”

“呵呵，果然吓了一跳吧？不过，反正你的性命在我手里，这些事告诉你也无所谓。你不会逃跑的吧？会吗？”

“我是您的奴隶。”

润一放在女人膝盖上的手指忽然用力。

“哎呀，真会说话。从今天开始，你就是我的手下了，你得为我做许多工作才行。话说回来，你知道我们为什么要住这家酒店吗？四五天前，我就以绿川夫人的名义订下了这个房间，因为我盯上的猎物就住在这里。那是个棘手的大目标，我一个人有些没有把握，幸好你来了，这样我就放心了。”

“他是个有钱人吗？”

“是的，他确实是个有钱人，但我的目的不是钱。我的愿望是收集这世上所有美丽的事物，珠宝、艺术品、美人……”

“什么？人也算吗？”

“没错，美人可比艺术品还要珍贵。我盯上的猎物是一位跟着父亲到东京来的大阪小姐，她真是个风华绝代的美人。”

“您是说，要绑架那位小姐？”

黑天使语出惊人，润一再一次惊诧不已。

“没错，不过，这也不是普通的绑架。我要以这女孩儿为人质，交换她父亲手里全日本最珍贵的钻石。她父亲是大阪大名鼎鼎的珠宝商。”

“是不是那个岩濑商会？”

“你很清楚嘛，住在这里的就是那个岩濑庄兵卫。不过，他们带了一个叫明智小五郎的私家侦探，这有点儿麻烦。”

“啊，明智小五郎！”

“挺难对付的吧？那家伙真令人讨厌，不过幸好，他似乎并不了解我。”

“他们怎么会找私家侦探呢？难道他们已经察觉到您的意图了？”

“是我让他们察觉到的。小润，我不喜欢使用背后突袭这种卑劣的手段，所以在行窃之前都会发出预告。先告诉对方，让他们做好充分的准备，双方平等地交战，这才有意思。比起获得胜利品，交战过程本身更有意思。”

“这么说，这次您也预告过了？”

“没错，在大阪发出的预告。啊，我好激动啊！明智小五郎是个完美的对手，一想到要和他一决胜负，我就开心得不得了。小润，这简直太棒了！”

她越说越兴奋，抓着润一的手也用力收紧，疯狂地挥动起来。

女魔术师

一夜之间，润一扮演山川健作的演技完全纯熟起来。第二天一早，他穿戴整齐，戴上玳瑁框眼镜和假胡子，摇身一变成了一位医学博士。

餐厅里，润一与绿川夫人相对而坐，喝着燕麦粥聊天，无论是言语谈吐，还是举止动作，润一都毫无破绽。

吃完饭回到房间，服务生正在等他，见他回来立刻上前询问：

“先生，您的行李刚刚送到，需要给您搬过来吗？”

这是润一有生以来第一次被人称为先生。他尽力冷静下来，严肃地回答：

“嗯，给我搬进来吧。”

昨晚，女人提前告诉过他今天会有行李送到，是一个大行李箱。

不一会儿，服务生和行李搬运员两人一起，将一个木制边框的大行李箱搬进了房间里。

“你的演技越来越好了啊，这样就没问题了，就算是明智小五郎也识不破。”

确定服务生们已经离开后，隔壁的绿川夫人走进来，表扬了自己新手下的本领。

“嘿嘿，我也还算可以吧……不过，这么大的箱子，里面装了什么？”

山川还不知道这个箱子的用途。

“这里有钥匙，打开看看吧。”

山川接过钥匙，略微歪头想了想，说：

“里面是我的衣服吧？我现在是山川健作，只有身上这一套衣服，有些不正常吧。”

“呵呵，说不定是呢。”

于是，山川转动钥匙打开箱盖，发现里面被塞得满满当当，每一件东西都用厚重的破布缠了好几圈。

“哎？这是什么啊？”

山川知道自己猜错了，低声嘟囔一句。他小心地打开其中一个布包。

“什么啊，这不是石头吗？还小心翼翼地用布包起来。其他的也都是石头？”

“没错，真是不好意思呢，并不是你的替换衣物。里面全都是石头，为了增加旅行箱的重量。”

“增加重量？”

“没错，这些刚好是一个人的重量。虽然往行李箱里装石头好像不太精明，但你要记住，这样处理起来会比较轻松。石头直接扔到窗外，破布铺在床垫和褥子之间，这样就可以清空行李箱，不留下任何东西。这就是魔术师的秘诀。”

“啊，原来如此。不过，清空行李箱要装什么呢？”

“呵呵，再厉害的魔术师，行李箱里装的东西不基本都是固定的吗？哎呀，好了，你帮我处理掉这些石头吧。”

他们的房间在酒店一楼的最里侧，窗外是一片无人注意的狭窄庭院，地上有许多大块的碎石，正适合丢弃石头。两人急匆匆地将石头扔出去，又将破布收拾起来。

“好了，这下就清空了。接下来，让我告诉你这个魔法行李箱的用途吧。”

绿川夫人好笑地看着一头雾水的润一，麻利地锁上门，放下百叶窗，将整个房间遮蔽起来，突然开始脱身上的黑礼服。

“夫人，怎么了？现在还是白天，您不会要跳那个舞吧？”

“哈哈哈哈，吓了你一跳吧。”

绿川夫人笑着，手上动作不停，将衣服一件一件地脱下。她的怪病裸露癖又发作了。

山川虽然是个行为恶劣的流氓，但面前站着一位全裸的美女，他还是变得满脸通红，忍不住扭捏起来。美艳晶莹的粉色肉体勾勒出优美的曲线，以一个大胆的姿势挡在他眼前。

即使不想看，山川的目光还是情不自禁地朝绿川夫人的方向飘去，每次与她视线交错，他都更加面红耳赤。无论在奴隶面前露出怎样的姿态，女王都不觉得扭捏羞臊，永远都是奴隶忍不住刺激而流汗悲鸣。

“哎呀，你怎么这么害羞，没见过女人的裸体吗？”

她在润一面前展现出自己身体上所有的曲线和阴影，随后跨进行李箱，像子宫中的婴儿一般缩起手脚，将自己完全收进行李箱中。

“就是这样，这就是我魔法的秘诀。我这个样子如何？”

箱子里团成一团的肉体用雌雄莫辨的嗓音问道。

她弯曲的膝盖紧贴乳房，腰部皮肤紧绷，臀部高高翘起，合抱在脑后的双手弄乱了头发，腋窝肆意地外露着。这是一只畸形的、浑圆的，却又异常美妙的粉色生物。

山川渐渐胆大起来，他弯腰向行李箱里望去，神魂颠倒地看着眼前的生物。

“夫人，您这是箱中美人吗？”

“呵呵，没错。这个箱子各处都打了透气的小孔，从外面看不出来，即便盖上盖子也不会窒息。”

话音未落，她“砰”的一声合上盖子。箱盖带起的暖风混着成熟的女人香，拂上青年朝气蓬勃的脸。

合上箱盖后，这就变成了一个严肃的黑色行李箱，任谁也想不到其中竟然藏着一具娇艳丰满的粉色躯体，也是这个原因，自古以来的魔术师们都偏爱粗劣皮箱与美艳女子这对惹眼组合。

“怎么样？这样一来，谁会怀疑里面藏着人呢？”

夫人打开一个小缝儿，像贝壳中的维纳斯，微笑着寻求赞同意见。

“嗯……这么说，您是想把那个珠宝商的女儿装进这个箱子里？”

“没错，当然啦。你总算想到了。我只是进来做个示范。”

不一会儿，绿川夫人重新穿戴整齐，向山川讲述了她大胆的绑架计划。

“我负责把那女孩儿装进行李箱，我已经计划好了，也准备了麻醉剂，你的任务就是把箱子从这里搬出去。这是你的第一次任务，试试手吧。

“今晚，你要搭乘九点二十分开往名古屋的火车，找人事先帮你买好车票，之后你带着行李箱从酒店出发，把行李箱当作随身行李，让酒店的行李员送你上火车。他们以为你要去名古屋，但实际上你在下一站S站就要下车，明白吗？当然，行李箱也别忘了，就说你突然想起来有急事，让乘务员在S站把行李箱放下。这工作虽然有些辛苦，但你一定不会出错的，对吧？

“你从S站下车，带着行李箱乘车返回东京去M酒店，摆出一副有钱人的架势，要一间最好的客房，大摇大摆地住进去就行了。明天我也会离开这里，到M酒店和你会合。这个计划怎么样？”

“嗯，确实很有意思，不过，要我装成有钱人大摇大摆的，这能行吗？我自己一个人有些没有把握啊。”

“呵呵，明明都杀过人了，还像个小少爷一样胆小呢。没问题的，所谓坏事呢，就是不要偷偷摸摸地干，毫无顾忌地果断出手最为安全。而且，就算万一暴露了，把行李箱一扔逃掉就可以了，与杀人相比根本没什么的。”

“但是，夫人不能跟我一起去吗？”

“我得和那个明智小五郎斗智斗勇呀，在你到达目的地之前，我绝不能掉以轻心，对他稍不注意，就不知道会出什么差错。我负责阻止那个碍事的侦探，这可比运送行李箱要难得多。”

“啊，是这样啊，那我也就放心了。不过……您明天一早肯定会来 M 酒店的吧？如果您来之前那女孩儿醒了，在行李箱里乱动一通，那可就糟了啊。”

“你这个人担心的小事倒是挺多的呢，这么重要的地方我怎么会疏忽呢？我会将女孩儿的嘴堵上，手脚都牢牢捆起来，就算安眠药失效了她也发不出声音，身体也动弹不得。”

“嗯，我今天脑子不太清醒，不过也是因为夫人让我看了那样一幅场景。这次还请您原谅我，我太不成熟了，现在心里也是七上八下的，哈哈哈哈。对了，在 M 酒店会合之后要做什么呢？”

“接下来是秘密，你一个手下不能多嘴，只要乖乖听从首领的吩咐就行了。”

如此这般，绑架富家小姐的计划详细周密地敲定了下来。

女贼与名侦探

当晚，晚餐过后，众多客人聚在酒店宽敞的会客室里抽烟闲谈，热闹非常。房间角落里的收音机低声播报着晚间新闻，随处可见靠坐在沙发中阅读晚报的绅士，围在圆桌旁的外国人群中传来美国妇人般的高亢嗓音。

岩濑庄兵卫与他的千金早苗的身影也闪现其中。早苗穿着华丽的黄色条纹和服，腰间系着金线腰带，外罩橙色外褂，身材颇为高挑，在一群西装男中间显得异常醒目。引人注目的不仅是她的服饰，还有她的面容。她戴着无框近视镜，一张脸白皙得几近透明，还带着大阪式的大方文静。

早苗的父亲岩濑的短发花白，红脸膛上没留胡子，从体态上就能看出是一位大富商。但他就像是女儿的保镖，紧跟在早苗身后，关注着她的一举一动。

本次旅行的目的除了谈生意外，还要与帝都的一家名门谈论婚事，所以岩濑才带着早苗同行，为双方做介绍。然而，出发前半个月开始，岩濑几乎每天都能收到一封犯罪预告书，这让他万分苦恼。

“请对小姐严加防范，有个可怕的恶魔打算绑架小姐。”

每一封信都用不同的词句、不同的笔迹传达着同样恐怖的讯息。随着来信的数量不断增多，岩濑感觉恶魔动手的日子似乎也在一天天迫近。

起初，岩濑以为这是谁的恶作剧，并没有在意。但随着时间的推移，他渐渐害怕起来，最终报了警。然而，就算动用了警察的力量，也无法查明这些匿名信的来源。信上当然没有署名，每次的邮戳也不相同，有的是在大阪市内，有的在京都，有的又在东京。

虽然出了这样的事，但岩濑不敢破坏与婚约对象谈亲的约定，也想着家中一直有恐怖信件寄来，暂时离开家也是件好事，于是，岩濑打定主意，带着早苗踏上了旅途。

不过，即使准备周全，岩濑也不敢掉以轻心。他还委托了私家侦探明智小五郎来保护女儿，以防万一。过去店里遭窃时，岩濑见识过明智小五郎的本领，对他相当信赖。虽然明智侦探对这份工作并没有什么兴趣，但难以拒绝岩濑先生的请求，于是住进了他们隔壁的房间，在他们逗留帝都期间，接下了这奇异的保护任务。

一身黑色西装包裹着明智小五郎瘦高的身体，他正坐在会客室角落里的沙发上，与一位穿着黑色礼服的美丽女性低声交谈。

“夫人，您为何对这件事如此感兴趣？”

明智紧盯着对方的眼睛问道。

“我是侦探小说爱好者，自从听岩濑小姐说了这件事，我就被深深地迷住了，这简直像小说一样！而且，竟然还有机会和您交谈，我感觉自己仿佛也变成小说中的角色了！”黑衣女人答道。

想必诸位读者已经猜到，这个黑衣女人正是我们的主人公“黑蜥蜴”。

作为一个疯狂的宝石爱好者，她从很早以前就以客人的身份与岩濑相识，入住这家酒店后，二人的关系变得更为密切，她还凭借着高超的社交技巧迅速取得了早苗的信任，让早苗连家中的秘密都愿意与她分享。

“不过，夫人，现实生活可不是小说，本次事件，我觉得应该是流氓的恶作剧。”

明智侦探看起来并不感兴趣。

“不过，您不是也特别认真地在调查吗？我都知道的，您半夜在走廊里走来走去，还向酒店服务员询问各种问题。”

“您注意到了啊，还真是不容小觑呢。”

明智目不转睛地盯着夫人姣好的面庞，讽刺地说道。

“我的第六感告诉我，这绝不是恶作剧，您一定要小心啊！”

夫人也不甘示弱，迎着侦探的目光与他对视，意味深长地还击。

“哎呀，多谢，不过请您放心，有我在，小姐一定是安全的。不管多么凶恶的盗贼，都绝对躲不过我的眼睛。”

“是啊，我很清楚您的能力，不过，我总感觉这一次有些不大一样。据说对方有法术，能上天入地，十分恐怖……”

这女人真是胆大包天！竟敢在一代名侦探面前卖弄自己。

“哈哈哈，夫人还真是偏爱这位假想贼呢。我们来打个赌如何？”

明智玩笑似的提出一个出奇的主意。

“咦？打赌？真是太棒了，我居然可以和明智先生打赌。我要赌上我最珍爱的项链。”

“哈哈哈哈哈，看来夫人您是认真的呢。那如果我输了，小姐被绑走的话，嗯……我该赌些什么呢？”

“就赌侦探这份职业如何？如果您同意，我愿意赌上我所有的宝石。”

这种心血来潮的说法在阔太太中十分常见，但这话语背后却藏着女贼对名侦探熊熊燃烧的斗志，不知明智能不能领会到这一点。

“真有趣，也就是说，如果我输了就要放弃侦探这一职业？您一位女性，都愿意将重要程度仅次于生命的宝石全部拿出来，我作为一个男人，一份职业根本算不了什么。”

明智也不甘示弱。

“呵呵，那就约好了。我真想让明智先生失个业呢。”

“嗯，一言为定。我也期待着您那些数不清的宝石呢，哈哈哈哈哈。”

不知不觉，玩笑变得认真起来。就在这个匪夷所思的赌约成立时，早苗毫不知情地走来，微笑着向二人打招呼：

“哎呀，二位在这里说什么悄悄话呢？带我一个吧。”

她虽然装出一副开朗活泼的样子，但脸色中透露出来的不安却无法掩饰。

“哎呀，小姐，快请坐。刚才啊，明智先生抱怨说无聊得不行，因为这事肯定是恶作剧呀。”

绿川夫人似是在安慰早苗，特意说了些宽心的话。

这时，岩濑也走了过来，四个人不约而同地对案件闭口不提，开始了无伤大雅的闲聊。但自然而然地，岩濑先生、明智侦探两位男性，绿川夫人、早苗两位女性，分别开始了各自的对话。

分身术

不一会儿，女性一组站起来，留下正在交谈的男人们，散步似的并肩穿过大厅里的座椅。除了漆黑的丝绸礼服与橙色外褂形成了鲜明的对比，两人的身材、发型甚至年纪都几乎相同。或许是美女没有年龄的缘故，三十多岁的绿川夫人看起来如少女一般天真可爱。

两人不知不觉走出大厅，沿着走廊向楼梯走去。

“小姐，要不要去我房间？给您看看我昨天说的人偶。”

“哎呀，您把它带过来了吗？我想看看。”

“那是我可爱的奴隶呀，我们总是形影不离呢。”

绿川夫人所说的人偶究竟是什么人呢？“可爱的奴隶”这个称呼实在诡异，但早苗却丝毫没有察觉。说起“奴隶”，诸位读者会不会立刻想到润一扮演的山川健作就是夫人的奴隶呢？

绿川夫人的房间在一楼，早苗与父亲的房间在二楼。二人在楼梯口犹豫了一会儿，最后决定去绿川夫人的房间，直接沿着走廊走了过去。

“来，请进。”

来到房间门口，夫人打开门，对早苗催促道。

“咦？是这间吗？您的房间不是二十三号吗？”

确实如早苗所说，门上的号码是二十四号，也就是夫人隔壁山川健作的房间。

山川健作——杀了人的拳击手，早早地吃完晚饭，逃也似的回到这个房间躲起来，悄悄地等待着时机的到来。房间里，浸满麻醉剂的纱布，还有棺材一样的行李箱，正在等待着受害者。

早苗的犹豫不无道理，这是一种预感，她的潜意识敏感地提示她下一秒即将出现恐怖的地狱景象。

但绿川夫人却摆出一副毫不知情的样子：

“不，我没搞错，这就是我的房间，快进来吧。”

她边说边搂着早苗的肩膀，将她带进了房间。

二人的身影刚从走廊上消失，房门随即紧紧闭合，门里还响起了锁门声。

同时，房门的另一侧传来极其微弱的呻吟声，像是人被什么东西捂住了口鼻，实在是一声痛苦的呻吟。

一瞬间，房间里变得鸦雀无声，但不一会儿，里面就传来人的低语声、匆忙的脚步声、物体的碰撞声。嘈杂持续了约五分钟，之后，房间终于安静下来，门上再次传来转动钥匙的声响，门打开一条缝儿，探出一张戴着眼镜的白皙脸庞，悄悄地窥向走廊。

确定走廊里没人后，她从房间里走出来。令人意想不到的是，这个人并不是绿川夫人，而是早苗，应该被装进行李箱里的早苗。

不，不对，虽然她梳着与早苗同样的发型，戴着同样的眼镜，穿着同样的和服与外褂，但仔细一看，总感觉有些不同。胸部有些丰满，个子也稍微高一点儿，更明显的是脸……虽然妆化得十分巧妙，发型和眼镜也让她的形象与早苗更加相似，但无论怎么化妆，人的长相是不会变的，她只是打扮得与早苗一模一样的绿川夫人。话虽如此，仅仅用五分钟就完成了如此巧妙的变装，真不愧是自称为魔术师的女人。

那么，可怜的早苗究竟怎样了？毫无疑问，绿川夫人的绑架计划正在顺利进行，早苗被装进了行李箱。绿川夫人穿着早苗的衣服，那么，早苗现在肯定像今早绿川夫人所演示的那样，全身赤裸，嘴里塞着东西，手脚被绑，正可怜地蜷缩在行李箱里。

“接下来就拜托你啦。”

化装成早苗的绿川夫人一边关门，一边小声交代道。门里传来粗犷的男声：

“好，没问题。”

正是润一扮作的山川健作。

夫人腋下夹着一个大包袱，避开人爬上楼梯。她来到岩濑的房间偷瞄一眼，岩濑果然还没有回来，正在楼下的大厅里与明智小五郎聊天。

岩濑住的是一个套间，客厅、卧室与浴室相连，客厅里摆着沙发、扶手椅、写字台等家具。夫人一进客厅就直奔写字台，她打开写字台的抽屉，取出岩濑常用的镇静剂药箱，将里面的药替换成她准备好的药片，又按原样放回抽屉里。

接着，她走进卧室，关掉墙上明亮的电灯，只留一盏小台灯，然后按下了呼叫侍者的服务铃。

很快，门外传来敲门声，一名服务生走进客厅。

“您有什么需要吗？”

“嗯，我父亲在楼下的大厅里，麻烦帮我提醒他早点儿回来休息。”

夫人将卧室门开了个小缝儿，脸藏在阴影里，客厅的灯光只能照到衣服。她巧妙地模仿着早苗的声音说道。

服务生应下后离开了。不一会儿，房间外响起急促的脚步声，是岩濑。

他走进来，责备似的说道：“怎么就你一个人，你不是和绿川夫人在一起吗？”

夫人保持着刚才的姿势不动，昏暗的卧室里只能看见她的衣服。她更加细致地模仿早苗的语调，小声地回答：

“嗯，因为我心情不好，刚才就在楼梯口和绿川夫人分开，自己回来了。我要休息了，父亲不睡吗？”

“哎呀，真是的，不是说过你不能自己一个人吗？万一发生什么意外可怎么办？”

岩濑对卧室里传来的声音没有丝毫怀疑，坐在客厅里的扶手椅上发着牢骚。

“是啊，所以我叫您回来了。”

卧室里传来天真烂漫的声音。

这时，明智侦探追着岩濑走了进来。

“小姐在休息吗？”

“是啊，现在好像在换衣服。她说自己心情不太好。”

“那我也先回房间了，告辞。”

等明智回到隔壁房间后，岩濑锁好门，在写字台前写了一会儿信，然后如往常一样从抽屉里取出“镇静剂”，用桌上水瓶里的水服了下去，随后走进了卧室。

“早苗，心情怎么样？”

岩濑一边问着，似乎要转到角落的床边来。假扮成早苗的夫人将毯子拉到下巴，脸扭到灯光的阴影里，背对着岩濑很不高兴地答道：

“嗯，很好，我很好。我困了。”

“哈哈哈，你今天有点儿奇怪啊，你生气了？”

岩濑依旧深信不疑，尽量不去惹不高兴的女儿生气，小声地哼着歌谣，换上睡衣躺了下来。

夫人换的强效安眠药立刻见效了，岩濑一沾枕头，还什么都没来得及想，就无法抵御睡意的侵袭，酣然入睡。

一个多小时后，晚上十点左右，明智小五郎正在房间里看书，突然听到隔壁响起急促的敲门声，他吓了一跳，来到走廊里一看，是服务生拿着一封电报要将岩濑叫醒。

“真奇怪，怎么叫也没人答应。”

明智突然感到强烈的不安，顾不上会打扰到其他房间的客人，和服务生一起拼命地敲门。

也许是强效安眠药的效果也抵不住如此猛烈的敲门声，房间里隐约传来岩濑迷糊的声音：

“干什么，干什么，吵死了。”

“请开门，来电报了。”

明智大声叫道。里面传来钥匙的转动声，门终于开了。

穿着睡衣的岩濑似乎困得不行，揉着眼睛打开电报，呆呆地看了看。

“可恶！又是恶作剧。我刚睡着，就因为这玩意儿被叫醒。”

他厌烦地咂着嘴，将电报递给明智。

小心今晚十二点

电报内容很简单，但意思非常明确——今晚十二点要绑架早苗。正是和以前一样的恐吓信。

“小姐有没有什么异常？”

明智稍微严肃起来，向岩濑问道。

“没问题，没问题，早苗就在我旁边睡觉呢。”

岩濑东倒西歪地来到寝室门前，看着角落里的床放心地说道。

明智也从后面偷偷看了一眼，早苗背对着他们，睡得正香。

“最近早苗和我一样每晚都服镇静剂，所以睡得很好。而且她说今晚心情不好，太可怜了，我们还是不要叫醒她了。”

“窗户关着吗？”

“不必担心，插销一直插着，白天都没有打开过。”

岩濑说着，已经爬到了床上。

“明智先生，不好意思，麻烦你把门锁上，钥匙可以由你来保管吗？”

他已经困得连锁门都嫌麻烦。

“不，我还是先待在这里吧。请您不要关卧室门，这样一来，即使你们睡着了，我也可以从这里看到窗户，如果有人破窗而入，我能马上发现，毕竟这个房间除了窗户，就没有其他入口了。”

明智对于接手的案件总是认真负责。他就坐在客厅的椅子上，点了一支烟，静静地看守着卧室。

过了大概三十分钟，什么事都没有发生。他时而站起来去卧室看看情况，早苗一直保持着相同的姿势在睡觉，岩濑也在高声打鼾。

“哎呀，您还没睡呢。服务生说刚才来了一封奇怪的电报，我很担心，所以上来看看。”

明智被这声音吓了一跳，他回头一看，发现绿川夫人站在半开的门外。

“啊，是夫人啊。是有电报发过来，但我守在这里，不会发生什么问题。我就是一个愚蠢的看守人。”

“这么说，恐吓信真的寄到酒店来了？”

黑衣女人说着，打开门走进房间。

到这里，诸位读者或许会提出抗议：作者犯了一个致命错误，绿川夫人不是扮作早苗，躺在岩濑旁边的床上睡觉吗？她怎么可能从走廊里走进来，这完全不合逻辑。

不过，作者绝对没有搞错，这两段内容都是真的，而且，世上只有一个绿川夫人。这是什么意思呢？随着故事继续发展，各位就会明白了。

暗夜骑士

“早苗睡得好吗？”

绿川夫人关上门，在明智面前坐下来，望着卧室的方向低声问道。

“嗯。”

明智不知思考着什么，敷衍地回答。

“早苗的父亲也在卧室里睡觉？”

“嗯。”

如前文所述，早苗的父亲岩濑庄兵卫服用了安眠药，委托明智在这里看守，在早苗旁边的床上睡着了。

“唉，您真是敷衍。”绿川夫人微笑着问，“您在想什么呢？您都守在这里了，还在担心吗？”

“啊，您是说……”明智终于抬起头看向夫人，“您是说刚才的赌约吧？您希望我输掉，小姐被人拐走？真是不像话。”他也回应了美女的调笑。

“哎呀，您真讨厌。我可没有希望岩濑先生遭遇不幸，我只是担心而已。然后呢，那封电报写了什么？”

“说小心今晚十二点。”

明智的样子有些奇怪。他嘴上回答着夫人的问题，双眼望着壁炉上的座钟，钟表的指针正指向十点五十分。

“还有一个多小时呢，您要一直守在这里吧？不无聊吗？”

“完全不会，我很期待，若不是因为侦探这份工作，人生中能有几次机会体验这种戏剧性的瞬间呢？夫人您困了吧？快回去休息吧。”

“唉，您真是任性，我比您还要期待呢，毕竟女人对赌博毫无抵抗力。虽说可能会打扰您，不过，可以让我一同待在这里吗？”

“又是赌约？可以，您随意。”

于是，这对奇怪的男女沉默着相对而坐，不一会儿，夫人无意中发现了桌子上的扑克牌，便提议两人玩纸牌来提神，明智也同意了。就这样，在等待盗贼的时间里，二人开始玩起了纸牌游戏。

多亏了扑克牌，原本会因担心而显得格外漫长的一小时不知不觉地就过去了。当然，在打牌期间，明智也没有疏忽大意，他一直在卧室门对面紧盯着里面的状况，但卧室的窗户（如果盗贼要从外面进入房间，那么这扇窗户就是唯一的出入口）没有发生任何异常。

“就玩到这里吧，还有五分钟就十二点了。”

绿川夫人一脸焦躁不安，似乎玩不下去了。

“嗯，还有五分钟，可以再玩一局。我们打着牌，十二点就在无事发生的平安中过去了。”

明智一边洗着牌，一边悠闲地邀请道。

“不，不行，您可别小瞧了贼，就像我们刚才在大厅里说的，我猜这个贼一定不会失约的。肯定，肯定马上……”

夫人的脸色异常紧张。

“哈哈哈，夫人，您这么神经质可不行呀。您说那个贼到底会从哪里进来？”

听到明智的话，夫人下意识地抬起手指向房门。

“啊，从门进来啊。那么，为了让夫人安心，我就把门锁上吧。”

明智站起身，用岩濑给他的钥匙锁上了门。

“这样一来，除了破坏房门，谁都不能靠近早苗小姐的床了。您也知道，要进卧室，必须通过这个房间。”

明智刚说完，夫人又像害怕鬼故事的孩子一样再次举起手，这次指向了隐约可见的卧室窗户。

“啊，那扇窗户。您是想说贼会架梯子从院子里爬上来吗？但是那扇窗户上着锁。好吧，就算有人敲碎玻璃进来，在这里也一眼就能发现，所以，万一发生了什么事情，到时候就请您见识一下我的枪法吧。”

明智说着，拍了拍右边的口袋给她看，里面藏了一把小型手枪。

“早苗什么都不知道，睡得可真香。不过，岩濑先生为什么没有起来？这种情况下睡觉，也有些太放松了吧。”

夫人一声不响地往卧室里看了看，似乎很疑惑地嘟囔了两句。

“听说二人每晚都会服用镇静剂，应该是被那些可怕的恐吓信吓得神经衰弱了吧。”

“哎呀，只剩一分钟了！明智先生，没问题吧？”

夫人站起来，疯狂地怪叫道。

“当然没问题，就像现在这样，什么都不会发生的。”

明智也不禁站了起来，诧异地看着夫人异常兴奋的脸。

“但是，还有三十秒！”

绿川夫人用炽热的眼神盯着明智高声呼喊，她——绑架早苗的女贼，正沉浸在胜利的快感中。她与名侦探明智小五郎周旋较量，现在终于到了奏响凯歌的时刻。

“夫人，您这么相信盗贼的本事吗？”

明智的眼中也闪烁着一种奇妙的光芒，他十分困惑，试图解开夫人脸上复杂的表情之谜。这位不明来历的美人为何如此兴奋，她究竟在想些什么？

“是啊，我十分相信他。这可能是我不切实际的空想，但说不定暗夜骑士现在正在从某处悄悄潜入，要来拐走美丽的小姐呢！您不觉得这一场景似乎就在眼前吗？”

“呵呵呵呵……”

明智终于忍不住笑出声来。

“夫人，请看。在您讲述这段中世纪背景架空故事的时候，时间已经过了十二点了。这场赌约果然是我赢了，我要不要收下您的宝石呢？哈哈哈哈哈。”

“明智先生，您真的以为自己赢了吗？”

夫人恶毒地扭曲着红唇，故意放慢了语速缓缓说道。她沉迷于胜利瞬间的快乐，不知不觉间忘记了贵妇应有的礼节。

“什么？这么说，你……”

明智敏锐地察觉到她话中的意思，瞬间被一种莫名的恐惧包围，一下变了脸色。

“您不是还没有确认早苗小姐到底有没有被拐走吗？”

夫人一副胜券在握的得意模样。

“但是，但是，早苗小姐正好好地……”

此刻，就连名侦探也语无伦次起来，宽宽的额头上布满了汗珠。

“您是想说她正好好地在床上睡觉吧？不过，睡在那里的真的是早苗小姐吗？说不定是个毫不相干的其他人呢！”

“怎么可能，怎么可能有这种事……”

明智虽然嘴上逞强，但实际上，夫人所说的话给他带来了极大的恐慌。他突然冲进卧室，将熟睡的岩濑摇醒。

“什……什么？怎么了？”

岩濑刚才就与睡意抗争，中途恢复了一段意识，现在一被摇晃，猛地坐起来，惊慌失措地问道。

“您看看小姐，睡在您旁边那位确实是小姐吗？”

这愚蠢的问题，实在不像是明智侦探问出来的。

“你在说什么？当然是我女儿了，不是我女儿还会是谁……”

岩濑的声音戛然而止。他似乎忽然发现了什么，定定地凝视着早苗的后脑勺。

“早苗！早苗！”

岩濑焦急地连声呼唤女儿的名字，但没有人回答。他走下床，摇摇晃晃地来到早苗的床前，伸手搭到女儿的肩上想要将她摇醒。

然而，这究竟是怎么回事？她根本没有肩膀！岩濑一按，毛毯竟然瘪了下去。这太诡异了！

“明智先生，中计了！我们中计了！”

岩濑口中爆发出难以言喻的怒吼。

“那是谁？睡在那里的不是小姐吗？”

“你看，这根本就不是人！我们上当了！岂有此理！”

明智和绿川夫人跑过去一看，发现那确实不是人。他们一直以为早苗躺在床上，但其实床上只有一颗人偶的头。这种只有头的人偶在进口商品店的橱窗里很常见，为它戴上眼镜，披上与早苗的发型一模一样的假发，再将褥子团成身体的模样，上面盖上毯子，就骗过了所有人。

名侦探的嘲笑

竟然用人偶的头来偷梁换柱，这不就是小孩儿糊弄人的把戏吗？不过，正是这种小孩子的把戏，才能巧妙地把大人们骗得团团转，就连明智小五郎也想不到，犯人竟然会如此大胆地使用这样幼稚的计谋。

不过，绿川夫人所说的“暗夜骑士”究竟是什么人？绑走早苗，又留下滑稽的人偶替身，他到底是谁？正如诸位读者所知，“暗夜骑士”不是别人，正是绿川夫人。如前文所讲，她乔装成早苗躺在床上，装作熟睡的样子让岩濑安心，再趁对方喝下安眠药熟睡时，将准备好的人偶放在床上，悄悄地回到自己的房间。各位读者应该也还记得，她在潜入岩濑房间时，腋下夹了一个大包袱。那就是这场魔术的秘诀——人偶的头。

明智小五郎在其长久的侦探生涯中，从未陷入过如此窘迫的境地。无论是面对岩濑先生的信任，还是与绿川夫人的赌局，他都处于进退两难的窘境。而且，他竟然失算于用人偶的头顶替真人这种小孩儿耍的把戏，简直是奇耻大辱。

“明智先生，我把女儿托付给你，她却就这样被绑走了。你一定要把她找回来，快点儿行动！如果你一个人的力量不够，那就找警察……对了，没有比警察更可靠的了，快给警察打电话！还是要我自己打？”

岩濑庄兵卫太过激动而忘记了绅士风度，不注意间语言粗鲁起来。

“不，请等一等。即便现在闹起来也捉不到贼，绑架至少两小时前就发生了。”

明智拼尽全力终于保持了冷静，转动他灵活的头脑思考着说道。

“我可以肯定，我在房间里看守的这段时间没有发生任何事情，所以罪犯只可能是在电报发来之前下的手。也就是说，那封电报的本意不是预告犯罪，而是把已经实施完成的犯罪伪装成即将发生的事件，在十二点之前，让我们的注意力都集中在这个房间里。而在这期间，贼就可以逃往绝对安全的地方。”

“呵呵呵……哎呀，不好意思，我没忍住，竟然笑出声了。不过，一想到明智先生这位名侦探，竟然为一颗人偶的头认真地看守了两个小时，我就觉得很有趣……”

绿川夫人不分场合地开口嘲讽。她现在大获全胜，怎么也藏不住满腔的喜悦与得意。

明智咬紧牙关忍下了她的嘲笑。毫无疑问，他现在是输家，但他并不认为自己真的已经一败涂地，心中总觉得还有一线希望。在确认这一点之前，他并不打算放弃这场较量。

“但是，就这么干等着，我女儿也不会回来的。”

岩濑被绿川夫人毫无同情的闲聊惹得更加焦躁，向明智冲了过去。

“明智先生，我要给警察打电话。你不会不同意吧？”

不等明智回答，他就跌跌撞撞地走向客厅，想要拿起桌子上的电话。就在这时，像是提前商量好的一样，电话铃声突然响了。

岩濑咂着嘴，不得已接起电话，粗俗地训斥了无辜的接线员，但不一会儿，他又愤怒地呼叫明智：

“明智先生，打给你的。”

明智听闻，似是想起什么，一下子飞奔到电话前。

不知电话里讲的是什么内容，他一直急切地应答着，但到最后却说：

“二十分钟？怎么可能要这么久？十五分钟？不行，不行，太慢了。十分钟，给我十分钟赶过来，我只能等十分钟，听见了吗？”

说完，明智便谜一般地挂断了电话。

“你要是讲完了，能顺便报一下警吗？”

等在明智身边的岩濑焦急又讽刺地说。

“没必要这么着急，比起报警，还是先让我稍微思考一下。我有一个很大的误会。”

明智没有理会岩濑，而是站在原地，从容不迫地开始思考什么。

“明智先生，你能为我女儿考虑一下吗？你之前那么自信地接受我的委托……”

面对明智这难以理解的态度，岩濑的怒火越来越高涨，但这也是理所当然的。

“呵呵，岩濑先生，明智先生现在可没有闲心去担心小姐。”

不知何时，绿川夫人从卧室来到客厅，声音爽朗地说道。

“什……什么？你说什么？”

岩濑惊得目瞪口呆。

“明智先生，让我猜猜您现在在想什么吧。您在想和我的赌约，对吧？呵呵……”

绿川夫人已经将对名侦探的敌意完全显露出来，展现出毫无顾忌的猖狂态度。

“岩濑先生，明智先生之前和我打赌，赌上了自己侦探的职业。现在，明智先生输了，所以他才这么垂头丧气。对不对啊，明智先生？”

“不，夫人，您错了，我这样是因为觉得您很可怜。”

明智不甘示弱地回击。放着被拐走的女儿不管，这究竟是怎么回事？岩濑只能茫然地看着二人的脸。

“您说我很可怜？为什么？”

夫人逼问道。就连这位女贼也无法识破名侦探眼底深藏着的神秘笑意。

“因为……”明智似乎在享受自己说的话，缓缓开口说道，“输掉赌约的人不是我，而是您，夫人。”

“哎呀，您在说什么？您这么不服输吗……”

“我不服输吗？”

明智看起来很开心。

“是啊，您当然是不服输。您连贼都没抓到，还说这样的话。”

“这么说，夫人觉得我把贼放跑了？绝对没有，我抓住了那个罪犯。”

听到这个消息，女贼不禁大吃一惊。这男人真是莫名其妙，刚才还那么失望，现在怎么突然开始胡言乱语？

“呵呵，真有趣，您真会开玩笑。”

“您觉得是玩笑？”

“没错，当然是……”

“那么，就给您看一看我不是在开玩笑的证据吧。嗯，比如说……如果我知道您的朋友山川健作先生离开酒店后去了哪里，您觉得怎么样？”

听到他的话，绿川夫人的脸色瞬间变白，不禁踉跄了一下。

“山川先生买了到名古屋的票，为什么中途下车了呢？而且还去了同在市内的M酒店住宿。另外，这位先生的大行李箱里，究竟装了什么？如果这些我都知道，您觉得怎么样？”

“骗人，你骗人。”

女贼已经丧失了讲话的力气，只是一个劲儿地嘟囔着否认的话。

“您说我骗人？啊，您是还没有注意到刚才那通电话是谁打来的吧？那我就为您说明一下：电话是我的下属打来的。虽然刚才我被您奚落了一通，但我只是在等那通电话。为什么呢？因为我在酒店四周安排了五名下属，我嘱咐过他们，只要出现可疑人员，每一个都要严加跟踪观察，如果早苗小姐被带出酒店，他们一定会发现。

“唉，那通电话真是让我久等了，不过，最终胜利还是属于我的。夫人，您的失败就在于自以为我只有一个人，妄自断定我没有下属。那么，夫人，按照约定，请您把所有的宝石都拿出来吧，哈哈哈哈哈……”

明智大笑个不停。现在胜者与败者的位置完全逆转，明智胸中涌起胜利的快感，这与刚刚绿川夫人所体验到的感受相同，甚至更为强烈，即便不想笑，也根本忍不住笑意。不过，女贼也不是等闲之辈，她展现出与明智同样强大的精神力，忍下了这场嘲笑。

“这么说，你能把早苗小姐带回来了？恭喜。山川先生怎么样了？”

她强撑精神不让声音发抖，态度冷淡地问。

“很遗憾，让他逃走了。”

明智老实地答道。

“啊，犯人逃走了吗？哎呀……”

绿川夫人没能掩饰安心的神色。

“哎呀，多谢多谢，明智先生。我也不知怎么的就激动起来了，不好意思，请原谅我。不过，你刚才说的好像是抓住了罪犯，现在看来，你还是让罪犯给逃掉了？”

听闻这个意外的好消息，岩濑又高兴起来，向明智问道。

“不，罪犯并没有逃脱，山川不是这次犯罪的主谋。我刚才说抓到了罪犯，绝对不是在胡说八道。”

明智这番话有着神奇的力量，绿川夫人的脸瞬间变成紫色。她的表情变得如困兽般惊恐，东张西望地环顾四周。

但是，即便她想逃，入口的门却是锁着的。

“那罪犯在哪儿？”

岩濑对绿川夫人的变化毫无察觉，反问道。

“在这里，就在我们眼前。”

明智直截了当地点破。

“哦，就在眼前？但是，这里除了你、我和绿川夫人之外，就没有其他人……”

“这位绿川夫人就是恐怖的女贼，是绑架早苗小姐的罪魁祸首。”

接下来，房间里弥漫着长达十几秒的死寂，三人用三种不同的眼神互相瞪着对方。

最先打破沉默的是绿川夫人：

“哎呀，怎么可能呢？我不知道山川先生都做了什么，我们只是稍微有点儿交情，才将他介绍到这家酒店来的。您竟然这么说，太过分了……”

不过，这也是这妖妇演的最后一场戏了。

她的话音未落，门口就传来“咚咚”的敲门声。

明智迫不及待地快步走到门边，掏出钥匙打开房门。

“绿川夫人，不管你怎么狡辩，活生生的证人就在这里，您在早苗小姐面前也能说出这种虚伪的谎言吗？”

明智给出了最后一击。

门外是明智的下属、紧靠在他肩上脸色苍白的早苗，还有一名身穿制服的警察。

女贼“黑蜥蜴”陷入了穷途末路。她一个弱女子，对方除早苗之外共有四名男子，其中还有一人是警察，她根本无路可逃。

但她的定力实在惊人，丝毫没有显出气馁的模样。

不，不仅如此，更令人震惊的是，大家发现她苍白的脸颊恢复了一丝血色，随后浮现出一个令人毛骨悚然的微笑。

无畏的女贼面对这绝境，不知为何诡异地笑了出来。

“呵呵，这是今晚最后一场戏了吧。真不愧是名侦探，看来这次较量是我输了，就算是我输了吧。不过，那又怎样？你想怎么办？把我捉拿归案吗？你想得未免也太美了。侦探先生，你好好回想一下，你就没有什么失误吗？怎么样？就没有什么东西，不知不觉中就不见了吗？呵呵……”

她还有什么底气敢说这种大话？

明智究竟犯了什么错误？

名侦探的失利

侦探在将如此棘手的案件罪犯捉拿归案时，体验到的那种喜悦是常人无法想象的。明智在喜悦之余不由得放松了警惕，也不是不可能的。

“黑蜥蜴”虽然因失败遭受了打击，但她还是动用自己灵活的头脑，绞尽脑汁地思考如何摆脱当前的困境。然后，她瞬间想到了一个冒险计划。

她紧张的表情终于缓和下来，回了明智先生一个微笑。

“那么，你想怎么办？把我捉拿归案？呵呵，是不是想得太美了？”

她一个柔弱的女子，面对四个身强力壮的男人，其中还有身穿制服的警察，竟然还是这样的态度，真是目中无人！

要想逃出去，出口只有通往走廊的房门，但门前站着刚进来的明智的下属和警察，根本无法通行。从窗户跳出去也行不通，这里不是一楼，窗外的院子还是内庭，四周被建筑物包围。她究竟打算用什么方法摆脱这个困境呢？

“别再虚张声势了。警官，这个女人就交给你了，不用客气，直接把她绑起来，她是本次绑架案件的主谋。”

明智对“黑蜥蜴”的挑战置之不理，对门口的警察说道。

警察还不太了解情况，听说这个美丽的贵妇是罪犯，顿时有些不知所措。但他认识明智，明智在搜查科颇有威信，于是，他就按明智所说接近绿川夫人。

“明智先生，你摸摸右边的口袋，呵呵，是不是空的？”

“黑蜥蜴”斜视着靠近的警察扬声叫道。

明智吓了一跳，下意识地把手伸进口袋里摸了摸。不见了！他放在口袋里的勃朗宁手枪不见了。女贼“黑蜥蜴”同样擅长手上魔术，刚才趁着卧室一片混乱之机，悄悄从明智的口袋里偷走了手枪。

“呵呵，明智先生，看来扒窃的手法您也需要研究一下。您的宝贝就在这里。”

女贼满面笑容，从胸前的衣服中掏出小型手枪架在面前。

“那么，各位，还请把手举起来，不然的话，我的枪法可不亚于明智先生。而且，人命对我来说可什么都算不上。”

差一步就能抓住她的警察一下子进退两难。

遗憾的是，谁都没有携带射击武器。

“手！快！把手举起来！”

“黑蜥蜴”怒目圆睁，舔着红唇，将枪口依次朝向四个男人，扣在扳机上的雪白手指微微发抖，仿佛下一秒就要用力扣下。

她身上杀气腾腾，表情近乎疯狂。虽然投降有伤男人的尊严，但警察也好，明智的下属也好，还有岩濑和名侦探明智小五郎，都不得不听从她的要求举起双手。

绿川夫人依然穿着一身黑色洋装，如她的绰号“黑蜥蜴”一般敏捷，瞬间就跑到了门口。

“明智先生，这就是你的第二个失误。你看！”

她一边说着，一边把空着的左手绕到身后，将刚才明智开门时插在锁孔里的钥匙拔了出来，举到面前晃了晃。

明智当时匆匆忙忙，根本没有料到情况会变成现在这个样子，随手就把钥匙留在了门上。但她却没有忽视这一点，一下子就想到利用钥匙逃走，这就是女贼的厉害之处。

“还有，小姐！”

她已经打开门，一只脚迈到走廊里，但握着枪的手依然没有丝毫懈怠。这次她向早苗说道：

“我真的很同情你，但你既然生为日本第一珠宝商的女儿，只能自认倒霉。而且，你实在是太美了。虽然我对宝石也很执着，但比起宝石，我更想得到你的身体。我是绝对不会放弃的！听到了吗？明智先生，我不会放弃的，小姐我改日再取。那么，后会有期。”

门“砰”的一声被关上，从外面“咯噔”一声上了锁。早苗和四个男人被关在房间里，钥匙只有一把，除了把门撞破或是从窗户跳下去，没有其他办法可以离开这个房间。

幸好，他们还有一个武器——电话。

明智扑向桌上的电话，呼叫了总机。

“喂，我是明智。情况紧急！请立刻在酒店所有出入口设下看守人员。绿川夫人！绿川夫人正要外出，抓住她！她是重要罪犯，无论发生什么事都绝对不能放过她！快告诉经理和其他人，听到了吗？啊，喂，还有，让服务生把岩濑先生房间的备用钥匙拿来，这件事也很紧急！”

打完电话，明智似乎十分懊悔地在房间里走来走去，忽然又急躁地拿起听筒。

“喂，刚才那件事你照做没有？已经告诉经理了吗？嗯，好的好的，这样就可以了，多谢。快告诉服务生拿备用钥匙来。”

挂断电话，他又转向岩濑。

“这里的接线员很机灵，很快就照我说的安排好了，酒店所有出口都派人去把守了。那女人跑得再快，这里到楼梯还有相当一段距离，下了楼梯到出口也不近，大概，嗯，大概没问题。绿川夫人这么出名，应该没有工作人员不认识她。”

不过，明智这看似周密的安排本身又是一个失误。

“黑蜥蜴”急匆匆地走下楼梯，却意外地并没有逃往出口，而是回到了自己的房间。

三分钟，刚好三分钟。

她的房门再次打开，走出来的竟然是一位年轻绅士。他头戴体面的呢子礼帽，身穿华丽的花纹西装，脸上架着装腔作势的夹鼻眼镜，唇上留着浓密的胡子，右手拄着蛇纹木手杖，左手拿着大衣。

仅仅三分钟，这敏捷的技艺连七变舞[①]的主人公都要自愧不如，除了自称为魔术师的“黑蜥蜴”，恐怕再没有人能做到。她总是将变装用的服装放在旅行包底部，以备不时之需。更为精明的是，她将行李箱里所有的宝石都取出来，藏在了西装口袋里。

年轻绅士在走廊拐角处犹豫了一会儿，不知该从正门走还是从后门走。

这时，备用钥匙已经送到，明智等人下了楼，但他们认为绿川夫人绝不会从正门逃走，就将正门交给经理把守，四人分别去监视几个后门。不知“黑蜥蜴”是不是察觉到了这一点，她昂首挺胸，拄着手杖，脚步声清脆，堂堂正正地从正门扬长而去。

以经理为首的三个工作人员紧张地守在正门口，但不管怎么

---

① 七变舞：一种可以迅速切换七种装扮表演的舞蹈。

说，这家酒店有近百名房客，还有外来的客人，他们不可能记住每个人的脸。而且，目标是绿川夫人，他们便只关注女客，根本没想到这位微笑着路过的年轻绅士会是他们要找的人，还客气地说着“给您添麻烦了”，将其送了出去。

年轻绅士一步步走下门口的石阶，吹着口哨，从容地走到门外。

沿着酒店围墙外昏暗的人行道走了一会儿，年轻绅士遇到一个身穿西装的男人，他站在原地吸烟，似乎有什么事。

年轻绅士心血来潮，突然拍了拍那男人的肩膀，神情愉悦地说：

“呀，你是不是明智侦探事务所的人？你在这儿发什么呆呢，刚才酒店里说贼已经抓到，可热闹了，你快去看看吧。”

果然，那男人看样子是明智的下属，却谨慎地回答：

“您认错人了吧，我不认识什么明智侦探。”

但滑稽的是，他的语言与行动相反，年轻绅士还没走出去几步，他就已经匆匆忙忙地向酒店跑去。

“黑蜥蜴”转过身目送他远去的背影，看着那滑稽的样子，不禁忘我地发出骇人的大笑。

古怪老人

明智败了，但并没有一败涂地，至少保护早苗的任务圆满完成了。

对于岩濑来说，女贼逃脱是次要的，他对女儿得救一事表示了感谢，不过并没有称赞明智的手段。实际上，事情会变成现在这个样子，大部分责任都在岩濑身上，他坚信变装的“黑蜥蜴”是自己女儿，睡在隔壁床上都没能看穿贼的把戏，说到底还是岩濑的疏忽。

但明智并没有因此得到安慰，一想到自己败给了那样一个柔弱的女人，他就懊悔不已。

尤其是从下属口中得知对方迅速变装后得以逃脱时，不禁气得大骂那名下属愚笨。

“岩濑先生，我输了，她那样的人竟然不在我的黑名单上，还真是不可思议。她这人不容轻视，不过我不会再输了。岩濑先生，我以自己的名誉向您保证：即便她再盯上小姐，我也绝不会输给她。只要我还活着，小姐就是安全的。”

明智苍白的脸上升起激动的热度。面对罕见的劲敌，他燃起了熊熊斗志。

诸位读者，请记住明智的话，他真的能遵守自己的诺言吗？会不会再次遭遇失败？如果真的失败，那他只能了断自己侦探的职业生涯了。

第二天，岩濑父女二人改变计划，匆忙回到了大阪的家中。虽然他们也担心途中的安全，但比起继续住在酒店里，还是早日回到家中与家人团聚更让人安心。

明智小五郎也建议他们回家，并负责途中的护卫工作。从酒店到车站的车、开往大阪的火车、到大阪后前来迎接的汽车，没人知道贼人的魔爪会伸到哪里，必须要多加注意。

早苗一行人平安地回到家中，之后，明智一直在岩濑家中做客，形影不离地跟在早苗身边。几天过去了，没有发生任何异常情况。

诸位读者，接下来，作者要换一个全新的舞台，讲述一位女性的神奇经历。这位女性在前文中从未出现过，她的故事看起来或许与“黑蜥蜴”、早苗、明智小五郎没有任何关系，但敏锐的读者肯定很快就能明白，这位女性的奇异经历对整起事件有着多么深刻的意义。

那是早苗回到大阪不久后的一个夜晚，同在大阪市内繁华热闹的S町街道上，一个女孩儿望着两侧的橱窗，无所事事地漫步着。

她外套的衣领和袖口上镶着少许皮毛，这件衣服非常适合她，她穿着高跟鞋的脚步也显得很轻快，但不知为何，她美丽的面容却没有生机，整张脸似乎都弥漫着一种自暴自弃、“怎样都好”的气息，所以总被误认为是站街女郎。

实际上，刚才就有一个人似乎把她当成那种女性，一直悄悄地跟在她身后。那人头戴褐色呢子礼帽，身穿厚重的褐色外套，手拄粗藤手杖，戴着玳瑁眼镜，发须全白，却有一张油光满面的红脸，是个看上去令人不快的老绅士。

女孩儿其实早就注意到了这个老人，但她根本不想逃跑，甚至还利用橱窗的镜子兴致勃勃地观察老人的样子。

从明亮的S町大路上一拐，便走进一条昏暗的胡同，这里有一家咖啡店以好喝闻名。女孩儿像是突然想起来，回头看了一眼尾随的老绅士，随后走进店里，坐在角落里用棕榈盆栽围成的包厢中。她可真是会愚弄人，竟然点了两杯咖啡，第二杯当然是给尾随而来的老绅士点的。

果然，老人走进咖啡店。他毫不客气地在昏暗的店里巡视一圈，看到女孩儿便无所顾忌地向包厢走去。

“哎呀，不好意思。你是一个人吗？”

他一边说着，一边直接坐在了女孩儿对面。

“大叔，我猜您一定会来，就给您点了咖啡。”

女孩儿回复道，她的胆子比老人大得多。

对于女孩儿的态度，老绅士也颇为吃惊，但马上，他似乎觉得正中下怀，笑嘻嘻地正面盯着女孩儿美丽的脸，问了一个奇怪的问题：

“失业的感觉如何？”

这次换作女孩儿吃惊了，她涨红了脸，结结巴巴地回答：

“啊，您知道？您是哪位？”

“呵呵，我是个与你素不相识的老头儿。不过，我对你稍微有一点儿了解，我来说说看：你叫樱山叶子，是关西商事公司的打字员，因为和上司发生争吵，今天刚刚被开除。哈哈哈，怎么样，我说的对吗？”

“是啊，没错。您简直就是个侦探。”

叶子立刻又恢复刚才自暴自弃的表情，似乎在说这有什么好吃惊的，漫不经心地搪塞道。

“还有，你今天三点离开公司，到现在还没回过家，也不去拜访朋友，就一直在大阪的大街小巷闲逛。接下来你想做什么？”

老人对她的行踪了如指掌，肯定是从下午三点就开始跟踪叶子，直到深夜。他做如此无聊又费力的事，究竟有什么目的？

“您问这个干什么？如果我从今晚开始转行做站街女郎……”

女孩儿冷笑着说道。

“哈哈哈，我看起来像是那种坏人吗？我没有这个打算，而且，你也不会做这种事的。你是不是以为我不知道？两个小时前，你去了一趟药店。”

老绅士忽然得意地盯紧叶子的眼睛。

“呵呵，您说的是这个吗？这是安眠药。”

叶子从手提包里拿出两盒阿达林给老人看。

“你这么年轻竟然会失眠？还是说，你不是失眠？而且你买了两盒，是打算……”

“您是想说我要自杀吗？”

“嗯，我还算理解年轻女性的心思，你们这些年轻人的心理是大人无法想象的。你们觉得死看起来很美好，想以未经污染的洁净身体死去，这是一种处女纯情；还有一种受虐狂类型，喜欢自暴自弃，主动让肉体陷入泥沼，两者只有一纸之隔。你会买阿达林、说什么站街女郎，这都是青春的招数。”

“这么说来，您是想给我提意见吗？”

叶子一脸扫兴。

“不，我可不做这么无聊的事。我并不是要提意见，而是要将你从困境中救出来。”

“呵呵，我猜也是这样。谢谢，麻烦您救救我。”

她似乎还存在误解，好笑地答道。

“别说这么没有教养的话。我是在认真地和你商量，并不想包养你，也没有什么奇怪的意思。不过，你愿意替我工作吗？”

“不好意思，您说的是真的？”

叶子终于明白了老人的真正意图。

“当然是真的。你做关西商事的职员，能拿到多少工资？”

“四十日元左右……”

“嗯，好。那我一个月给你二百，此外，食宿、服装的费用都由我来付，而且，说是工作，其实只需要你玩玩就行了。”

“呵呵，真是份好工作。”

“不，我没有在开玩笑。这其中有一些复杂的原因，雇主还觉得这些薪水不够呢。对了，你父母呢？”

“没有了。他们要是还活着，我也不会像现在这么惨吧。”

“那你现在……”

“我一个人住在公寓里。”

“嗯，好，好，一切顺利。你现在直接跟我一起走吧，公寓那边我过后去帮你打声招呼。”

这提议真是太古怪了，一般情况下，樱山叶子肯定不会同意，但她那时候甚至想卖身、自杀，这种自暴自弃的心情促使她点了头。

走出咖啡店，老人叫了一辆出租车，带她来到一条偏远的街道，走进一家破旧烟草店的二楼。那是一间十多平方米的房间，铺着红褐色榻榻米，没有任何装饰，只有角落里放着一个小梳妆台和一个行李箱。

来的路上，叶子已经听老人讲了一些关于这个雇佣合同的秘密，所以虽然老人的行动越来越奇怪，但叶子并没有感到不安，反而开始对自己的奇妙任务产生了浓厚的兴趣。

“换件衣服吧，这也是雇佣条件之一。”

老人从行李箱里拿出一套适合叶子这个年纪的衣服：一套花纹华丽的和服、腰带、长衬衣、镶毛领的黑色大衣，连草鞋都准备好了。

“镜子有点儿小，将就一下，把这套衣服换上吧。”

说完，老人就下了楼。叶子按老人所说换上衣服，被昂贵的和服包裹，心情都变好了。

“不错不错，这样就行了，很适合你。”

不知何时，老人回来了，盯着她的背影看得出神。

“不过，这件和服配我的头发总感觉有些奇怪。”

叶子照着镜子腼腆地说道。

“这也准备好了。你看，就是这个，必须要戴的。”

老人说着，从刚才的箱子里掏出一个白布包，打开一看，里面是一团可怖的头发。原来是一顶高级假发。

老人绕到叶子面前，熟练地给她戴上假发。叶子朝镜子里一看，自己简直变了个人。

“还有这个，稍微有点儿度数，还请忍耐一下。”

老人又拿出一副无框近视镜，叶子没做任何提问，直接戴上。

“啊，约定的时间是十点整，来不及了，我们马上出发吧。”

听到老人催促，叶子急忙将换下来的衣服揉作一团塞进行李箱，匆匆下了楼。

走出烟草店，二人在大街上走了一段，看到一辆等待的汽车，并不是刚才乘坐的出租车。虽然车很破旧，但司机穿着得体，似乎和老人相识。

二人一上车，还没等说话，车就启动出发了。他们在灯火通明的大道上转了几个弯，终于来到昏暗的郊外。

“到了，时间怎么样？”

司机转头问道。

“嗯，刚好十点。好了，把灯关掉。”

司机扭动开关，将前灯、尾灯、车内灯全部熄灭，漆黑的汽车在黑暗的夜色中行驶。

不一会儿，汽车沿着某个宅邸的混凝土墙徐徐前进，路边每隔大约五十米有一盏街灯，借着微弱的光亮，隐约可以看见周围。

“来吧叶子，做好准备快点儿行动，明白吗？”

老人的说法像是在鼓励运动员。

“嗯，我知道。”

面对这场不可思议的冒险，叶子兴奋不已又精神饱满地回答。

突然，汽车停在宅邸的便门前，同时车门被人从外侧打开，来人小声催促：

“快点儿。”

叶子一言不发，不顾一切地飞奔下车，按老人事先所说的冲进小门里。

这时，小门里正有一个人跑出来，那人撞到叶子的肩膀，像球一样滚到车里，坐在刚刚叶子乘坐的位子上。

交错的瞬间，借着远处微弱的灯光，叶子看到那个人的脸，不由得毛骨悚然。

是幻觉吗？还是说，从刚才开始发生的一切，都只是一场恐怖的噩梦？

叶子看到了另一个叶子。听说从前有一种病叫离魂症，难道她患上了这种怪病？

樱山叶子变成了两个，一个叶子钻进了小门里，另一个从前一个叶子身边路过坐进了汽车里。世上竟然有两个人能从发型到服装都如此相似。不，不止是这样，真正让她惊恐不已的是，那人的脸都与叶子一模一样。

叶子感受到无边的惊悚，然而那人乘坐的车就像一阵黑色疾风，消失在了来时的路上。

“来，请往这边走。”

突然，黑暗中，刚才打开车门的男人把脸凑到了她的耳边，悄声说道。

蜘蛛与蝴蝶

大阪南部的郊外，南海电车沿线的H町，坐落着大宝石商岩濑庄兵卫的宅邸。最近，这栋宅邸外的混凝土围墙顶上布满了玻璃碎片。

“怎么回事？岩濑先生不像是那种会放高利贷的人呀。”附近的人不禁感到诧异。

然而，岩濑宅邸发生的变化不止这一点。首先，住在门口的看门人换了。之前这里一直住着岩濑商会的一位老店员，现在则搬来了某位警察一家，那是一位地方警察，据说剑术极高强。

庭院里到处立着柱子，装有明亮的室外照明灯；房屋各处的窗户上都镶着坚固的铁栅栏。不仅如此，除了原有的门童外，还有两名体格健壮的青年保镖住进了岩濑家中。

岩濑宅邸已经变成了一座小城池。

他们究竟在惧怕什么，才不得不如此小心呢？不为其他，正因为有女版亚森·罗宾[①]之称的女贼“黑蜥蜴”发出了犯罪预告，岩濑最爱的女儿正面临着世上最恐怖的威胁。

东京的K酒店里，在名侦探明智小五郎的阻挠下，女贼的绑

① 亚森·罗宾：法国侦探小说家莫里斯·卢布朗笔下的著名侠盗、侦探，与柯南道尔笔下的福尔摩斯齐名。

架计划以失败告终，但她并没有就此放弃，还扬言一定要将早苗拿下。她肯定已经潜入大阪，说不定已经悄悄接近了 H 町，就在岩濑宅邸附近。

K 酒店事件中，女贼魔术师一般的手段已经让众人铭记在心，即便受到威胁的不是岩濑庄兵卫而是其他人，他们肯定也会采取同样严密的措施。

早苗本人则非常可怜，她被关在最里侧的房间里，窗子上钉满了铁栅栏，如同被监禁起来。早苗隔壁住着她最亲近的奶妈，再往外是从东京来这里出差的明智小五郎，门口两侧有三名门童把守，此外还有数名男女用人，远远地将早苗的房间包围起来，严阵以待，一旦发生什么情况可以立刻冲上去。

被关在房间里的早苗，不迈出房门一步。偶尔去院子里散步，身边也一定有明智或者门童跟着。

哪怕魔术师“黑蜥蜴”再厉害，面对这种情况肯定也束手无策。不知是不是这个原因，早苗等人已经回到家中半个多月了，依然丝毫没有发现女贼的踪影。

“难道是我太胆小了？竟然把她吓唬人的话当真。还是说她知道了我们的准备，实在是无处下手而放弃了呢？”

岩濑渐渐地冒出了这样的想法。

不过，对女贼的担心减轻一些后，岩濑又开始惦记起女儿。

“我好像有些谨慎过度了，或许我不应该把女儿关在禁闭室里。她本就有些胆小，现在变得更害怕了，好像变了个人似的。整天脸色苍白，闷闷不乐，我跟她说话她也不愿意理我，总是把脸扭到一边去。怎么才能让她打起精神来呢？”

岩濑盘算着，突然想起客厅里今天送达的西式家具。

“嗯，对了，让她去看看那个，她一定会高兴的。”

那是一套豪华的椅子，大约一个月前定做的，椅子上的布还是早苗选的。

想到这一点，岩濑立刻动身前往早苗的房间。

“早苗，按你的喜好定制的那套椅子今天做好了，现在就放在客厅里。你来看看，比预计做得还好呢。”

岩濑打开拉门，看着房间里的情况招呼道。靠在桌边的早苗吃惊地回头看了一眼，又把头低了下去，丝毫不感兴趣地回答：

“是吗？但是，我现在……”

“别这么冷淡呀，好了，快来看看。奶妈，我先带早苗出去一会儿。”

岩濑向隔壁的奶妈说完，牵起站在原地的早苗将她带了出去。

经过奶妈的房间，下一间是明智侦探的房间，房门敞开着，里面空无一人。明智有要事，上午就出去了，现在还没回来。他出门时确认了岩濑在家，又再三叮嘱用人们绝对不能对早苗放松注意。

不一会儿，早苗跟随父亲走进宽敞的客厅。

“怎么样，是不是有点儿太花哨了？”

岩濑说着，坐在其中一把崭新的椅子上。

沙发、扶手椅、女式木凳、木制靠背的小型椅子等，共七把椅子，围着圆桌阔气地排列着。

“哎呀，真漂亮……”

沉默寡言的早苗终于开口说话了。她似乎很喜欢这套椅子，还在长椅上坐着试了试。

“好像有点儿硬。”

早苗总觉得它和普通的长椅坐起来感觉不一样。

“刚做出来的椅子是会硬一些，用一段时间就会变软了。”

如果这时，岩濑和早苗一起在长椅上坐坐的话，他肯定也会产生怀疑，这把长椅的触感就是这么奇怪。但岩濑沉浸在那把扶手椅中，根本不想尝试其他椅子。

就在这时，侍女从门外探进头来，说有电话找岩濑，似乎是大阪店里的事。岩濑急忙赶往里间的起居室接电话，但他依然很谨慎，没有忘记叫门童出来，让他们留意客厅里的早苗。

听到岩濑的指示，两名门童来到走廊里看守。这条走廊的尽头就是客厅大门，不从门童面前经过，谁也进不了早苗所在的房间。

当然，客厅里有几扇面向庭院的窗户，但窗子上都镶有坚固的铁栅栏，无论是从院子还是从走廊，通往早苗所在客厅的路完全被切断了。否则，无论多么紧急的电话，岩濑都不可能留早苗一个人在房间里。

打完电话，岩濑必须立刻去一趟大阪的店里。他赶紧换好衣服，在夫人和侍女的目送下走到门口。

“多留意早苗，她现在在客厅里，我让门童在那里看着了，你也要多加注意啊。”

他一面等用人给自己系好鞋带，一面再三叮嘱夫人。

夫人目送丈夫上车，刚打算去客厅看看女儿，便听到了钢琴的声音。

“哎呀，早苗在弹钢琴。她最近都没弹呢，看来她状态不错，太好了，我还是不要打扰她了。”

夫人不由得放松下来，提醒门童们不要放松警惕后，就回到了起居室。

父亲离开后，留在客厅里的早苗依次试坐每一把椅子，感受它们的舒适度，又站在窗边眺望外面的风景。不一会儿，她打开钢琴盖，随意敲起琴键。敲着敲着，她又乘兴弹了起来，时而弹奏一首童谣，不知不觉中又弹起歌剧里的某一段音乐。

她沉迷于钢琴好一阵儿，但时间长也有些厌倦了，便起身打算回自己的房间。但她一回头，却被意料之外的骇人一幕惊呆了。

怎么可能发生这种事呢？窗户也好，走廊也好，进入这间房间的路全部被堵死了，钢琴、长椅和其他家具里也没有足以藏人的空间，近旁的椅子高度又很低，下面根本藏不了人。到刚才为止，这个房间里的活物除了早苗之外，连一只猫都没有。

尽管如此，现在早苗眼前依然站着一个诡异的活人。那人顶着乱糟糟的头发，满脸邋遢的黑胡子，骇人的双眼闪烁着凶光，身穿满是破洞的脏旧西装……他究竟是怎么进来的？不用想，这鬼魂一般的男人肯定是女贼“黑蜥蜴”的手下。

啊！预料之中的危险终于发生了！盗贼趁着大家稍微松懈下来之机，如魔术师般轻而易举地突破了众人的戒备，像一只幽灵从门缝里悄悄潜入。

“哎，不要出声，我不会对你乱来的。你也是我们重要的千金小姐。”

怪人低声威胁道。

但他其实根本没有威胁的必要，可怜的早苗早已被吓得浑身发麻，动弹不得，连呼救声都发不出来。

盗贼脸上露出阴森的笑容，他迅速绕到早苗背后，从口袋里掏出揉成一团的手帕，猛地扑向早苗，用手帕捂住了她的嘴。

早苗感到一种恶心的压迫感，从肩膀到胸部，像被蛇缠住了一样。嘴被手帕捂住，瞬间就喘不上气来，她再怎么害怕，也不能再呆立下去了。她用尽自己柔弱的力气挣扎，想从怪人手上逃脱，像一只挂在蜘蛛网上的美丽蝴蝶，悲惨地、疯狂地舞动着。

然而，不一会儿，她挣扎的手脚渐渐失去力气，慢慢安静了下来。麻醉剂生效了。

等蝴蝶不再振翅，怪人轻轻地把她放在地毯上，合拢敞开的和服下摆，看着早苗美丽的睡脸，再次笑眯眯地，露出令人毛骨悚然的微笑。

千金变身

客厅里传出来的琴声已经停了半小时，但早苗却丝毫没有要出来的意思。刚才还能听到房间里挪动东西的声音，但现在连那些响动都消失了，门的另一侧如死一般寂静。

“哎，时间太长了吧，倒是早点儿回去啊。”

“不过，里面也太安静了吧，有点儿不太对劲儿啊。”

看守的门童忍不住开始低声抱怨，刚好奶妈担心小姐，前来寻找。

“小姐在客厅吗？跟老爷在一起？”

奶妈不知道岩濑外出了。

“没有，老爷刚才接到电话去店里了。”

“哎呀，那就是小姐自己一个人在客厅里？这可不行！”

奶妈一脸不满。

“所以我们才在这儿把守啊。不过，小姐已经进去很长时间了，还没有出来。而且里面太安静了，我们觉得有些奇怪。”

“那我进去看看。”

奶妈说着，径直走过去打开门往里看了看，却又立刻关上门，跑回了门童们面前。不知为何，她的脸色十分苍白。

“糟了！你们快去看看，长椅上躺了个怪人！而且我也没看到小姐。快把他赶出来，哎呀，真恶心。”

门童们当然不信她说的话，都怀疑这个老太太是不是疯了。但没有办法，他们只能去查看情况。他们一下打开门，冲进了客厅。

进去一看，他们惊讶地发现，奶妈说的竟然是真的，确实有个人好像断气了一般躺在长椅上。那人穿着破破烂烂的西装，满脸邋遢胡子，活像个乞丐。

“喂！你是什么人？”

一个柔道初段的勇猛门童摇了摇怪人的肩膀。

“哇，真受不了，这家伙喝醉了，还吐在了长椅上。”

门童夸张地捏着鼻子急忙躲开。

男人脸色异常苍白，长椅下倒着一个威士忌空酒瓶，所以门童觉得他喝醉了。但有一点门童却没有注意到，如果他是在这个房间里喝的酒，那他醉得也有些太快了。

被摇醒的怪人半睁开眼睛，伸出红舌头舔了舔脏兮兮的嘴角，摇摇晃晃地坐了起来。

“对不住……我，不行了。太难受了，我实在是……喝不下去了……”

男人可能是将这间客厅当作了酒馆，开始说起了胡话。

“混蛋，你以为这里是什么地方？还有，你是怎么进来的？”

“哎，嗯，怎么进来的？那当然是……行家看门道啊，因为你说……你知道什么地方藏着好酒，嘿嘿嘿……”

“行了行了，别问这个了，没看到小姐啊！是不是这家伙做了什么？”

另一个门童注意到这个问题，急忙提醒道。

这实在是匪夷所思，他们在房间里找了个遍，除了这个莫名其妙的醉汉，连个人影都没有。这到底是怎么回事？难道在这短短三十分钟的时间里，这里上演了一场大变活人的魔术，将美丽的小姐变成了这个邋遢的醉汉吗？从目前的情况来看，无论这个想法多么离谱，也只有这一种可能了。

“喂！你是什么时候来的？这里应该有一位美丽的小姐，你见到没有？喂！给我回话！”

门童一直推着他的肩膀，但男人似乎丝毫没有感觉。

“哎？美丽的小姐？真好啊……快带过来，我好久没有见到美丽的小姐了，快让我看看，快！快带过来啊！哈哈哈哈哈……”

他实在是醉得不省人事。

“问他什么都没用。总之先报警吧，交给警察处理。让他一直留在这儿，他该吐得满屋都是了。”

听奶妈说了事情的经过，岩濑夫人立刻慌忙地赶了过来，但她有洁癖，听说一个乞丐似的男人吐在了客厅里，她根本没有勇气进去。在女佣的包围下，她提心吊胆地从门外看了看，听到刚才门童说的话，立刻赞同道：

“嗯，这样最好，快点儿报警。谁去给警察打个电话。”

最后，那个来历不明的无赖被关进了当地的拘留所。两个警察来扣着这怪人的双手把他带走了，但满是呕吐物的长椅和难以忍受的臭气依然留在客厅里。

“刚做好的椅子，真是太可惜了。”奶妈皱起眉头远远看着。

“哎呀，可不只是呕吐物，椅子上还有个大裂缝。唉，真可怕，那人带刀了？椅子裂了这么大个洞。”

“真讨厌，新椅子送过来才刚收拾好。这东西可不能继续放在客厅了，谁去给家具店打个电话，叫他们把这个椅子拉走，得换个椅面才行。”

有着洁癖的岩濑夫人一刻也无法容忍这肮脏的椅子留在宅邸

内。

醉汉引发的骚动告一段落，大家开始担心早苗的下落。不必说，他们早就通知了岩濑先生，又打电话叫明智赶快回来。

与此同时，岩濑家中开始了地毯式的大搜查。三名警察和以门童为首的用人们全部行动起来，从客厅和早苗的房间开始，楼上、楼下、院子、走廊，所有地方一处不落地找了个遍。

然而，美丽的小姐就像朝阳中叶尖上的露水一般人间蒸发了，消失得无影无踪。

魔术师的绝技

醉汉骚动发生两小时后，接到通知的岩濑和明智小五郎匆匆赶回来，二人在岩濑的房间里，就这桩离奇的事件紧急展开了讨论，岩濑夫人和奶妈候在旁边，负责看守的两名门童也被叫了过来，惶恐不安地守在一旁。

“失算了，我又大意了。”

明智一脸歉意。

“不，这不是你的失误，全是我的错。我女儿太消沉了，我忍不住可怜她，这才把她带到客厅去。要说大意，完全是我疏忽大意了。”

“我们也是太不小心了，竟然全都交给门童看管。”

岩濑夫人也说道。

“但是现在说这些也没有用了，比起在这里懊悔，我们得确认小姐是什么时候离开客厅的，又被带去了哪里。”

明智打断了大家不断的自责。

“啊，没错，这一点我怎么也想不通。喂，仓田，你们不是一直守在门口吗？难道你们没注意小姐从房间里出去？”

听岩濑先生询问，被称为仓田的门童有些愤慨地回答：

“没有，小姐绝对没有出来，我们一直在门口盯着。而且，小姐要想离开客厅到其他房间去，肯定要经过我们所在的走廊。无论如何，只要小姐从我们眼前经过，我们绝不会漏看。”

“哼，你们这么肯定，那小姐怎么不见了？难道是小姐弄坏了坚固的铁栅栏，自己跳出去了？是吗？铁栅栏被拆下来了吗？”

岩濑情绪一激动，就容易对人恶语相向。

门童们立刻惶恐起来，挠着头如实回答了自己知道的所有情况。

“没有，别说铁栅栏了，就连玻璃窗锁也没有打开过的痕迹。”

“你看，那不就是你们的疏忽，没有看到小姐离开吗？”

“您稍等，我觉得应该不是他们大意了。如果真是这样，那他们不仅没有看到小姐出门，连醉汉怎么进的客厅他们都没有注意到。再怎么粗心大意，也不可能连两个人一进一出都没有察觉吧。”明智思考着说道。

“确实不太可能，但事情已经发生了。”

岩濑还在说一些刻薄话。明智并没有介意，继续说了下去：

“铁栅栏没坏，如果门童们没有看漏的话，那么结论只有一个：客厅里既没有人进去，也没有人出来。”

“呵呵，这么说，是早苗化装成了那个醉汉？你真会开玩笑，我女儿可不是演员。”

“岩濑先生，您是为了让小姐看新做好的椅子才让她去的客厅，那椅子是今天刚送到的吗？”

“没错，你出去不久后就送到了。”

“真是奇怪，您不觉得椅子送到和小姐被绑架之间有一些必然的联系吗？我总觉得……”

明智说着，眯起眼睛沉思了一会儿，然后突然抬起头来，说了一些莫名其妙的话：

“人椅……这种小说家的幻想，真的能实现吗？”

随后，他一下子站起来，一副非常兴奋的样子，也没跟其他人打招呼，突然就离开了房间。

大家被名侦探的异常举动吓得目瞪口呆，一时都没有说话，只是茫然地面面相觑。忽然，走廊里传来他跑回来的脚步声和大喊：

“长椅在哪里？没在客厅里啊。”

“哎，明智先生，你冷静一下。椅子什么的怎样都无所谓，我们在担心我的女儿。”

听了岩濑的话，明智终于回到房间里，但依然叉开双腿站在原地，重复着同样的问题：

“不，我想知道长椅的去向，它在哪儿？”

于是，一个门童回答：

“刚才家具店的工匠来取，我们就把长椅交给他了。夫人交代要让他们换一张椅面。”

“夫人，是这样吗？”

“嗯，那醉汉把椅子砍坏，又吐在上面。实在是太脏了，我就急忙让家具店的人取走了。”

岩濑夫人依然没有意识到发生了什么，不慌不忙地回答。

“是这样啊，唉，真是头疼，已经无法挽回了……不，说不定还有救，是啊，可能我搞错了。我借用一下电话。”

明智精神错乱似的嘟囔着，突然抱住桌上的电话，拿起了听筒。

“你，告诉我那家家具店的号码。”

门童回答后，明智转达给接线员。

“啊，是N家具店吗？这里是岩濑家。刚才店员来把长椅取走了，他们已经回到店里了吗？”

“对，嗯，长椅？我知道了。真不好意思让您久等了，其实店员现在正要去贵府取呢。”

听筒对面传来的回答令人抓狂。

“什么？你说什么？正要来取？你说的是真的吗？刚才已经有人来把长椅取走了啊！”

明智焦急地反问道。

“啊？怎么可能？我们还都没有去呀。”

“你是店主吧？给我好好查查，在你不知道的时候是不是已经有人过来了。”

“不，不可能。我还没告诉店员要到贵府去，不可能有人会去的。”

听到这里，明智“咣当”一声挂掉电话，站起来刚想离开，又想了想，转头给当地的警察局打电话报警，将搜查主任叫了出来。明智来岩濑家做客的第一天就与搜查主任打通了关系，这个时候就发挥了很大的作用。

“我是岩濑家的明智，有人冒充家具店的店员，把醉汉弄脏的椅子搬到卡车上逃走了。我不知道他们逃去了哪里，能不能立刻部署，把他们抓起来……没错，没错，那个长椅……人椅，对，人椅。不，我不是在开玩笑……对，应该是这样，除此之外没有其他可能了。那就拜托了。我觉得我的想法肯定没错，改日再跟你详细说明。”

正要挂断电话时，从对方那里又传来一个意外的消息。

“什么？逃走了？这也太大意了……以为他是个醉鬼所以疏忽了？嗯，这也是难免的，不过那家伙可是个不得了的冒牌货，肯定是‘黑蜥蜴’的手下。太可惜了，还没有抓到吗？拜托多费心了，人命关天……长椅和醉鬼都拜托你了……嗯，稍后再联系。”

挂断电话后，明智失望地蹲在地上。在座的人们都异常紧张地听着电话，明智的话让他们渐渐明白了这位名侦探举动离奇的原因。

“明智先生，听你讲话我也大概了解了事情的经过，你的洞察力真是令人震惊。唉，不过贼人这果敢高明的诡计也是让人瞠目结舌。也就是说，那个装成醉汉的人藏在设好机关的长椅内部，将家具店做的真椅子调了包，所以藏人的长椅才会出现在客厅里。这时早苗再进入客厅……那个男人从椅子里钻出来，把女儿……明智先生，他不会杀了我女儿吧……”

岩濑惧怕得不忍说下去。

“不，他们肯定不会杀了小姐的。从K酒店里发生的案件也能看出来，他们想要活捉小姐。”

明智让他放心。

“嗯，我也是这么想的……之后，他把昏迷的早苗藏在长椅内部的空间里，盖上盖子，再躺在长椅上装出一副喝醉的样子。不过，椅子上面的污渍……”

“没错，精彩！岩濑先生的想象力也不输给‘黑蜥蜴’啊！我的猜想也是如此……那家伙的可怕之处就在于：她有胆量进行高明的设计后，坦然地实施愚蠢的诡计。她这次的构思完全来自于荒诞故事，某位作家写过一篇名为《人间椅子》的小说，也是讲述坏人躲在椅子里实施猥亵的故事，但‘黑蜥蜴’却巧妙地将小说中荒诞无稽的情节变成了现实。刚才您说的污渍，也是他事先用瓶子装好液体，然后倒在长椅上的。没错，就是瓶子，只要调查一下威士忌瓶子里残留的液体，肯定能发现呕吐物的气味。其实这也是很久以前西方荒诞故事中的一种手法，不过故事里用的不是呕吐物，而是更脏的东西。”

“那个醉汉从拘留所里逃走了？”

“是，据说是逃走了。醉汉也好，长椅也好，都像小说情节一样消失了。”明智不禁苦笑，但又马上认真地说道，“不过，岩濑先生，我不会忘记在K酒店许下的承诺。请您放心，我拼上性命也会保护小姐，绝不会让事情发展到无法挽回的地步，请相信我……请您看看，我的脸色苍白吗？能看出担心的影子吗？看不到吧？放心，我有把握，肯定没有问题。”

明智这样说着，脸上露出了笑容，这笑容真心实意，并没有在虚张声势。人们安心地仰视着名侦探爽朗的脸。

埃及之星

宝石商千金被绑一案登上了第二天的报纸，消息一时间传遍了全国。当地的警察不必说，就连大阪府警局也倾尽全部警力搜查早苗的下落。无论是商场的陈列货架上，还是家具店的橱窗里、车站的货物仓库中，所有称得上是长椅的椅子都遭到了怀疑，一些神经质的人甚至对自己家客厅里的沙发都不放心，必须仔细检查一遍才敢安心坐下。

就这样，事件已经过去了整整一天一夜，但藏着人的长椅依然下落不明。美丽的早苗也不知是生是死，整个人仿佛从世上消失了。

岩濑先生和夫人整日忧心忡忡。让早苗身处险境，又给了盗贼逃跑的机会，这完全是岩濑夫妇的过错，怨不得其他人。但他们过于悲愤，不由得失了分寸，竟然开始责备明智侦探，怪他不该随意外出。

明智当然可以体谅他们的心情，更何况，他也赌上了名侦探的名誉，发生这样的绑架事件，他自觉也有责任，对这无法挽回的大意深感懊悔。尽管如此，他似乎依然有十足的把握，胸有成竹，丝毫不显惊慌，不愧是身经百战的名侦探。

“岩濑先生，请相信我，小姐很安全，我一定会把她救回来。虽然小姐在盗贼手上，但他们肯定把早苗小姐当作重要的宝贝来对待，绝对不会加害小姐。他们有理由必须这么做，您不需要太过担心。”

明智反复安慰岩濑夫妇。

“但是，明智先生。你说要把我女儿救回来，她现在在哪儿呢？难道你知道她的下落？”

岩濑又讽刺道。

“没错，可以算是知道。”

明智胸有成竹。

“哼，那你怎么不行动？从昨天开始，你就把一切都交给警察，自己袖手旁观，什么都不做。你要是知道早苗在哪儿，怎么不快点儿采取措施？”

“我在等。”

“等？等什么？”

“等‘黑蜥蜴’发来通知。”

“通知？真可笑，你是说贼会来通知我？通知我‘请把女儿带回去’？”

岩濑的话依旧惹人厌恶，明显对明智的话不以为然。

"没错，正是。"明智像个孩子一样天真地回答，"那家伙说不定会通知您把小姐带回来。"

"什么？你……你是认真的吗？不管怎么说，贼怎么可能……明智先生，这种时候还是不要开玩笑了。"

岩濑极其不愉快地直言道。

"我没有开玩笑，到时候您就知道了……啊，说不定这里就有贼发来的通知。"

当时，他们正坐在早苗被绑架的客厅里，刚好一名门童将整理好的今天的第三批来信送了进来。

"这里？有贼的通知？"

岩濑从门童手里接过几封信，一副"简直是莫名其妙"的态度，嘴上心不在焉地应付着，同时一封封地查看寄信人。但很快，他便发出了一声意外的惊呼：

"啊！这是什么？这个图案是什么？"

那是一只精致的高级信封，背面没有寄信人的名字，左下角画着一只精巧的黑色蜥蜴图案。

"是'黑蜥蜴'。"

明智毫不吃惊，一脸不出所料的神态。

"是'黑蜥蜴'寄来的，还印着大阪市内的邮戳。"岩濑不愧是一名商人，眼尖地看到了邮戳，"啊，明智先生，你怎么料到她会寄信来的？这确实是贼发来的通知。唉，这可真是……"

他深受震动，紧盯着名侦探的脸。岩濑虽然易怒，心情却好转得很快。

“请打开看看，‘黑蜥蜴’有什么要求。”

听了明智的话，岩濑仔细地拆开信封，展开里面的信纸看了看。那是一张没有任何图案的纯白纸张，上面的笔迹歪歪扭扭，给人的感觉像是故意写得难看。信的内容如下：

岩濑庄兵卫先生：

昨天给您添了诸多麻烦，向您表示歉意。小姐确实在我手上，我将她藏在警察绝对搜查不到的安全场所。

不知您想不想把女儿赎回去？如果您有这个意思，可以根据如下条件与我进行谈判。

价格：您收藏的“埃及之星”一颗。

交易时间：明天下午五点。

交易地点：T公园通天阁山顶瞭望台。

交易方式：岩濑庄兵卫只身携带现货于上述时间前往通天阁。

如违背上述条件，或将此事告知警察，或现货交易后想要抓捕我，则将以令爱之死作为报复。

如您严格履行上述条件，我们会于当晚将女儿送还府上。如您同意，无须回信。请您明日在规定时间到达指定地点，否则此项谈判无效，我们将立刻按计划行事。

以上

黑蜥蜴

读完来信后，岩濑脸上浮现出不知所措的神色，陷入了沉思。

“她要‘埃及之星’？”明智问道。

“是啊，这下可难办了。‘埃及之星’虽然是我的私有物，但可以称之为国宝，我不想让它落入恶贼手里。”

“听说它非常昂贵。”

“时价二十万日元，但它的价值不是金钱能衡量的。你知道这块宝石的历史吗？”

“嗯，听说过一些。”

“埃及之星”是这个国家最大、最贵重的钻石，产自南非，采用明亮型切工，重达三十多克拉。正如名字所示，它曾经被收藏在埃及王室的宝库里，后来在欧洲各国的贵族间被几次转手，第一次世界大战时，出于某些原因被转到宝石商人手中，之后又几经辗转，终于在数年前被岩濑商会巴黎分店收购，现在归大阪总店所有。

“这块宝石很有来历，我将它视作生命中第二重要的宝贝，在防盗方面也是慎之又慎。除了我自己，别说店员了，连我妻子都不知道这颗宝石存放在哪里。”

“这样一来，对于贼来说，偷一个活人比盗取这块宝石来得更容易。”

明智频频点头。

“没错。‘埃及之星’经常被盗贼盯上，每一次都让我更加小心，最后终于把藏宝石的地点变成了我一个人的秘密。不管是多么厉害的盗贼，都无法盗取我头脑中的秘密……不过，这些苦心都是徒劳，连我也没想到，她竟然绑架我的女儿来勒索宝石……明智先生，再珍贵的宝物也抵不上人的性命。很遗憾，但我决定放弃宝石了。”

岩濑脸色苍白，下定了决心。

“这么重要的东西，您没必要交出去。您完全可以不去理会这封恐吓信，不会危及小姐的性命的。”

明智态度坚定地安慰他，但顽固的岩濑并不相信明智的话。

“不行，不行，那恶棍太危险了，谁知道她能干出什么事来。虽说宝石珍贵，但也不过是颗矿石而已。要是为了区区一颗矿石，让早苗有什么三长两短，那我可就追悔莫及了。我还是答应盗贼的提议吧。”

“既然您下定了决心，那我就不阻止您了。假装中了敌人的诡计，把宝石交给对方也是一种策略，从我的侦探经验来说，这个方法反倒更方便。但是岩濑先生，您完全不用担心，我向您保证，小姐也好，宝石也好，我一定会亲手送还到您面前，现在暂且让对方空欢喜一阵儿吧。”

明智不知有什么把握，语气自信十足，满不在乎地断言道。

塔上的黑蜥蜴

第二天，约定的时间到来之前，岩濑庄兵卫按照信上的要求，除明智外没有告诉任何人，独自走进T公园的入口，来到高耸入云的铁塔下。

T公园说是公园，但占地面积广，每日来往的游客众多，是大阪首屈一指的大型游乐场。公园里，剧场、电影院、餐饮店鳞次栉比，人声鼎沸，露天商贩的叫卖声、电动留声机的噪音、孩子的哭闹声与上万双皮鞋和木屐踏出的脚步声一齐奏出一曲交响乐，沙尘飞扬。处于园区正中央的通天阁，是模仿巴黎埃菲尔铁塔而建，钢筋直插云霄，自上而下俯视着整个大阪。

女贼“黑蜥蜴”竟然偏偏选择这里——游乐场正中心，将众目睽睽的高塔作为交接赎金地点，真是目中无人，胆大妄为！如此张扬放肆的冒险行为，也就只有这个“黑蜥蜴”才能做得出来。

岩濑虽然是个不拘小节的商人，但一想到要与女贼交涉，也不禁紧张不已，走进通往塔顶的电梯时，身体不由得有些僵硬。

随着电梯不停上升，大阪的街道渐渐向下沉去。冬日的太阳已经接近地平线，阳光在每一个屋顶另一侧投下阴影，呈现出美丽的棋盘图案。

电梯终于到达塔顶，岩濑来到可以环视四周的瞭望台。高空中的寒风比地面上猛烈得多，“呼呼”地吹打着脸颊。冬季的通天阁并不受欢迎，而且现在正是傍晚，瞭望台上一位游客都没有。

瞭望台上有一家商店，用防风帆布围着，卖些点心、水果、明信片之类。这里除了看店的夫妇瑟缩着坐在店里之外，连个人影也看不见，寂静得仿佛天上远离人世的无人之境。

靠在栏杆上向地面看去，脚下的人群像数千只蚂蚁，熙熙攘攘、密密麻麻，与此处的寂静截然不同。

岩濑吹着冷风等了一会儿，下一班电梯到了。随着铁门“嘎啦嘎啦”的开门声，一位身穿和服、戴着金边眼镜的妇人出现在瞭望台上，笑眯眯地向岩濑走来。

现在这个时间，一位端庄的妇人独自来到塔上，总让人感觉有些不自然。

“竟然还有这么好奇的太太。”

岩濑看到女人正感到惊讶，对方却突然开口向岩濑搭话：

“呵呵，岩濑先生，您不认识我了吗？我是绿川，在东京的酒店还与您亲密往来过呢。”

原来这女人就是绿川夫人，也就是“黑蜥蜴”。她真是个怪物！穿上和服，戴上眼镜，梳起圆形发髻，她就像变了一张脸似的。这位贤淑的夫人竟然是女贼“黑蜥蜴”，简直令人难以置信。

“……”

岩濑对她这副把别人当傻子的亲密态度恨之入骨，沉默地盯着她那张美丽的脸庞。

“这次实在是给您添麻烦了。”

她说着，像贵妇一样优雅地鞠了一躬。

“没什么好说的，你提出的条件我全都照做了，你会把女儿还给我吧？”

岩濑先生丝毫不理会对方的花招，直奔主题。

“当然，这是肯定的……小姐现在很好，还请您放心……那么，我们说好的东西，您带来了吗？”

“带来了，就是这个，你检查吧。”

岩濑从怀里掏出银制的小盒子，下定决心将它送到夫人面前。

“哎呀，多谢，那我就瞻仰一番……”

“黑蜥蜴”从容不迫地接过盒子，遮在袖子后打开盒盖，凝视着白色天鹅绒底座上的巨大钻石。

“啊，真是太美了……”

眼看着她的脸上透出欣喜的神色，稀世的宝石充满了神秘的魅力，让这位厚颜无耻的女贼都红了脸。

“五色火焰，真像是五色火焰正在熊熊燃烧。啊！我已经爱上它了。与这颗‘埃及之星’相比，我多年来收藏的上百颗钻石简直就是一堆石头。”

说完，她又恭敬地行了个礼。

对方越高兴，岩濑越是感觉眼前这装腔作势的女人可恶至极，自己生命中第二珍贵的宝物就这样被她轻易夺走，虽说已经做好了心理准备，心中却还是抑制不住地憎恨起来，这也使得他在这种场合下，依然不由自主地对她恶言相向：

“行了，赎金我已经付完了，接下来就等着你把早苗送回来。不过，我可以信得过你吗？毕竟你是个贼，和贼做预付款交易，风险有些太大了吧。”

“呵呵，这您不用担心……那么，请您先走一步，我稍后。”

女人并不理会岩濑的恶劣态度，打算结束这场古怪的会面。

“哦，你是说只要收到钻石就没事了是吗……不过，你可以和我一起走呀，你不愿意和我一起坐电梯？”

“没错，虽然我也很想和您一起离开，但我毕竟是个通缉犯，如果我不亲眼确认您平安回家的话……”

“哦，你担心会有危险，你怕我跟踪你？哈哈哈，真是可笑，你害怕我，竟然还敢约在这么冷清的地方和我单独见面。我是个男人，万一，我是说万一，万一我决心牺牲掉女儿的性命，将你这个毒害人间的女贼抓捕归案，那可是易如反掌啊。”

面对女人那副令人憎恶的嘴脸，岩濑不禁讽刺了几句。

“没错，所以我做了万全的准备。”

岩濑本以为她会掏出手枪，不料她竟然快步向商店走去，拿起一架摆在商店柜台上的出租望远镜。

“看到那根澡堂的烟囱了吗？请看烟囱正后方的屋顶。”

她手指着烟囱的方向，将望远镜递给岩濑。

“哦？屋顶上有什么？”

在好奇心的驱使下，岩濑拿起望远镜向对面看去。那是一面狭长的大屋顶，与通天阁之间隔了约三百米。澡堂的烟囱后方有一片晾衣台，可以清楚地看到一名工人模样的男子正蹲在那里。

“晾衣台上有个穿西装的男人吧？”

“嗯，确实有，那又怎么了？”

“请您仔细看，他在干什么？”

“咦，奇怪，他也拿着望远镜看着这边。”

“然后呢，他另一只手上是不是拿着什么东西？”

“嗯，拿了，像是一块红布。他好像在看我们。”

“没错，正是。他是我的手下，在那里监视我们的一举一动。一旦我有危险，他就会挥动红布通知另一个在别处监视屋顶的手下，那名手下就会立刻给小姐所在的地方打电话，电话一响，早苗也就没命了。呵呵，我们做贼的，即使是一桩小工作，也必须要做好周密的计划才能动手啊。”

这的确是个好主意，她选择行动不便的塔顶作为交易地点，就是为了派人在安全的远处监视这里，这一点在平地上是办不到的。

“哼，您还真是煞费苦心。”

岩濑虽然嘴硬，但内心却不禁赞叹女贼计划的周密。

怪异的私奔者

然而，就算岩濑按照她的要求先离开了铁塔，坐上等在附近的汽车离开后，“黑蜥蜴”依然不能安心。

岩濑有明智小五郎这号棘手的人物跟着，不知道他会绞尽脑汁，想出什么出人意料的主意来。

她拿起望远镜，靠在栏杆上凝神眺望塔下的人群，观察是否有形迹可疑的人。就在她看得眼花缭乱时，她输给了自己内心的软弱，开始被一种难以言喻的不安所侵袭。

那个站着仰望铁塔的西装男也许是个刑警，一直蹲在那里的流浪汉有些可疑，可能就是明智的手下假扮的。

不对，这里游客众多，明智小五郎本人乔装混进来也不是不可能的。

她焦躁地拿着望远镜，在瞭望台上走来走去。

她丝毫不担心自己被抓，对方应该十分清楚，如果把她抓起来，早苗就会有生命危险。需要担心的是跟踪。对于跟踪高手来说，无论她多么警惕、绕多少弯路都无济于事。明智小五郎就是跟踪的高手。如果他混迹在人群里暗中跟踪她，一直追查到她的老巢的话……一想到这儿，就连这位不可一世的女贼也不禁胆战心惊。

“还是用那一招吧，小心一点儿总归没错。”

她快步走向商店，对柜台里的老板娘说道：

“不好意思，可以帮我一个忙吗？”

夫妇二人在柜台后，围着火盆蜷成一团，闻言惊讶地抬起头。

“您需要点儿什么？”

和蔼可亲的老板娘笑着回答。

“不，我不买东西，我有件事想求你。你刚才看到在那里和我说话的男人了吧？他是恶棍，他威胁我，不知道会做出什么事来，你能帮帮我吗？刚才我说些好话让他先回去了，但他现在还在塔底下等着要抓我。拜托了，你能不能暂时替我在那边的栏杆旁站一会儿？我们在后面换一下衣服，老板娘假装成我，我假装成老板娘，幸好我们年纪相仿，发型也相似，一定能行的。老板，真不好意思，一会儿可不可以麻烦你把我送到那边去？我会好好感谢二位的，我现在身上所有的钱都给你们，好吗？拜托了。”

她一边装模作样地恳求着，一边拿出钱夹，将七张十日元的纸币硬塞进推辞的老板娘手中。

老板夫妇低声商量一阵儿，他们对这意料之外的收入感到吃惊，但又感觉女人的话没什么可疑的，于是答应了她这奇怪的请求。

老板用防风帆布将商店遮起来，二人藏在里面换衣服，从外面丝毫看不出来。

肤色白皙的老板娘穿上“黑蜥蜴”柔软的和服，梳理好蓬乱的头发，再戴上金边眼镜，挺直身板儿，一下子就变成一位优雅的贵妇。

变装本就是“黑蜥蜴”的拿手好戏，她拆散发髻，手掌沾着灰尘在脸上抹了两把，再加上身上的条纹和服、带袖子的薄围裙、打补丁的藏青短袜，完全是一副小商店老板娘的模样。

“呵呵，真不错。怎么样？合适吗？”

“真不得了，我这老婆还像贵妇似的摆起架子来了，太太您倒是变邋遢了。很成功，这样一来，那位老爷肯定也认不出您了。”

老板分别看了看两人的样子，惊讶得目瞪口呆。

“啊，对了，你戴着口罩呢。正好，请借我用一下。”

“黑蜥蜴”戴上白布口罩，遮住自己的脸。

“老板娘，还请你站在栏杆边上举着望远镜吧，拜托了。”

随后，女贼假扮成老板娘，和老板一起乘坐电梯，来到拥挤的地面。

“好了，快走吧，可别被发现了。”

两人拨开人群，穿过电影街和公园的树林，专门走向人烟稀少的地方。

“多谢，到这里就可以了……哎呀，真好笑，我们像不像一对私奔的情侣？”

他们看起来确实像是一对怪异的私奔者。男人可能是耳朵坏了，从头到下巴缠着绷带，上面戴着一顶脏兮兮的鸭舌帽，木棉条纹和服外穿着黑呢绒罩衣，腰间系一条皮带，赤脚穿着木底草鞋。女人则如前文所述，浑身上下一副老板娘打扮，两人都戴着俗气的口罩，男人牵着女人的手，避开人群穿行在树林中，匆匆跑在小路上。

“嘿嘿嘿，不好意思。”

男子回过神来，放开牵着女人的手，有些害羞地笑了。

“没关系的……你头上的绷带是怎么回事？”

“黑蜥蜴”在他的帮助下得以脱险，出于感谢问了一句。

“啊，我得了中耳炎，现在已经快好了。”

“哦，是这样，你要注意身体啊。不过你有个好老婆，真幸福。夫妻二人一起做生意，肯定很开心吧？”

“嘿嘿嘿，什么呀，我老婆没那么好。”

“黑蜥蜴”觉得这男人淳朴得有些好笑。

“那就到这里吧，请代我向老板娘问好，二位的恩情我没齿难忘……啊，对了，我那件和服，虽然已经穿旧了，就送给老板娘吧……”

走出树林，一辆汽车停在纵贯公园的马路边。“黑蜥蜴”与男子分开后，就朝汽车跑去。

汽车司机似乎正在等她，见她过来马上打开车门。女贼赶紧钻进车里，发出一声信号，汽车立刻发动离开。司机肯定是“黑蜥蜴”的手下，事先商量好在这里等待首领。

商店老板看到女贼的车发动后，不知为何，并没有返回铁塔，而是突然冲到马路上四处张望。刚好一辆空车从旁边经过，他猛地举起手叫住空车，飞快地跳上去，一改方才的语气，口齿清晰地喊道：

“跟住前面那辆车。我是警察，小费也会给足你，给我跟紧了。”

车保持着适当的距离，跟着前面的车驶去。

“注意不要被他们发现。”

他时不时指示几句，弯着腰，像名勇猛的骑手注视着前方。

他说自己是警察，但这是真的吗？似乎并不是这样。他的声音给人的感觉有些熟悉。不，不只是声音，那双绷带下紧盯着前方的锐利眼睛，也让人感觉似曾相识。

追　踪

阴沉冬日的傍晚时分，纵贯大阪南北的S干线上，两辆汽车混在往来的车流中，保持着一定的距离，正在进行奇妙的追踪游戏。

前一辆车上坐着身穿和服与围裙的小商店老板娘，她年轻漂亮，独自坐在座椅的角落里，试图将自己藏起来。

乍一看，她穿着寒酸，不像是会坐出租车的样子。但事实上，这女人正是稀世女贼“黑蜥蜴”乔装而成。

但这个女贼并没有察觉到，身后还有一辆汽车正在执着地跟踪她。尾随的车上坐着一个小商贩打扮的怪异男子，他半张脸上都缠着绷带，表情严肃地盯着前面的车，还说着“再快一点儿”“再慢一点儿”，傲慢地对司机下达命令。

这个男人究竟是什么人?

他双眼依旧注视前方，手上动作迅速，几下便脱掉呢绒罩衣与条纹和服，露出里面有些脏旧的土黄色衣裤。小商贩摇身一变，就变成了一名工厂工人。

换完衣服，他又快速扯掉脸上的绷带，露出藏起来的半张脸。他的耳朵并没有问题。

他只是故意装作患病，巧妙地把脸遮起来。

现在，这怪异的男人终于露出了自己的真面目：炯炯有神的双眼，浓密的眉毛，正是明智小五郎。

他识破了女贼的计谋，将计就计，乔装成塔上商店的老板守株待兔，打算查明“黑蜥蜴”的秘密，挖出她的老巢。

女贼毫不知情，落入了明智的圈套，甚至向他求助以帮自己逃跑。要想抓她的话随时都可以动手，但他们还没有确定早苗小姐的所在地，所以，在贼人的窝点尚未查明之前，绝对不能随意出手。明智不得不按下激动的心情，耐心地实施跟踪，然后计划一举夺回小姐和宝石，同时将女贼“黑蜥蜴”绳之以法。

窗外已经漆黑一片，两侧的路灯向身后飞闪而过，两辆汽车在大阪的大街小巷中穿梭环绕，持续着奇异的较量。

女贼所乘的车没开车内灯，借着一晃而过的路灯，隐约可以透过后玻璃看见她的头。当然，明智必须在保证没有危险的情况下尽量接近他们。

汽车拐过一个街角，来到大阪一条知名的运河边。马路一侧是关了大门的批发街，另一侧直接挨着运河。为了方便装卸货物，河岸修成了长长的缓坡。这条街道漆黑寂静，不禁让人诧异市内竟然还有如此冷清的地方。

前车在黑暗中慢吞吞地行进着，但不知为何，路过桥边时，它突然在明亮的路灯下停了下来。

“哎呀，不行，停车吧。”

就在明智让司机刹车时，前车却突然掉转车头，朝这边开了过来。

这一看，风挡玻璃前亮出红色的“空车”标志，不知何时，后面的座位已经空了。

明智没有时间思考，那辆古怪的汽车已经开到了眼前，悠闲地鸣着喇叭，缓缓地与明智擦肩而过。

车辆近在咫尺，能够清楚地看见里面的情况：确实是空的，刚才还在的女人竟消失得无影无踪。

司机肯定是女贼的手下，车肯定也是她的，为了避开警察的调查，才若无其事地假扮成出租车。

要不要把司机抓起来？不行，他只会坏事。必须要找到“黑蜥蜴”，这样才能找出她的老巢。

话虽如此，女贼究竟藏在哪里呢？那辆车在桥边停下时没有人下车，那里的路灯很亮，绝对不会看错。另外，在车拐到河岸边之前，女人确实就在车里。

这样一来，她应该是在拐角到桥边那五十米左右的昏暗路段，从缓缓行驶的车上跳下来藏到了什么地方。但她能藏在哪儿呢？一侧是大门紧闭的商家，一户挨一户，寂静无声；一侧是黑水流淌的运河。明智下车，在那段可疑的路上仔细地来回巡视了一番，但没有任何发现，别说人了，连一条小狗都没有看到。

“真奇怪，难不成她跳进河里了？”

明智回到车边后，司机疑惑地问道。

“嗯……河里吗？也说不定呢。”

明智说着，双眼注视着卸货区下方一艘停在暗处的日式船。

虽然船上没有人影，但船尾处船舷的油纸拉门上透出了红色的煤油灯影，里面应该住着船长一家。仔细一看，通往岸上的木板还搭着，说不定，说不定那个女人——女贼“黑蜥蜴”正屏住呼吸，悄悄地躲在红色油纸拉门后。

这想象实在是毫无道理，但除此之外，女贼再没有其他藏身之地了。而且，对手是“黑蜥蜴”，她向来不按常理出牌，尽可能往出人意料、越出常轨的方向思考才是正确选择。

“你能帮我个忙吗？”

明智递给司机一张纸币，在他耳边悄声说道：

“那艘船上有一扇开着灯的拉门，你先将车前照灯关掉，掉转车头，让车灯正对着那扇拉门，再开灯的时候刚好可以照到那里。

还有，这个请求有点儿难度，你能不能喊一声‘救命’，声音越大越好，然后一下子打开车灯。能做到吗？”

“哦，要演戏是吧……啊啊，原来如此，我明白了。好，我试试看吧。”

有钱能使鬼推磨，司机立刻答应下来，将车灯熄灭，慢慢地将车身转过去。

工人打扮的明智双手搬起旁边的大石头，走下卸货区的缓坡，来到河岸边。

“救命啊！哇！救命！”

司机的尖叫声突然响起，他的演技逼真，似乎眼看就要被杀了。

与此同时，河里突然“咚”的一声响起巨大的水声，是明智将石头扔进了水里。如果仅凭声音判断，肯定会以为有人跳进了河里。

不出所料，这场骚动让船上的人拉开拉门，一张脸从门后探出来，又在突然亮起的车灯中迅速缩了回去。明智没有错过这一幕，正是“黑蜥蜴”，化装成老板娘的“黑蜥蜴”。

当然，对方看不到明智的身影，她甚至没有发现自己一直被跟踪。若是知道有人跟踪，她绝不可能从门里探出头来。

被惊动的商店雇员们纷纷打开门跑到大街上。

“怎么了？怎么了？”

“是打架吧？有人被干掉了吗？”

“刚才好大一声水声啊。”

这时，司机已经迅速地掉转方向，驶出去好远了。

明智十分明智，沿着漆黑的河岸边，快步跑向桥边的公用电话。

敌人打算借水路逃跑，需要追踪到什么地方还未可知，必须先对我方人员下达指令，安排接下来的行动才行。

怪 谈

第二天凌晨，一艘不足二百吨的小型蒸汽船从大阪河口启航驶向大海。幸好当天天气晴朗，风平浪静，非常适合出海。那艘船虽看着小，却动力十足，在平静的海面上飞速前进，下午就到达了纪伊半岛南端。但它并没有在此停靠，而是径直驶过伊势湾，从太平洋直奔远州滩。这样一艘小船，竟然敢和大型轮船走同一条远洋航线。

从外形来看，它就是一艘毫不起眼的黑色货船，但船内没有一间货舱，降下舱口，里面是一排豪华的船舱，与寒酸的外表截然相反。这是一艘伪装成货船的客船，不，与其说是客船，它更像是一栋奢华的住宅。

在这些船舱中，靠近船尾的那间宽敞整洁，装饰得非常华丽，应该是船主人的房间。

房间里铺满昂贵的波斯地毯，天花板是纯白色的，悬挂着精致的枝形吊灯，还有装饰衣橱、盖着绸缎的圆桌、沙发和几把扶手椅。

其中，只有一张长椅的花纹与众不同，打破了整个房间的和谐，它被放置在角落里，好像只是打算暂时放在这里。

这张长椅似乎有些眼熟……啊，没错，长椅上有一条修补痕迹，正是三天前从岩濑家客厅将早苗运出来的那张长椅。不过，它为什么会出现在这艘船上？

啊，既然长椅在这里，难道说……不，不对，我们只顾着关注长椅，却忽视了坐在长椅上的人：光滑柔顺的黑丝绸洋装，耳垂、胸前、手指上戴着光彩夺目的珠宝首饰，魅力十足的容貌带有一种妖异气息，丰满的躯体透过黑丝绸若隐若现，让人过目难忘——是“黑蜥蜴”，就是昨晚没有察觉自己被明智侦探跟踪，躲在日式船油纸拉门后的女贼“黑蜥蜴”。

女贼乘坐的日式船连夜从支流驶入主河道，等到了河口，她再换乘到这艘船上来。

这么说，这艘小汽船究竟是什么船？如果只是一艘普通的商船，肯定不会让一个女贼住在最豪华的船舱里，这也许是“黑蜥蜴”自己的船。

如果是这样，人椅会出现在这里也就合情合理了。而且，既然人椅在这里，那被关在椅子里的早苗，此刻应该也被关在船上的某个地方。

这个问题先不深究，我们现在需要转换视角，看一眼房间门口，因为还有另一个人站在那里。

那人戴着镶有金辫带徽章的船员帽，身穿镶黑边的立领服，一副普通商船的事务长模样。但这个男子的长相给人的感觉有些眼熟：塌鼻梁，身材魁梧，像是一名拳击手……原来如此，他就是在东京 K 酒店里化装成山川博士绑架早苗的拳击手，为“黑蜥蜴”卖命的雨宫润一。

“哎呀，连你都害怕这种事？真是的，你一个大男人居然还怕鬼？”

“黑蜥蜴”缓缓地靠在长椅上，美艳的脸上露出一抹冷笑。

“我确实害怕，因为，总感觉有些不对劲儿。而且船上的那些人都迷信得很，您要是听到他们在背地里说的话，肯定也会害怕的。”

扮作事务长的润一满脸惊恐，随着船的晃动踉跄着。

在吊灯的照耀下，房间里亮堂堂的，但隔着一层铁板墙的船外，天已经完全黑了，放眼望去尽是漆黑的大海和天空。虽说四下寂静一片，但还有山脉一样翻滚的海浪一阵阵涌来，可怜的小船像一片落叶，在无边的黑暗中，无依无靠地随着海浪摇曳。

“到底怎么回事？给我仔细说说。谁看见鬼了？”

“没人见过，但是北村和合田在不同时间都听到鬼的声音了。一个人的话可能是听错了，但是他们两个人都听到了。”

“在哪里？”

“就在那间客房。”

“啊，早苗的房间？”

“没错，今天中午北村路过客房门口，听到房间里有声音在小声嘀咕。那时候你我都在食堂，早苗嘴里塞着东西，根本不可能说话。北村以为哪个船员在恶作剧，刚要开门进去，就发现门从外面上着锁。他感觉不对劲儿，急忙取了钥匙开门查看。”

“应该是早苗嘴里的东西掉出来，又开始咒骂了吧。”

“可是，她嘴里的东西塞得好好的，绑手的绳子也没有松开。当然，房间里除了早苗根本没有别人。北村说他当时就吓出了一身冷汗。”

“他问早苗了吗？”

“问了，把早苗嘴里的东西取下来问了，反倒把她吓一跳，说什么也不知道。”

“真奇怪啊，这是真的吗？”

“我一开始也是这么想的，以为是北村听错了，也没有太在意。但奇怪的是，就在一个小时前，大家都在食堂，合田又听到那个声音了。合田说他也拿钥匙开门查看，和北村遇到的情况完全一样，除了早苗没有其他人，她嘴里的东西也好好的。这两件怪事不知不觉就被船员们传开了，这才变成了他们拿手的鬼故事。”

“他们怎么说的？”

“这些人都犯过罪，还有两三个以前杀过人，所以他们能感觉到怨灵之类的。他们一说这艘船上有鬼魂飘荡，我都莫名感觉有些不舒服。”

此时，又一个巨浪扑来，发出“轰”的一声巨响，船身刚被高高抛起，又仿佛落入无尽的深渊。

就在这时，可能是发电机发生了故障，吊灯的光像是在发信号一般，突然变成红褐色，开始诡异地闪烁不停。

“今天晚上真让人不舒服。”

润一胆怯地盯着闪烁的吊灯，畏缩着喃喃自语。

“呵呵，你这么大个男人，真是胆小鬼。”

黑衣女人的笑声被铁板反射，在房间里诡异地回荡着。

这时，在她笑声的余韵中，一个白衣人悄悄地开门走了进来。来人头戴白色兜帽，身穿白色立领服和白色围裙，形似大黑天财神的胖脸表情异常紧张——是这艘船的厨师。

“啊，是你啊。怎么了？吓我一跳。”

润一责备道。厨师压低声音，像是报告什么要紧的大事：

“又有怪事发生了。怪物溜进了厨房，一整只鸡不翼而飞了。”

“鸡？”

黑衣女人疑惑地问道。

“啊，不是活鸡，是拔了毛、煮熟了的整鸡，总共有七只，挂在柜子里，做午饭的时候还有七只呢，刚才看却少了一只，只剩六只了。”

“晚饭没做鸡肉吧？”

“嗯，没做，所以我才奇怪。这船上也没有谁特别贪吃，如果不是怪物，也没有别人会偷那种东西了。”

“是不是你记错了？”

“不会的，我记性很好。”

“真奇怪啊，小润，让大家分头在船上找找，说不定能找出什么来。”

对于接连不断的怪事，女贼不禁不安起来。

“嗯，我也打算让他们找找。不管是鬼魂还是活人，他既然会说话、会吃东西，就肯定是有形的。只要我们仔细调查，说不定能查出怪物的真面目。”

于是，事务长润一慌慌张张地离开房间，命令大家搜查船只。

“啊，还有，那位美丽的客人托我给您传个话。”

厨师想起这件事，向女首领报告说。

“咦？早苗？”

“是的，刚才我去给她送饭，解开绳子取下塞嘴布，不知怎么的，她今天吃得特别开心，把饭都吃完了。她还说保证不再挣扎喊叫了，让我们别再绑着她。”

“她说自己会老实？”

黑衣女人意外地反问。

“嗯，没错。她似乎已经想开了，特别开朗，跟昨天简直判若两人。”

“有些奇怪啊。你去找北村，让他带着早苗来我这里一趟。”

厨师离开后不久，北村就抓着松了绑的早苗走了进来。

恐怖谜团

早苗整个人憔悴不堪，身上那件被绑架时穿的平纹粗绸，已经变得皱皱巴巴，头发也乱蓬蓬的，几绺碎发垂下来遮住苍白的额头，双颊凹陷下去，显得鼻子格外挺拔，眼镜也歪了，凄惨地架在鼻梁上。

“早苗小姐，感觉怎么样？不要光站着了，到这边来坐着聊。”

黑衣女人指着自己坐的长椅，温柔地说道。

“好。”

早苗按女人所说向前走了两三步，但一看清黑衣女人坐的长椅，她就仿佛见鬼一般，脸上瞬间露出惊恐的神情，不住地后退。

人椅，是人椅。三天前，她被关在椅子里的恐怖记忆清晰地浮现出来。

“啊，你害怕这把椅子？这也难怪，那你就坐那边吧。”

早苗提心吊胆地坐下来。

“我之前那么吵闹，真是对不起。从现在开始，我一切都听您的，非常抱歉。”

早苗低着头，轻声地道歉。

“你终于死心了，那就好。事已至此，老实点儿也是为了你自己好……不过，真奇怪啊，你昨天还那么反抗，今天怎么突然变得这么老实，发生了什么？有什么原因吗？”

“不，没什么……”

面对女贼犀利的目光，早苗低着头，感觉如芒在背。女贼继续提问：

“我听北村和合田说，你的房间里有人说话，是不是有人进去了？你能不能对我说实话？”

“没有，我什么都没发现，也没听到什么声音。”

“早苗小姐，你在说谎吧？”

“没有，绝对没有……”

“……”

“黑蜥蜴”紧紧盯着早苗，不知在沉思什么。异样的沉默持续了一会儿。

“请问，这艘船要去哪里？”

过了一会儿，早苗提心吊胆地问道。

“这艘船？”女贼突然从沉思中回过神来，“我就告诉你吧，我们正在经过远州滩驶往东京。东京的某个隐秘地点建有我的私人美术馆，呵呵，真想让你看看，那间美术馆实在是美极了……我打算把你和‘埃及之星’陈列在美术馆里，所以才这么着急赶路。”

“……”

“虽然坐火车肯定会快一些，但有你这么一个活物行李，实在是有些危险，不能走陆路。船的话，虽然有点儿慢，但是足够安全。早苗小姐，这是我的船，‘黑蜥蜴’姐姐我可是蒸汽船都准备好了，吃惊吧？不过以我的财力，购置这样一艘船是绰绰有余的。我们不走陆路的时候，总是要坐这艘船，如果没有这个得心应手的道具，很难长时间躲避警方的视线。”

“可是我……”

早苗表情有些倔强，抬眼看了一眼黑衣女人。

“可是什么？”

“我不想去那种地方。”

“这个嘛，我知道你不会自愿跟我走。不过，无论你愿不愿意，我都要带你过去。”

“不，我不去，绝对不去……”

“哎呀，你还真自信。你觉得自己能从这艘船上逃走吗？”

“我相信，一定会有人来救我的，我一点儿也不害怕！”

听着她充满信心的声音，黑衣女人不由得一愣。

“你说你相信，相信谁？谁会来救你？”

“您不明白吗？”

早苗的语气中蕴含着难解的深意与不可思议的强烈信心。究竟是谁，让这位柔弱的小姐变得如此坚强？

难道，难道是……黑衣女人的脸色一下子变得苍白。

“是啊，我怎么会不明白呢。让我来说说……明智小五郎！”

“啊……”

早苗却像是被打了个措手不及，反而十分狼狈。

“怎么，我猜对了吧？虽然大家都说在你房间里说话的是怪物，但是怪物可不会说话。是明智小五郎吧？他在你房间里偷偷安慰你，还说好了要救你，对吧？”

“不是，没有这回事。”

“你别打算糊弄我。行了，我没什么可问的了。”

黑衣女人一脸凶相，霍地站了起来。

“北村，把她按原来那样绑起来，嘴里塞上布，关回房间里去。你也进去监视她，把门从里面上锁，直到我让你出来为止。手枪准备好了吧？无论发生什么都不能让她逃了，不然我饶不了你。”

“好的，明白。”

北村带着早苗离开后，“黑蜥蜴”急忙跑到走廊里，刚好撞上结束船内搜索工作回来的事务长润一。

“啊，小润，怪物其实是明智侦探。他好像一直潜伏在这艘船里，快去再搜一次，快点儿！”

于是，船内开始了又一次的大搜查。十名船员分头行动，拿着手电筒四处搜寻，甲板、船舱、动力舱，连通风口和储煤室底部都检查了一遍，但是，别说人影了，一丝线索都没有发现。

水　葬

黑衣女人无功而返，精疲力竭地坐在长椅上，她想着这个问题，不禁陷入了沉思。

发动机不管船上发生的怪事，依然一刻不停地转动着，汽船在黑暗的天空与海水中全速向东方行进。

引擎声带动整艘船微微震动，海浪不停拍打船舷发出阵阵水声，有时巨浪突然袭来，船身便随之剧烈晃动。

“黑蜥蜴”单手扶着沙发，双眼死死地盯着长椅修补过的裂痕，仿佛看着什么惊悚的景象。

恐惧和疑惑涌上心头，怎么也摆脱不掉。只有这一种可能了，他们找遍了船上所有角落，只剩下这一处大家都没有注意到的忘记检查的地方——这张长椅的内部。

她安静下来，果然，一种不同于引擎震动的微弱鼓动从坐垫下方传到她的皮肤上。

是人的脉搏在跳动，她听到椅子中有人的心跳声！

她脸色惨白，咬紧牙关，拼命抑制着想要立刻逃走的冲动。

然而，就在她竭力忍耐之时，长椅中传来的心跳似乎在渐渐增强。她已经听不到海浪和引擎的声响，整个世界只剩座位下方来历不明的心跳，像鼓声一样在耳边震荡回响。

她再也忍不住了。怎么可能逃？谁会逃？就算藏在里面的是明智小五郎，那他也已经是瓮中之鳖，没什么好害怕的，一点儿也不可怕。

“明智先生，明智先生！”

她心一横，敲了敲长椅的坐垫大声喊道。

果然，隔着坐垫，椅子里传来沉闷的回答：

“我就像影子一样，一直在你的身边。你做的机关还真是有用。”

这阴沉的声音像是从地底，又像是从墙里传来，让黑衣女人不由得遍体生寒。

“明智先生，你不害怕吗？这里全都是我的人，警察的手也伸不到海上来，你就不害怕吗？”

“现在害怕的人不是你吗？哈哈哈……”

这笑声令人胆战心惊。他的语气从容不迫，也不打算从椅子里出来，真是个深不可测的男人。

“我不害怕，但却十分佩服你。你怎么找到这艘船的？”

“我本来不知道有这艘船，但我一直在你身边跟着你，自然就到这里来了。”

“跟着我？我怎么没发现？”

“能从通天阁开始跟踪你的人，应该只有一个吧。”

“啊，原来是这样？真是好手段，太精彩了！商店老板就是明智小五郎。我可真蠢，竟然相信你缠绷带是因为中耳炎，很可笑吧？”

一种异常的感动袭来，让黑衣女人产生了奇妙的错觉，仿佛躺在座位下方的并不是敌人，而是她的恋人。

“嗯，是啊。看你自以为瞒天过海，却上了我的当的样子，还是挺让人开心的。”

离奇的对话进行到这里时，房间门突然开了，是事务长装扮的雨宫润一听到房间里的声音，进来查看情况。

“黑蜥蜴”趁着润一没说话，急忙用手示意他不要出声，然后招手让他到身边来。“黑蜥蜴”从旁边的手提包里拿出铅笔和笔记本，嘴里若无其事地与明智搭话，手上则忙着在笔记本上写字。

写在笔记本上的字：“明智在这张椅子里。”

“这样说来，难道S桥河边的求救声和水声，都是你干的好事？”

写在笔记本上的字：“快把大家叫过来，拿根结实的绳子。”

“没错，如果当时你没有从拉门里探头出来，或许就不是现在这个结果了。”

“果然是这样。之后你又是怎么跟踪我的？”

趁着二人说话之机，润一蹑手蹑脚地离开了房间。

“我借了一辆自行车，为了不跟丢你的船，一直在岸边和路上跟踪。等到夜深了，我又找了一艘小船划到这艘船附近，在黑暗里施展一番杂技，总算爬上了甲板。”

“但是，甲板上有人看守吧？”

“有啊，所以我费了好大的工夫才进入船舱，又花了很长时间找关押早苗的房间。哈哈……等我终于找到她时，已经开船了。”

“你怎么不早点儿逃走？藏在这里肯定会被我发现的。”

“哼哼，这么冷，我才不想在水里泡着，我又不擅长游泳，还是躺在暖和的坐垫下面睡觉舒服。”

这场对话实在是离奇：一个人躺在漆黑的椅子中，另一人隔着坐垫坐在他身上，两人几乎可以感受到对方的体温，更何况这两人还是互相怨恨的仇敌，宛如两头对峙的猛虎，一有机会就要扑向对方的咽喉。但他们的对话却异常温柔，简直就像夫妻间枕边的情话。

“唉，我从吃完晚饭开始就一直躺在这里，都要烦透了。而且，我还想看看你美丽的脸，我可不可以从这里出去？”

明智越来越胆大妄为，不知他有什么神机妙算。

“嘘，不行，你不能出来。要是被别人发现，你就没命了。再忍耐一会儿吧。”

“咦，你要保护我吗？”

“是啊，我不想失去你这个好对手。”

这时，润一带着五名船员，拿着长绳子，悄悄地走了进来。

“黑蜥蜴”写在笔记本上的字：“用绳子把椅子捆上，把明智关在里面，连椅子一起扔进海里。”

船员们按照她的指示，悄无声息地用绳子捆绑长椅。黑衣女人笑着站起来，避免打扰他们工作。

“喂，怎么了？有人来了？”

不明真相的明智感受到长椅外的变化，老实地询问道。

“是啊，现在正在捆绳子呢。”

不一会儿，绳子就将整张长椅捆了个结实。

“绳子？”

“没错，用席子把名侦探的尸体卷起来，呵呵呵……”

这时，“黑蜥蜴”已然暴露出自己恶魔的本性。她就像黑色恶鬼，语气激烈得不像是女性的声音，站在长椅前对船员下达命令：

“来，大家抬着长椅去甲板……”

六名男子轻而易举地扛起长椅，快步沿走廊走向楼梯。这张长椅就是给明智裹尸的草席，可怜的侦探就像一条落网之鱼，在椅子里扭动挣扎。

甲板上漆黑一片，空中没有一颗星星，水和天在黑暗中融为一体。夜光虫在螺旋桨的搅动下形成一条光带，船体在海面上拖出一条长长的雪白尾巴。

六道黑影扛着棺材似的长椅站在船边。

“一、二、三！”

随着众人的吆喝声，长椅从船侧滑落，“扑通”一声溅起泛着白光的水花。名侦探明智小五郎竟然就这样，简单、潦草地葬身于太平洋海底。

地底宝库

瞬间，裹着明智的长椅落入海里，像有生命似的在船尾的白光中转了几圈，很快就沉入了海底。

“这就是水葬吧，这样一来就没有人来妨碍我们了。不过啊，夫人，一想到那位精神的明智侦探就这么葬身海底，还真有些可惜呢。”

雨宫润一留意着“黑蜥蜴”的脸色，讽刺了一句。

“行了，你们快回去吧。”黑衣女人训斥一声。

等船员们都回到船舱，她独自一人靠在船尾的栏杆上，静静凝望着刚才吞噬长椅的海面。

螺旋桨重复着相同的节奏，浪尖以同样的姿态消散，夜光虫组成的光带绵延翻涌，是船在行驶？还是水在流动？只有永恒不变的律动周而复始，循环往复。

黑衣女人伫立在寒夜的冷风中，一动不动。半小时后，她终于回到船舱里，灯光下，她的脸苍白得吓人，脸颊上还留着清晰的泪痕。

她先回到自己的房间，却好像待不下去似的，又从走廊里摇摇晃晃地来到关押早苗的房间。

她敲门后，船员北村开了门。

“你先出去一会儿，早苗有我看着。”

支开北村后，她走进房间里。

可怜的早苗倒在房间的角落里，双手被绑在身后，嘴里塞着布团。“黑蜥蜴”拿出她嘴里的东西，说道：

“早苗小姐，有件事需要告诉你，是个非常糟糕的坏消息，你一定会哭的。”

早苗站起来，用充满敌意的目光瞪着女贼，没有回答。

“你知道是什么事吗？”

“……”

“呵呵，你的守护神明智小五郎死了。他就在那张长椅里，连椅子一起被沉到海里去了，那张长椅就是他的草席。刚才，就在刚才，从甲板上扔下去的，还有人觉得是水葬呢。呵呵呵……”

早苗惊呆了，愣愣地看着黑衣女人歇斯底里的笑脸。

“你说的，是真的？”

“不然我会这么高兴吗？你看我的脸，我高兴得不得了。不过你一定很失望吧，你唯一的同伴——你的救命稻草断了，这世上再没有人能来救你了。你要永远被关在我的美术馆里，再也没有机会重见天日了。”

从对方的脸色中，早苗已经明白，这个噩耗绝不是谎言。她清楚地知道，名侦探的死对她来说意味着什么。

是绝望。她有多信赖明智侦探，现在的绝望就有多深刻。她现在强烈地意识到，在可怕的敌营中，就只剩她自己一个人了。

她咬紧下唇，竭力忍耐了一会儿，却终于克制不住。她不顾被反绑在身后的双手，低头将脸埋在膝头开始啜泣，热泪不停地滚落到膝盖上。

“行了，哭什么？真丢人！没出息，真没出息！”

“黑蜥蜴”看早苗落泪，突然声音尖锐地训斥起来。但不知不觉，她也瘫倒在早苗身边，脸上是止不住的泪。

不知是因为失去了独一无二的强敌而感到寂寞，还是其他的什么原因，女贼沉浸在极其不可思议的悲伤中难以自拔。

不知不觉中，绑匪与人质、“黑蜥蜴”与她的猎物，这对仇敌像亲密的姐妹一样并肩痛哭。虽然各自伤心的原因不同，但同样深刻、同样激烈。

黑衣女人像个五六岁的孩子一样哇哇大哭，早苗被她所感染，同样放声痛哭起来。这景象实在是不合常理。现在的她们只是两个年幼的孩子，或者是天真无邪的野人，所有的理智和感情都销声匿迹，只有悲痛的情感被肆意流露出来。

这首荒唐的悲伤二重唱，伴随着引擎单调的声响，一直、一直持续下去，直到平日的邪恶重现在女贼胸中，直到敌忾之情涌上早苗心头。

第二天傍晚，汽船驶入东京湾，在填海而成的T海岸附近抛了锚。等夜色渐深，他们放下小艇，几人乘着小艇，划到无人的填海地的一角。

三名船员留在小艇上，黑衣女人带着早苗和雨宫润一上了岸。早苗双手被绑，嘴里塞着东西，还被厚布蒙住双眼，应该是因为终于接近了“黑蜥蜴”的巢穴，要避免暴露路线。润一已经脱下船员服，换上土黄色的工装，脸上用胡子遮起大半，看模样像个工厂里的车间主任。

T填海地是一条宽敞的工厂街，几乎没有住宅。现在工业不景气，夜间没有工厂作业，所以除了惨白稀疏的路灯外，这里连一点儿灯火都没有，仿佛一座废墟。

三人穿过海岸边一片开阔的草地，在工厂街上七拐八拐，最后走进一座废弃工厂。

废弃工厂的围墙倒塌，大门歪斜，院内杂草丛生，活像一栋鬼屋。这里当然不可能有灯，于是，黑衣女人点亮准备好的手电筒，踩着杂草率先走进去，一身工装的润一带着被蒙住双眼的早苗紧随其后。

从门口向前走十米左右，面前是一栋巨大的木造房屋。手电筒的光亮扫过房屋侧面，只见上面装有许多玻璃窗，但玻璃都碎了，没有一扇是完好的。黑衣女人“咣”的一声打开房屋的破门，走进满是蜘蛛网的室内。

手电筒的光一一掠过屋内损坏的机器、顶棚上生锈的转轴和动轮、断裂的输送带……最后停留在角落里的一个小房间，看起来像是管理人的办公室。

三人打开破碎的玻璃门，踩上房间的木质地板。

“咚咚，咚咚咚，咚咚……”

黑衣女人用鞋跟有节奏地踏着地板，不知是不是常见的摩斯电码，但可以肯定，这是某种信号。鞋跟的响声断断续续，手电筒照射下的地板竟悄无声息地横向打开，露出一块三尺见方的混凝土地面。更令人惊讶的是，混凝土地面突然径直向下打开，露出一条黑漆漆的地道，似是宝库的入口。

“夫人？”

从地底传来一阵低沉的声音。

“嗯，我今天带回来一位重要的客人。”

随后，房间里就陷入了沉默。润一扶着早苗小心地走下台阶，黑衣女人的身影也随之消失在地底。随后，混凝土暗门和地板都恢复原状，这里又变回黑暗的废弃工厂，仿佛什么都没有发生过。

恐怖美术馆

从汽船转移到小艇上起，早苗就被蒙上了双眼，所以小艇在哪里靠岸，上岸后又往哪里走，现在是身处地上还是地下，早苗都无从得知。

“早苗小姐，真是委屈你了。我们到了，小润，可以松绑了。”

“黑蜥蜴”亲切的声音响起后，早苗嘴里的布团被拿出来，手上的绳子被解开，双眼也恢复了光明，一时间觉得亮得刺眼。

眼前像是一条蜿蜒曲折的走廊，顶棚、地板和左右墙壁都是混凝土。天花板上挂着华丽的雕花玻璃吊灯，耀眼的光芒照射着两旁靠墙排列的玻璃展览柜，柜中是各式各样的宝石，在灯光的照耀下如群星般闪闪发光。

早苗被眼前华丽的景象所震撼，不禁发出一声赞叹。她是宝石商人的女儿，平日肯定见过各类宝石，能让她吃惊感叹，此处的宝石有多么绚丽繁多，也就不必赘述了。

“你也吃了一惊吧？这里就是我的美术馆，不对，这只是美术馆的入口。怎么样？和你家店里陈列的商品比起来，应该不算逊色吧？这是我十几年来，拼上性命，绞尽脑汁，冒着各种危险收集起来的，我想这世上应该没有一座宝藏能比得上这里。”

黑衣女人一边自豪地介绍着，一边小心翼翼地打开手提包，拿出装着“埃及之星”的银制小盒。

“虽说有些对不起你父亲，但这是我长久以来的心愿。今天，我终于可以将它收进美术馆了。”

打开盒盖，硕大的钻石在灯光的照射下发出耀眼光芒，宛如燃烧的五色火焰。“黑蜥蜴”满心欢喜地欣赏了一阵儿，然后从包里拿出钥匙，打开一个展览柜的玻璃门，连着银盒子一起将钻石放在最中央。

“啊，真是太美了。和它一比，其他宝石简直都是石头。这样一来，我的美术馆又多了一个招牌。真是谢谢你，早苗小姐。”

这虽然不是一句讽刺，但也让早苗无法回答，她依旧伤心地低着头，没有说话。

“来，我们再往里面走一走吧，还有很多东西要给你看呢。”

她们沿着地下回廊往前走，早苗看到各式各样的丰富展品：一排排古色古香的名画、佛像群、西式大理石像、来历不凡的古代工艺品……的确是名副其实的美术馆。

而且，按照黑衣女人的说法，这些工艺品大多是各地博物馆、美术馆、贵族富商的宝库里收藏的珍宝，她用精致的仿制品将真品替换出来，收进了这间地底美术馆。

如果她所说的是事实，那么博物馆便是将假货得意扬扬地展出，贵族富商则是把赝品当作传家之宝珍藏。持有者尚且如此，这世上的普通人就更不会对宝物的真假产生怀疑了，这是多么令人吃惊的事啊！

“不过，这里只不过是一间精心修建的私人博物馆，只要是稍微有些头脑和财力的怪盗，谁都可以做到，我也没打算炫耀这种东西。我想让早苗小姐观赏的东西，还在这前面。”

随后，她们转过回廊拐角，看到了与刚才所见截然不同的奇异景象。

是蜡像，做得十分逼真的蜡像。

一面墙壁上装着约五米长的玻璃橱窗，橱窗里有一名西洋女子、一名黑人男子，还有一名日本青年和一名日本少女，四名男女全部赤身裸体，有的直立，有的蹲坐，还有的躺在地上。

黑人男子手臂粗壮、骨节突出，抱着双臂叉腿站立，像是一名拳击手；西洋女子一头金发，双肘靠在膝盖上托腮蹲坐；日本少女俯卧在地上，黑色长发从肩上散落下来，下巴放在交叠的手臂上，目不转睛地盯着这边；日本青年保持着掷铁饼的姿势，浑身肌肉隆起。这四名男女，无论是相貌还是肉体，都美得无可比拟。

“呵呵，这些等身人偶做得不错吧？不过，是不是有些太逼真了？你再离近些瞧瞧，你看，这些人身上还长着汗毛呢。你肯定从未听说过还有长汗毛的等身人偶吧？”

早苗在好奇心的驱使下走近玻璃橱窗，这些人偶仿佛有一种奇妙的魅力，让她将自己面临的可怕命运都抛之脑后。

他们身上真的长着汗毛，而且连皮肤的颜色和纹理都惟妙惟肖，世上真有如此逼真的蜡像吗？

“早苗，你以为这是蜡像？”

黑衣女人嘴角噙着一丝诡异的微笑，神秘地问道。听她这样问，早苗不知为何心里一慌。

“是不是有些地方和人偶不太一样，感觉特别恐怖？早苗小姐，你有没有见过剥制的动物标本？如果能发明一种类似的方法，将人类美丽的姿态永久地保存下来，那该有多好？我的手下研究出了剥制人类的方法，这些就是他的试制品。虽然还算不上完美，但也不是蜡像那种死物，看，他们还是活生生的吧？他们体内填的也是蜡，但皮肤和毛发都是货真价实的。他们的灵魂还萦绕其中，里面还残留着人类的气息呢！多完美啊！如果年轻美貌的人继续活着，他的美丽就会渐渐消逝，但如果在他最美的时候将他剥制成标本，他的美就能永远地保留下来！这是任何一个博物馆都模仿不了也想不到的！”

黑衣女人越说越兴奋，最后不禁昂扬起来。

“来吧，到这边来，里面还摆着更好的东西。这儿的标本虽然逼真，也拥有灵魂，但还是不会动，里面的展品可是会动的。”

早苗被她带着，又转了一个弯，与刚才的静态风景不同，这里陈列着会动的美术品。

只见前方出现一个由粗铁棍围成的铁笼子，看着像是用来关狮子、老虎类的猛兽的，里面却放着一个熊熊燃烧的电火炉和一个活人。

那是一名相貌出众的日本男子，二十四五岁，长相酷似电影演员 T。他浑身赤裸，身材线条流畅，体态匀称，像被关在牢笼中的一头美丽的野兽。

他双手胡乱抓着头发，烦躁地在笼子里走来走去，一看到黑衣女人的身影，就像动物园里的猴子一样，一边抓住铁栏使劲摇晃，一边大喊：

“站住！毒妇！你想逼疯我吗？干脆赶快杀了我！这笼子里我一天也待不下去了！喂！快把笼子打开！打开……”

他白皙的手臂伸出铁栏，想要抓住女贼的黑衣。

“哎呀，别这么生气，这么漂亮的脸蛋都糟蹋了。好啊，如你所愿，我马上就杀了你，然后把你也做成永远不老的人偶，和之前与你一同住在这里的 K 子一样，呵呵呵呵。”

黑衣女人残忍地嘲笑道。

“什么？你说什么？K 子变成人偶了？你这个畜生，你还是杀了她啊！还做成剥制人偶……谁，谁要变成人偶啊，我不是你的玩具！你再靠近我试试，我绝对饶不了你！我要一口一口咬死你！咬住你的喉咙，我要杀了你！”

“呵呵，你就趁现在尽情地闹吧，等到变成了人偶，你连动都动不了了。更何况，我非常乐意欣赏你这样的美男子在我眼前发疯，呵呵呵。”

黑衣女人享受着青年痛苦的模样，继续说道：

“K子不在了，你一定很寂寞吧？动物园的猛兽笼子里都是一公一母的。我一直都在留意，想着给你找一位伴侣，今天终于把你的新娘带来了。请看，多美的新娘啊，怎么样？你不喜欢？”

早苗听闻，忽地感到一阵恶寒，浑身止不住地瑟瑟发抖。

现在，“黑蜥蜴”的邪恶阴谋终于露出全貌。女贼要将美丽的早苗剥光衣服扔进笼子里，等到时候就剥下她的皮，将她制成剥制人偶，装饰她这恶魔美术馆，所以才煞费苦心将她掳来。

“哎呀呀，早苗小姐，你怎么了？怎么在发抖呢，像芦苇叶似的。你知道自己的任务了？不过，这位夫婿还可以吧？难道你不喜欢吗？不过，无论你喜不喜欢，我都已经决定好了，你就忍耐一下吧。”

早苗因恐惧过度，已经说不出话来，连让自己保持站立都十分勉强。她的大脑一片空白，几乎快崩溃了。

大水槽

“早苗小姐，我还有东西要给你看，请往这边来。这次不是动物园了，而是水族馆，我引以为傲的水族馆。”

“黑蜥蜴”拉起战战兢兢的早苗，转过下一个拐角。

她们来到地下通道的尽头，这里放着一个镶着玻璃的大水槽，水槽正上方装有照明灯，透过厚重的玻璃板可以清晰地看见水中的情况。

水槽的长、宽、高都近两米，水底长着怪异的海草，像无数条长蛇纠结缠绕，在水中摇曳。

不过，黑衣女人为什么说这是水族馆？水槽里除了海草，连一条鱼的影子都没有。“没看到鱼吧？这也没什么好奇怪的。我的动物园里也没有动物，水族馆里没有鱼也不足为奇。”

黑衣女人微微一笑，又开始了骇人的高谈阔论。

“果然还是要让人进去啊，这可比养鱼什么的有趣多了。人被关在笼子里亢奋激动的模样确实很美，不过，若是将人扔进水里，让他在水中舞蹈，又该是多么美妙啊……”

听着黑衣女人的描述，早苗眼前仿佛上演了一部活灵活现的猎奇电影：昏暗的水中，一个白色的东西在缓缓蠕动。摇曳的蛇群中，一张巨大的人脸突然出现在玻璃上，噗、噗，像脱水的鲤鱼一样痛苦地呼吸，双眼紧闭，眉头紧锁……那张脸不是男人，也不是老人，而是一个年轻女子……不，被缠绕在蛇群中的，不是别人，正是早苗自己。

“啊！你不觉得很精彩吗？多美的演出啊！无论怎样的名画、雕塑，或是舞蹈天才，都无法表现出这种美，这是用生命交换而来的艺术啊……”

但早苗并没有力气倾听黑衣女人这些激昂的感叹，她已经在幻想中沉入水底，挣扎翻滚，最终筋疲力尽。惊恐过度之下，早苗终于昏了过去。

等黑衣女人注意到早苗的情况，伸手要去扶她时，早苗已经像一只水母，瘫倒在了混凝土地面上。

白　兽

不知过了多久，早苗恢复意识睁开眼睛，感觉好像全身都暴露在空气中。她伸手一摸，发现触感光滑，身上一丝不挂——她被剥光了衣服，赤裸地躺在地上。

仔细一看，眼前立着一根根铁棍。原来如此，她现在在笼子里，黑衣女人趁她昏迷不醒，将她关进了笼子里。

这里就是她昏迷之前，黑衣女人带她看的关押年轻男子的笼子。这么说，这里并不只有她自己，那名赤身裸体的年轻男子应该也在这附近。

想到这里，早苗丧失了抬头环顾四周的勇气。她现在一丝不挂，还以这副羞耻的模样，躺在一名年轻貌美的全裸男子面前，这让她该如何是好?

别说脸红了，她被吓得脸色惨白，猛地爬起身，蜷缩着退到角落里。在这狭窄的牢笼中，就算想要避开视线也是无济于事，她还是看到了那个赤裸的男人。

两个人像伊甸园中的亚当和夏娃般赤身裸体，在地下牢狱里四目相对。早苗不知该怎么办，也不知道该说些什么，她现在羞耻至极，双眼噙满泪水，男子白皙的身体在泪光中模糊了，映在眼中闪闪发亮。

“小姐，你怎么样？”

突然，低沉的嗓音响起。青年说话了。

早苗吓了一跳，她眨掉眼中的泪水，望向青年的脸。

眼前的青年脸色白皙，皮肤油润光滑，额头高而宽，黑发浓密，长着双眼皮的眼睛清澈明亮，希腊式的鼻梁高挺，红唇紧闭，是个相当英俊的男子。但他越是帅气，早苗越是害怕。

“黑蜥蜴”说她是这名青年的新娘，难道他也有这个打算？一想到这儿，早苗不禁开始想象，这位青年和自己像动物一样被赤裸地关在牢笼中，想逃又逃不掉的凄惨模样，不禁被吓得浑身苍白，面无血色。

“小姐，您不用担心，我虽然是这副样子，但绝不是粗鲁无礼之人。”

青年似乎难以开口，结巴着说完一句话。原来他也很难为情，早苗听后，不由得松了口气，放下心来。

随着两个人逐渐了解了彼此的心情，他们开始谈论自己的身世，咒骂女贼的疯狂行径。在外人眼里，他们像一雌一雄两只关系亲密的白色动物，凑在一起说悄悄话。

不知不觉中，天亮了，地底深处也感觉到人声的吵闹。不一会儿，“黑蜥蜴”手下那群野蛮的男人蜂拥而至，前来观赏笼中新来的客人。

至于这些低俗的观众为早苗带来多大的羞辱、青年是如何像野兽般怒吼、男人们又说了多么不堪入耳的话，这些细节还请诸位读者自行想象。就在四五名手下在地下室里吵嚷之际，外面隐约传来之前黑衣女人踩过的摩斯电码一般的脚步声，不一会儿，一名船员打扮的男子神色怪异地走进了地下室。

人偶异变

这名船员是“黑蜥蜴”手下，一直住在载他们来这里的汽船上。他来到位于地道深处首领的房间门前，用暗号的方式敲了敲门。

“进来。”

虽然身边都是一群粗鲁的男人，但以女贼的威信，她根本不需要锁门。哪怕是深更半夜，只要她说一句“进来”，门随时都可以打开。

“一大早的，怎么了？现在才六点。”

“黑蜥蜴”穿了一件白色丝绸睡衣，随意地趴在白色床单上。她斜视着进来的男子，点燃了一支香烟，丰满的曲线在光滑的丝绸下一览无遗。每当首领做这副打扮，手下的男人们总是颇为头疼。

“发生了件怪事，我赶紧来向您报告。”

男子的眼神尽量避开床上的风光，扭捏地说道。

“什么事？”

“船上的伙夫松公从昨晚开始就失踪了，我们找遍了整艘船，都没有发现他的身影。他应该不会自己溜走，我们担心他在陆上被警察抓了。”

“哦？你让松公下船了吗？”

“没有。昨天小润不是上船一趟又回来了吗，那时候松公也跟着上了小艇，但回来的时候却没有看到他。我怕大家搞错了，就在船上搜了一遍，又来这里问过，哪儿都没有找到松公。他不会是在附近闲逛，被警察抓起来了吧？”

“这可难办了。松公有些愚笨，没什么用处，才让他做了个伙夫。他要是被抓了，肯定会说错话的。”

“黑蜥蜴”不由得从床上起来，皱着眉头思考对策。就在这时，又有一个古怪的消息传来。

三名手下突然推门而入，一人急匆匆地开口说道：

“夫人，有件怪事，您快来看看。人偶穿上了衣服，而且，浑身都是宝石，闪闪发光的。我问了一遍是谁搞的鬼，但是大家都说不知道，该不会是您做的吧？”

“真的？”

“是真的，小润也吓了一跳，正在那儿发呆呢。”

这真是件意想不到的怪事。虽然不知道松公的失踪和这件事有什么联系，但二者偏偏同时发生，给人的感觉总有些蹊跷。地底王国的女王再也无法保持冷静，她让几人先行离开，自己迅速换上平时的黑色洋装，匆匆赶往陈列剥制人偶的房间。

赶到现场一看，这场景实在令人匪夷所思：叉腿站立的黑人青年穿着破破烂烂的卡其色衣服，胸前挂着“埃及之星”，钻石像一级功勋章一样闪烁着耀眼的光芒；双手托腮的金发女子穿上了日式长袖和服，钻石首饰、珍珠项链像镣铐似的缠在手腕和脚踝上；躺在地上的日本少女身上裹着旧毛毯，各种宝石璎珞似的从黑发上垂下来，表情似乎是在冷笑；掷铁饼的日本青年穿着脏兮兮的黑色针织衫，也戴着熠熠生辉的宝石项链和手镯。

黑衣女人与呆立着的润一面面相觑，突然吓得说不出话来。

这恶作剧完全是在捉弄他们。剥制人偶身上的衣服，有几件是早苗之前穿的，其他的都是“黑蜥蜴”手下们的衣物，有人从卧室橱柜和行李箱里把它们掏出来，穿在了人偶身上。宝石自然是从宝石陈列室的玻璃柜里拿出来的，现在玻璃柜已经几乎空了。

“究竟是谁干的？”

“完全没有头绪啊，现在，这里除了我还有五个人，但都是一些信得过的人，我挨个问过他们了，谁都没有印象。”

“门口守夜的也问过了？”

“嗯，他说没有任何异常。而且，就算其他人想进来，也得从里面才能打开盖板，这人肯定不可能从外面进来。”

两人低声交谈一番，又沉默地看着对方。不一会儿，黑衣女人像是突然想起什么，自言自语地说了句：“啊！说不定是这样！”随后她脸色一变，向关押早苗二人的笼子跑去。然而，她将笼子的出入口仔细检查了一番，并没有发现锁头损坏的痕迹。

“你们做了什么？老实告诉我，那恶作剧是你们搞的鬼吧？”

黑衣女人尖叫道。

笼中的“亚当”和“夏娃”原本在亲密地喃喃私语，突然间听到女贼的质问，他们瞬间摆出戒备的姿态。早苗蜷缩回角落里，青年立刻站起来，挥舞着拳头向黑衣女人靠近。

“为什么不说话？是你给人偶穿的衣服吧？”

“你在胡说什么？你不是疯了吧？我不是被你关在这里吗？”

青年满身怒气地大喊。

“呵呵，你还要威风呢。不是你干的就好，我自有打算。对了，这位新娘还合你心意吗？”

不知为何，黑衣女人换了个话题。青年没有回答，她便重复了一遍：

“我在问，你喜欢她吗？”

青年瞄了躲在角落里的早苗一眼，喊道：

“是啊！我很喜欢！我喜欢她，所以我要保护她，绝不会让你这种人碰她一根毫毛！”

“呵呵呵，我估计也是这样。那你可一定要好好保护她啊。”

黑衣女人嘲笑着，回头刚好看到正走进来的雨宫润一。

“小润，把那女孩儿拉出来，扔进水槽里。”

她严厉地下达命令，将牢门钥匙交给润一。

“是不是有点儿太早了？这才刚过了一晚。”

润一从一脸的假胡子中瞪大了双眼，惊讶地问道。

“没关系，我任性也不是一天两天了，现在马上动手……听懂了？我要回房间吃饭，在这期间给我好好准备。还有，找人把宝石全部原样放回玻璃柜里，交给你了。”

黑衣女人说完，头也不回地离开了。

她现在怒不可遏。莫名其妙的人偶异变已经惹得她极度不快，现在笼中的男女又是一副亲密的样子，更是气得她暴跳如雷。

女贼根本没想过真的让早苗嫁给青年，只是为了吓唬她、羞辱她，看她胆怯悲惨的样子取乐，却没想到这个目的竟然落了空。青年挺身而出保护早苗，早苗也欣喜又感激地仰望着青年，怪不得黑衣女人心中升起强烈的嫉妒与不快之情。

润一被塞了件麻烦的工作，他犹豫了一会儿，无奈地靠近笼子口。

“混蛋，你打算对这女孩儿做什么？”

笼子里的青年怒气冲天地挡在门口，一副“敢进来就杀了你”的架势。但润一不愧是拳击手，他面无惧色，“咔嚓”一声打开笼子门锁，飞快地跳进笼子里。

一身工装的润一和赤身裸体的青年互相抓着手臂，气势汹汹地瞪着对方。

“别动！只要我还活着，你就别想动她！想带走她，你可以试试，不过在那之前，你可要小心被我勒死！”

青年的双臂拼命地缠上润一的脖子，但奇怪的是，润一丝毫没有要反抗的意思，任由他勒着自己，伸头凑到青年耳边，悄悄说了几句话。

刚开始，青年摇着头不愿细听，但不久，他脸上浮现出说不出的惊讶神色，与此同时，他像变了个人似的瞬间温和下来，勒着润一脖子的双臂也骤然松开，垂落在身侧。

离魂症

雨宫润一究竟用了什么借口骗过这位青年？不一会儿，他将失去意识的少女夹在腋下，来到镶着玻璃的大水槽前。水槽旁架着一架垂直的梯子，他爬上去掀开水槽的铁板盖，把早苗扔进水里，又盖好盖子爬下来，随后来到“黑蜥蜴”门前，将门打开一条缝儿，向里面汇报道：

“夫人，我已经按照您的指示准备好了。早苗小姐正在水槽里游泳呢，您快来看。”

说完，他从工装口袋里掏出一张叠得很小的报纸，展开后放在水槽旁的椅子上，之后便不知为何，急匆匆地离开了。

黑衣女人刚好与他错开，打开门大步向水槽走去。

玻璃水槽中，深蓝的水体在剧烈地摇晃，水底大大小小的海藻像无数竖起身体的蛇，彼此纠缠蠕动，左右摇摆。

其中，一名全裸的女子在游动着……昨晚早苗幻想的景象竟然原封不动地变成了现实。

黑衣女人眼中闪烁着残虐的凶光，惨白的面颊因兴奋而颤抖。她双拳紧握，咬牙注视着水槽，却突然发现水槽中的女子不像平时那么活泼，甚至都没有挣扎，那具白皙的身体只是在随着晃动的水波浮动而已。

难道是早苗过于胆小，被扔进水槽之前就已经晕过去了，所以没有尝到水中窒息的痛苦？不过事情好像没有这么简单。黑衣女人继续定睛细看，少女的身体在水中缓慢地转动，本来背对着女人的面孔也转了过来。咦？这是早苗的脸吗？不对，就算是在水里，人的相貌也不可能发生这么大的变化。原来如此，水里的人不是早苗，而是被做成剥制人偶的日本少女！可是，怎么会发生这种错误？

“来人！有没有人！小润去哪儿了？”

黑衣女人拼命大喊，手下的男人们闻声纷纷从剥制人偶那边赶来。他们神色异常，难道那边也发生了什么变故？

“夫人，又有件怪事！人偶少了一个！刚才给他们脱衣服、收拾宝石的时候还在，现在再一看，那个躺着的女孩儿不见了！”

一名手下急忙报告，但这件事黑衣女人刚才已经知道了。

“你们去看过笼子没有？早苗小姐还在笼子里吗？”

“不在，笼子里只有那个男人。早苗小姐不是被小润扔进水槽里了吗？”

“嗯，扔是扔了，但扔的不是早苗，而是你们现在正在找的剥制人偶。”

听黑衣女子这么一说，男人们纷纷向水槽看去，发现浮在水里的果然是那具丢失的剥制人偶。

“哎呀，这可真奇怪，到底是谁干的？”

“是小润干的。你们见到小润没有？他刚才就在这里。”

“没看到。他今天脾气不太好，嫌弃我们碍手碍脚的，让我们快滚呢。”

“哦？这真是奇怪了。不过他去哪儿了？他应该不会出去，你们好好找找，找到了让他立刻来见我。”

手下们离开后，黑衣女人有些惴惴不安，出神地思考着什么。

这究竟是怎么回事？汽船的伙夫下落不明，剥制人偶发生异变，现在本该出现在水槽里的早苗莫名其妙地变成了剥制人偶。这种种怪事之间会不会有什么联系？还是说只是偶然的巧合？

似乎有一种超越人类的神秘力量在推动这一切，究竟是什么呢……啊，难道？不不不，怎么可能，这种事绝对、绝对不可能。

黑衣女人拼命压下心中涌起的荒诞想法，不可一世的女贼也被这种恐怖的不安吓得冷汗涔涔。

过了一会儿，她打算在旁边坐下时，突然发现了椅子上的报纸。正是刚才雨宫润一特意展开的那张。

刚开始，她并没有在意，但渐渐地，她的眼神被报道吸引，表情严肃起来。

明智侦探大获全胜，岩濑早苗小姐平安归来，宝石大王一家喜笑颜开

三段式大标题传达着难以置信的消息，女贼急忙拿起报纸，坐下仔细读了起来。报道内容大致如下：

被怪盗“黑蜥蜴”绑架的宝石大王爱女岩濑早苗小姐，已于昨天下午返回岩濑宅邸。传闻称，岩濑先生将

珍宝“埃及之星”作为赎金交给怪盗，那么，是否是怪盗遵守约定将小姐送回？记者就此问题对岩濑庄兵卫先生与早苗小姐进行了采访，但二人表示，早苗小姐能平安返回并非是怪盗遵守约定，而是全仰仗私家侦探明智小五郎的鼎力相助，但详细情况不便透露，请记者不要深入追问。怪盗“黑蜥蜴”究竟藏身何处？明智侦探只身追查“黑蜥蜴”，目前下落不明。名侦探与怪盗的对决，胜利究竟花落谁家？稀世珍宝“埃及之星”能否重新回到岩濑先生手中？我们将怀着无尽的担忧之情，等待后续报道。

接下来是一张名为“喜悦的父女”的巨幅照片，照片上岩濑和早苗靠在客厅的椅子上，开怀的笑容清晰可见。

看了这令人难以置信的报道和照片，女贼不禁露出前所未有的惊讶神色。说是惊讶，其实是一种难以形容的恐惧。这是大阪一家大型政论性报纸，日期是昨天，报道中提到的“昨天”正是前天，那时“黑蜥蜴”的汽船还在大阪湾上航行。那天早苗明明就在船上，不仅是那天，昨天也好，今天也好，直到刚才，她还都在笼子里赤身裸体地颤抖着。

这究竟是怎么回事？这种大型报纸不可能刊登虚假的新闻，更何况照片是造不了假的，本应该被囚禁在船上的早苗，怎么可能于同一天出现在大阪郊外的岩濑宅邸，还微笑着坐在客厅里拍照？这怎么可能？

黑衣女人再聪明，也想不通这离奇荒诞的谜团，她平生第一次被这种未知的恐惧击败，面如死灰，冷汗直流。忽然，“离魂症”这一奇怪的词语浮现在她的脑海。这是一个匪夷所思的传说，据说一个人可以变成两个人分别行动。她曾经在古老的书中读到过，外国的灵异学杂志上也有提及。她本来是完全不相信这些灵异现象的，但现在，除了它，再没有其他合理的解释。

这时，寻找雨宫润一的手下乱哄哄地赶来，说哪里都没找到润一的身影。

“现在是谁在看守入口？”

黑衣女人无力地问道。

“是北村，他说没人进出。他很靠谱，说的肯定没错。”

“这么说润一应该还在这里，难道他还能像一缕烟似的凭空消失了不成？再仔细找找。还有早苗，既然她不在水槽里，那就应该藏在什么地方。”

手下们疑惑地盯着首领苍白的脸看了看，还是很不情愿地折回走廊另一端。

“对了，等一下。你们留下两个人，把水槽里的人偶捞出来。慎重起见，我要检查一下。”

于是，留下的两名手下爬上梯子，将水箱里的人偶捞出来平放在地上。但不管黑衣女人怎么检查，软弱无力的人偶都变不成早苗，她也没有发现任何能解开恐怖谜团的线索。

黑衣女人烦躁地在附近走来走去，不一会儿又坐回椅子上重新读起了报纸。但再读多少遍都一样，早苗就是变出了分身，照片上也确实是早苗的脸。

就在这时，她的身后突然传来一声“夫人”。

黑衣女人惊讶地回头，看到站在身后的男子。

“啊，小润，你去哪儿了？”

她斥责般地说道。

“还有，这从头到尾究竟是怎么回事？我让你把早苗扔进去，你却扔了一个人偶，恶作剧也要适可而止吧？”

然而，雨宫润一只是沉默地站着，没有回答她的问题。他脸上挂着神秘的微笑，目不转睛地注视着黑衣女人的脸。

分　身

“怎么不说话？到底发生什么了？你好像变了个人似的。怎么？还是说你打算背叛我？”

看着润一傲慢的态度，黑衣女人不禁大喊起来。就算润一态度良好，刚才发生的种种怪事也已经使她烦躁不堪，濒临爆发。

“早苗在哪儿？难道你也不知道？”

“是啊，我真的不知道。她不是在笼子里吗？”

润一终于开口说话了，但语气却异常冷淡。

“笼子里？你不是把她从笼子里带出来了吗？”

“这个我不太清楚，我先去看一下吧。”

润一说完便扬长而去，好像真的打算去笼子外检查一番。难道他疯了？还是有什么别的原因？黑衣女人莫名感到担心，于是跟在他身后，监视着他的一举一动。

来到铁笼子前一看，钥匙就插在门上。

“你今天真是不对劲儿，竟然就这么把钥匙插在这儿。”

黑衣女人一边嘟囔着，一边向昏暗的牢笼中看去。

“你看，早苗果然没在这里。”

只有一个光裸的男人蹲在角落里，不知为何耷拉着头，一副无精打采的样子，可能是在睡觉。

“问问他吧。”

润一自言自语着打开铁栏杆，走进笼子里。他的一举一动都十分反常。

“喂，香川先生，你知道早苗小姐去哪儿了吗？”

香川是被关在笼中的青年的名字。

“喂！喂！香川先生！你在睡觉吗？醒醒！”

不管润一怎么喊，香川都无动于衷，润一便伸手用力摇了摇他的肩膀。但他依然毫无反应，身体无力地随着摇晃摆动。

“夫人，真奇怪，他不会是死了吧？”

黑衣女人被一种不祥的预感吓得浑身战栗。究竟发生了什么？

“他不会自杀了吧？”

她钻进笼子里，来到香川身边。

“把头抬起来给我看看。”

“是这样吗？”

润一手托青年的下巴，抬起他低垂的头。

啊！这张脸！

女贼“黑蜥蜴”突然发出一声惨叫，踉跄着后退。这简直是一场噩梦，不是梦还能是什么？

蹲在角落里的男人根本不是香川。这实在是出人意料，铁笼中的青年竟然也被调了包！那么，这个裸体的男人到底是谁？

黑衣女人被强烈的不安侵袭，她想自己可能患上了精神病，竟然出现了幻觉。

润一托着下巴朝向她的那张脸，还是润一！竟然有两个润一！一个浑身赤裸，一个身穿工装，贴着假胡子。二人中间肯定有一面隐形的镜子，把一个人的身影变成了两个。但哪个是本体，哪个才是镜像呢？

之前是早苗变成两个，但其中一个只是报纸上的照片，现在的润一却都是实实在在的真人，两张一模一样的脸就摆在眼前。现实中怎么可能发生如此荒诞的事？这其中肯定藏着巨大的阴谋。但这阴谋究竟是谁的手笔？又是为了什么目的？

可恨的是，满脸胡子的润一笑容诡异，似是在嘲笑目瞪口呆的黑衣女人。他在笑什么？他不是更应该吃惊吗？怎么还能这样冷笑，又疯又傻，满不在乎。

润一笑着，继续用力摇晃赤裸的润一。不一会儿，被摇的润一发出一声呻吟，突然睁开了眼睛。

“啊，终于醒了。清醒一点儿，你怎么在这儿？”

穿工装的润一又问了个莫名其妙的问题。

赤裸的润一还未完全清醒，不知道发生了什么。他眨了眨惺忪的眼睛，突然发现站在面前的黑衣女人，像喝了提神药一般瞬间清醒过来。

“啊！夫人！我倒了大霉了……啊，就是他！你这个混蛋！”

一看到穿工装的润一，他疯狂地扑了上去。两个润一扭打在一起，展开了凶狠的搏斗。

但是这场打斗没有持续很久，转眼间，赤裸的润一就被按倒在混凝土地面上。

“混蛋！混蛋！你竟敢变成我的样子！夫人！小心啊！他是叛徒！是伙夫松公假扮的，他就是松公！”

摔倒在地的裸体润一声嘶力竭地咆哮着。

“喂，你把手举起来，老实点儿听润一说话。”

黑衣女人察觉到事情不简单，迅速掏出携带的手枪，对准身穿工装的润一。她虽然语气柔和，但眼里闪烁的光芒却表示出她的坚决。

穿工装的润一老老实实地举起双手，脸上却依旧笑眯眯的。这男人真令人不快。

“小润，你说吧，这到底是怎么回事？”

润一好像突然为自己的赤裸感到害臊，蜷缩起身体开始说话：

“您知道昨晚大家回来后，我又自己上了一次船吧？就是那时候，我在船上办完事，划着小艇要上岸，但不知什么时候，他——伙夫松公，就在暗中悄悄地跟了上来。我把他大骂了一顿，他却突然朝我扑过来。

“我没想到这傻子竟然这么厉害，让我吃尽了苦头，后来我被他打中要害昏了过去。不知过了多久，我睁开眼睛，发现手脚被捆，衣服也被剥光了，正倒在仓库里。我嘴里还塞着东西，想骂也骂不出声。正当我挣扎的时候，他进来了，身上穿着我的工装，贴上了假胡子。他可真是擅长乔装打扮，连长相也和我一模一样。

“哈哈，他化装成我的样子不知有什么企图。虽然发现了他是个不可貌相的混蛋，但我手脚都被绑着，实在是无能为力。他竟然让我再忍忍，照着我的脖子又打了一下，我就不争气地又晕了过去，到现在才清醒过来。

“嘿，松公，活该！你现在气数已尽，等着瞧吧！看我怎么报复你！”

润一说完，黑衣女人压下满心的惊讶之情，愉快地笑出声来：

“呵呵，真是漂亮，我还不知道松公竟然还有这么大的本事，值得表扬。这么说，之前发生的那些怪事都是你的杰作，是你把人偶扔进水槽里，还给剥制人偶穿上衣服的。不过，你为什么要这么做？没关系，你说说看。喂，别笑嘻嘻的，回答我啊。”

“要是我不说呢？”

工装男玩笑道。

“不说就要了你的命。看来你还不太了解你主人的性情啊，主人我最喜欢见血了。”

“也就是说，你要开枪打死我？哈哈哈哈……”

他竟旁若无人地大笑起来。再一看，不知不觉中，他举起的双手已经放了下来，懒洋洋地插进裤子的口袋里。

区区一名手下竟然敢如此羞辱自己，黑衣女人咬牙切齿，终于忍无可忍。

“你还笑，那就吃一颗子弹吧！”

说罢，她立刻掏出手枪瞄准对方，毫不犹豫扣动了扳机。

再次异变

工装男就因为几句无聊的顶撞而丧命了吗？不，当然不会，他依然双手插兜，饶有兴趣地笑着。

黑衣女人确实扣动了扳机，但手枪只是“咔嗒”响了一声，并没有射出子弹。

“哎呀，这声音有些不对啊，是不是坏了？”

听到男人的嘲讽，黑衣女人顿时慌了手脚，不禁连续扣起扳机，两下、三下，但传来的依然只有“咔嗒咔嗒”的机械声。

“混蛋！是你把子弹都拿出来了！”

“哈哈哈哈，你终于发现啦。如你所说，请看，就在这儿。”

他从口袋里抽出右手，张开手掌给对方看。只见几颗小子弹像可爱的弹珠一样躺在他的手心里。

这时，笼子外响起慌乱的脚步声，黑衣女人的几个手下赶了过来。

“夫人，糟了！看守入口的北村被绑起来了！”

“而且还昏迷不醒！”

这肯定也是面前这位松公干的。但他为什么只绑北村，不绑其他人？这其中难道有什么特殊的原因？

“咦？他到底是什么人？”

手下们注意到两个润一，吃惊地瞪大了眼睛。

“他是伙夫松公，这一切全是他干的。快把他抓起来！”

有援军赶到，黑衣女人不禁高声大喊。

“什么？你是松公？你个混蛋，开什么玩笑！”

手下们一窝蜂地拥进笼中，准备将松公抓起来，却没想到他的动作敏捷利落，轻巧地躲开蜂拥而至的手下，眨眼间就跳到了笼子外面。他依然是一脸笑嘻嘻的表情，边招手示意他们“来追我啊”，边慢慢地后退，真是目中无人！

黑衣女人和手下被引出牢笼，在松公身后紧追不舍，整个画面像惊悚的移动镜头。四周混凝土的地道中，逃跑的人后退，追赶的人怒气冲冲，露出拳击手般毛发浓密的健壮手臂，慢慢逼近。

不一会儿，这怪异的一行人来到剥制人偶陈列处前，松公突然停下了脚步。

“喂，你们知道北村为什么被绑了吗？”

他还是悠闲地双手插在口袋里，问出一个瘆人的问题。

“你们让一让，我有问题要问他。”

黑衣女人不知在想什么，拨开一众手下，走到松公面前。

“如果你真的是松公，那我要诚挚地向你道歉，为我之前有眼无珠，竟然没有发现你是这样一位人才。不过，你真的是松公吗？我越想越难以相信。你不是松公吧？还请把那碍眼的胡子摘下来，快摘下来。”

她的语气悲戚，像是在恳求。

“哈哈，就算不摘，你也已经猜到了吧？你知道我是谁，却不敢说，害怕自己说中，对吧？你那鬼一样苍白的脸色就是证据。”

工装男果然不是松公！他的措辞也不再像黑衣女人的手下。而且，这个声音！这口齿清晰的语调是多么耳熟！

黑衣女人情绪激动，全身无法控制地颤抖。

“这么说，你是……”

“不用客气，你在犹豫什么？你说吧。”

工装男收起笑容，全身都给人一种严肃的感觉。

黑衣女人瞬间感到腋下冷汗涔涔。

“明智小五郎……你是明智先生吧？”

她一咬牙，将这个名字说出口，一下子松了口气。

“正是。你不是早就发现了吗？发现了，却因为胆怯而不敢承认。”

工装男一边说，一边伸手摘掉脸上的假胡子。虽然还留着润一的肤色，但这张脸，毫无疑问，就是明智小五郎，令人怀念的明智小五郎。

“但是，怎么会……这怎么可能？”

“你是想问，我明明被扔进了远州滩中央，怎么会得救了呢？哈哈哈哈，你真的以为那时候把我扔进海里了吗？大错特错，我根本没在椅子里，被关在椅子里的是可怜的松公。我也没想到事情会变成这样，我原本是为了方便行动，才把松公绑起来，堵住嘴，藏进了那张长椅里。松公因此落得这个下场，我实在是抱歉。”

“这么说，被扔进海里的是松公？你假扮成他一直留在动力舱里？”

女贼被惊得目瞪口呆，语气也如贵妇一般温和下来。

“这是真的吗？但是，松公被堵住了嘴，怎么能说话呢？我们不是隔着坐垫说了很多吗？”

“说话的是我。”

“咦？这……”

“船舱里不是有一个大衣柜吗？我就藏在那个衣柜里和你说话，你听起来就像我在椅子里说话一样。椅子里本来就有个人在动，你会搞错也是正常。”

“这么说，这么说，藏起早苗、在椅子上放大阪报纸，都是你干的？”

“没错。”

“您还真是费心了，不惜伪造报纸来骗我。”

“伪造？别说傻话了，那种报纸怎么可能轻易伪造得出来，报道和照片都是真的。”

“呵呵呵，笑话，你们怎么可能凭空又变出一个早苗……”

“并不是又变出了早苗，你绑来的早苗是假的，是我费了好大的力气才找来的替身。虽然我有十足的信心能把她救出来，但也不想把好朋友的独生女置于如此危险的境地。你以为是早苗的那个女孩儿名叫樱山叶子，是个无父无母也没有其他亲属的孤儿，她的性格中带了些不良少女的大胆无畏，正因如此，她才有胆量坚持到底，即便遭遇这么多危险，依然出色地演完这场大戏。叶子虽然也哭泣喊叫，但她一直相信我，相信我一定会把她救出去。”

诸位读者应该还记得前文中《古怪老人》这一章吧？明智小五郎偷梁换柱的计策其实就是那时候实施的。那古怪的老头儿正是明智乔装而成。从那天晚上开始，真正的早苗就被藏在只有明智知道的地方。与此同时，伪装成早苗的樱山叶子住进岩濑家，之后一直闭门不出，把自己关在房间里，装出一副连家人都不愿见的样子。岩濑夫妇只当早苗受不了接二连三的迫害，患上了抑郁症，根本没有怀疑女儿是别人假扮的。那时，叶子的演技就已经出类拔萃了。

听了名侦探这一连串惊人的讲述，黑衣女人打心底里甘拜下风，甚至开始崇拜这位大人物。但她手下那群无知鲁莽的男人却不会这么想，他们不仅不会崇拜明智，还将明智视为欺骗首领的恶人、让松公葬身海底的仇敌，燃起了无尽的憎恨与激愤之情。

他们焦急地听着首领与明智的长篇大论，一看对话告一段落，便再也按捺不住。

“真麻烦，干掉他！”

一人的喊声成了导火索，四名大汉瞬间向孤立无援的名侦探扑了过去，以女贼的威信也无法制止他们。

一人从后面扼住明智的喉咙，一人反拧他的双手，一人攻击双腿打算扳倒他。面对这群亡命之徒，明智小五郎就是再厉害，也无法施展出全部力量。太危险了！好不容易走到这一步，形势会在最后关头发生逆转吗？一代名侦探会被这些鲁莽的男人逼入绝境吗？

然而，奇怪的是，就在他们群情激愤之时，竟然还有人旁若无人地放声嘲笑。大笑的不是别人，正是被四人按倒在地的明智小五郎！这究竟是怎么回事？

“哈哈哈哈哈，你们没长眼睛吗？好好看看，这块玻璃里的是什么？”

他说的是陈列剥制人偶的橱窗玻璃。

听他这样说，大家不禁扭头看去。几人扭打的地方斜对着橱窗，一来他们看不到那个方向，二来，他们刚才也没有注意那边发生了什么。

几人定睛一看，只见橱窗中的人偶又发生了惊人的变化：四个人偶整整齐齐地待在橱窗里，保持着原来的姿势，但无论男女，都一本正经地穿上了男式西装。

这肯定也是明智的杰作，但这种把戏耍一次也就算了，再搞第二次实在是有些无聊。不过，明智这个人肯定不会做毫无意义的恶作剧，这次给人偶换装，肯定有其深意。

真不愧是黑衣女人，率先注意到大事不妙。

“啊！不好！”

几人愕然呆立，还没来得及逃窜，橱窗里的人偶便纷纷站了起来。人偶不仅换上了衣服，连人偶本身都被调了包——橱窗里的根本不是剥制人偶，而是活生生的人。他们一直摆着人偶的姿势，耐心地等待时机的到来。看，他们手里，无一例外都拿着手枪，枪口正对准着女贼和她的手下。

突然，只听“咔嚓”一声，橱窗的玻璃碎了个大洞，几名西装男迅速跑了出来。

“‘黑蜥蜴’，你被捕了！老实点儿！”[①]

现代警察反倒更喜欢用这种古老的台词，更有威慑力。不用说，这几名西装男正是明智带进来潜入地底的干练刑警。

前文问到，为什么明智只绑看守入口的北村一人？其实就是为了暗示警察的到来。明智打电话给警视厅，告诉他们打开入口的暗号，刑警们凭暗号进入地下，同时将看守入口的北村绑了起来。刚才，润一曾失踪过一段时间，明智就是趁那个时候与刑警里应外合，帮助他们顺利潜入。不过，他们为什么不立刻去逮捕“黑蜥蜴”呢？这是明智下达的指令，为了让这场抓捕更具戏剧性，看来刑警也不都是不懂幽默的木头人。

至于另一队刑警，早已经与水上警察署联手向海上的贼船进发，现在，“黑蜥蜴”的手下们肯定一个不剩，连人带船一起被抓获了。

面对刑警的手枪，地底的恶徒也低下了头。对于这场噩梦般的突袭，这群凶猛强悍的男人也毫无反抗之力，只能乖乖束手就擒，尚未穿衣服的润一也不例外。只有首领“黑蜥蜴”敏捷机智，她率先看穿了西装人偶的秘密，飞快甩开一名刑警的手臂，身轻

---

① 此处原文使用的是江户时代官府逮捕犯人的说法，所以后文说这种说法古老。

如燕地逃进走廊深处她自己的房间里，从里面反锁了门。

蠕动的黑蜥蜴

作为地底王国的女王，黑衣女人的骄傲不允许她自己忍受被俘的耻辱。虽说这是她无法逃脱的宿命，但至少在临终前，她想把自己关在密室里，干脆地自我了断。明智小五郎注意到了这一点，便离开嘈杂的逮捕现场，只身赶到她的房门前，急切地叫道：

“喂！开门，我是明智。”

门内传来有气无力的回答：

“明智先生，只有你一个人吗……”

“对，只有我，快把门打开！”

钥匙转动，门开了。

“啊，我来迟一步……你服毒了？”

明智一进门就惊叫出来。黑衣女人强撑着打开门，当场摔倒在地上。

明智跪在地上，将女贼的上半身抱到自己腿上，试图缓解她临终的痛苦。

“事到如今，说什么都没有用了，安息吧。为了对付你，我差点儿连命都丢了，不过，这也是我职业生涯里一次宝贵的经历。我不恨你了，甚至有些同情你……啊，对了，有件事我必须告诉你，你煞费苦心才到手的‘埃及之星’在我这里，我会把它还给原来的主人。”

明智从口袋里掏出钻石给女贼看，“黑蜥蜴”勉强笑了笑，点了点头。

“早苗小姐呢？”

她温和地问道。

“早苗小姐？啊，你是说樱山叶子。放心吧，她已经和香川君一起离开地下，被警察保护起来了。那个女孩儿也受了不少苦，这次回大阪，岩濑先生会好好感谢她的。”

“我真是输给你了，彻底地输了。”

不仅在双方的较量中，在其他意义上她也输了。她开始低声啜泣，已经目光涣散的双眼中止不住地落下泪来。

“我躺在你怀里呢……真开心……我根本没想到自己会这样死去。”

明智并不是不明白她的意思，也不是没有感受到一种奇妙的感情，但这份感情他无法回应。

女贼临终前的告白像一个谜，难道她一直深爱着这位仇敌自己却没有察觉？或许，正因如此，在黑暗的海上埋葬明智时，她才会那样激动，泪流不止。

“明智先生，再见了……最后，你能不能答应我唯一的请求……吻我，请你吻我……”

黑衣女人的四肢已经开始痉挛，最终时刻到了。虽说她是女贼，但明智却无法拒绝她这可怜的临终愿望。

明智没说话，将嘴唇贴在“黑蜥蜴”已经变冷的额头上，轻轻吻了吻这个曾想要置他于死地的杀人魔。女贼发自内心地笑了，直到她失去生机，脸上依然保持着笑容。

这时，执行完逮捕任务的刑警们蜂拥而来，但看到这不可思议的一幕，纷纷呆立在门口。严格执法的刑警们也有感情，他们被这伤感的氛围所感染，一时失语。

轰动一时的稀世女贼“黑蜥蜴”就这样停止了呼吸，她枕着名侦探明智小五郎的膝盖，脸上挂着开心的笑容，离开了人世。

无意中一看，她两条美丽的手臂露在外面，或许是刚才甩开刑警逃走时撕坏了袖子。她的手臂上，她绰号的由来——黑蜥蜴刺青，依旧栩栩如生，仿佛在为与主人的别离悲伤，正在微弱地、微弱地蠕动着。

影男

影男

かげおとこ

物有表里，人也有表里。为了探求人类的『里』，他需要努力让自己变成一个影子，成为隐形人。

垂死的雄狮

来者是个男人，三十二三岁，身形瘦削。他迈入张家酒店的大门，径直走进柜台后的经理室。

经理又矮又胖，嘴上留着一撮胡子，正坐在桌前翻看账本。他手边的烟灰缸上放了一根抽了一半的雪茄，一缕紫烟笔直地升起，空气中飘荡着哈瓦那雪茄莫名有些下流的香气。

“人来了？”瘦男人咧嘴一笑，问道。

“嗯，来了，已经开始了。”

“那我过去了。”

“好，虽然没人发现，但你还是小心点儿吧。”

瘦男人一身灰色装束，西装、衬衫、领带，连鞋袜都是灰色的，这是一副无论走到哪儿都毫不起眼的打扮。他悄无声息地跑上二楼，轻手轻脚溜进走廊最深处的房间。他进去后也不开灯，从兜里掏出钥匙，打开一侧墙上的壁橱钻了进去。

屋里漆黑一片，但瘦男人对这个房间的结构了如指掌。这是一间普通的酒店客房，面积很小，只有十六七平方米，卧室兼做客厅。房间一侧的墙上有个壁橱式衣柜，这里就是瘦男人刚才潜入的地方。

突然，衣柜闪起诡异的光，亮得刺眼——壁橱里的墙上竟然有一面橱窗一样的玻璃窗。

这间诡异的壁橱是瘦男人建的，他花了十万贿赂胖经理，又花了二十万暗中施工。玻璃是审讯室用的那种单向玻璃——从外面看是镜子，从里面看则是普通的玻璃，可以清楚地看到外面的情况。

原来的墙壁分别找了几批不同的工人来拆除；玻璃是直接从工厂运过来的，经理趁着深夜，亲自操着泥瓦刀笨拙地把它镶了上去。平时这里都用木板挡好，叫人看不出破绽。

酒店老板不住在这里，服务员们也都不明真相，所以除了经理和瘦男人以外没人知道这个秘密。表面上，这里是一家清静的高级酒店，背地里却为特定的贵宾提供私密房间，赚取非法收入，所以就算看到有什么秘密施工，这里的员工也都见怪不怪了。壁橱上还装了一把精巧的暗锁，只有经理和瘦男人两人有它的钥匙，其他人绝对打不开。

从壁橱里的玻璃窗向外望去，所见景象极其荒诞，匪夷所思：那是一间十六平方米大小的镜屋，墙上、天花板上都贴满了镜子，地上铺满大红的地毯，地面中央铺了一床鲜艳的日式被褥。就在这床被褥上，正上演着诡异的一幕。

只见一个五十多岁的男子蹲在被褥上，他体态肥硕，浑身赤裸，整个身体弯得像一只虾，从这个方向看去，正好可以看到他的秃顶。平时他都会把左边较长的头发梳到中间遮起那块秃顶，但现在那绺长发已经垂到了前额，说不出的诡异骇人。他低着头，满脸通红，两颊松弛，满头油乎乎的大汗。

男人身后站着一个美女，她双腿叉开，站得笔直。四十年前有一部女贼电影盛极一时，三叶三四郎编写的《世界电影史》还将主人公普罗蒂亚的照片放在了卷首，这位美女就如普罗蒂亚一般美艳。

美女穿着鲜艳的紧身衣裤，浑身上下都是五寸宽的红黄色横纹，看起来像是一匹红色的斑马。

贴身的衣物尽显她完美的曲线——她的身体像希腊雕塑一样匀称，长腿翘臀，蜂腰纤细，丰满的胸部像果冻一样随着激烈的动作晃动。胸部往上是形状姣好的脖颈和神似普罗蒂亚的脸，不过她并不是西方人，而是长着西方人身材的日本人，看起来有二十五六岁。

光是这幅景象就已经怪异非常，然而他们的身影还映在四周的镜子上，上面、侧面、后面，从各个角度反射着、重叠着，镜子上呈现的无数个横纹女子与无数个裸体男人，在眼前密密麻麻地蠕动着，画面里的一男一女自然也能看到各个角度的自己——这也正是这间镜屋存在的意义。

突然，房间里响起“噼啪”的裂帛之声：穿着横纹衣裤的美女拿出驯狮的鞭子在空气中抽打。

两个房间之间是完全隔音的，即使在壁橱里稍微发出点儿声响也不会被对方察觉。那刚才的鞭响又是怎么透过玻璃传过来的？这要归功于瘦男人和胖经理周到的考量：他们在镜屋天花板上秘密安装了麦克风，将听筒装在壁橱里。

“迪亚戈，你不行了吗？学狗站着啊！快点儿，快学狗站起来！”

美女艳红的嘴唇中发出驯兽一般的吼声，镜面中千百张红唇同时张开。紧接着，又是“噼啪”一声。这一次，鞭子抽在了男人浑圆的背上，现出一条红线似的鞭痕。镜面中千百个后背上，同样也出现了千百条红线。

迪亚戈是这头“狮子男”的昵称，他姿势古怪，半弯着腰站起来，双手学着狗爪的模样，半握起拳头在胸前挥动。上方、侧方、后方、前方，无数荒诞的动作在镜中交错，令人眼花缭乱。

“很好，接下来学马爬！”

然后又是一声抽打空气的鞭响。

狮子男匍匐下来，镜子里千百个裸体男人也匍匐下来。他张开黑色的厚嘴唇，口水横流，眼睛偷偷地斜视美女驯兽师飒爽的站姿，眼神像牲畜一样卑微又狡猾。千百双狡猾的眼睛从各个角度环视着千百个女人。

女人美丽的躯体如杂技演员一般灵活敏捷，她轻巧地骑到狮子男迪亚戈的背上，不知从哪里掏出一根横纹绳子当作缰绳塞进了男人的嘴里，然后手握绳子两端，“嘚儿、驾”地喊着，开始表演马戏。

镜子中千百匹裸着身体的“马”和红色条纹的女骑手肆意驰骋。鞭响依然时不时传来，有时打在空中，有时打在男人毛发浓密的屁股上。“噼啪、噼啪……”留下的通红鞭痕已然形成了线网。镜子从各个角度反射出无数个丑陋的野兽和美丽的骑手，如疯狂的幻影，让人头晕目眩。

狮子男迪亚戈汗流浃背，在十六平方米的房间里一圈圈地爬行。

“再快！再快！”

随后，鞭子紧紧地勒上男人肥胖的肚子，女人的脚跟也像踢马刺一样踢了上去。

男人呼吸急促，脸上因充血而赤红，汗珠“啪嗒啪嗒”地往下掉。他用尽浑身的力气，不顾一切地往前爬，膝盖也蹭破了，血水沾湿了地毯。

每次经过窗前，这匹诡异的“马”都会放大，血痕纵横交错的肥大屁股与骑在上面的横纹翘臀互相碰撞、弹动，从眼前一尺左右的距离经过，这幅景象让正在偷窥的瘦男人感到一阵晕眩。

不一会儿，男人渐渐力竭，但驯兽师依然不许他停下来，直到他终于倒在地上。

男人已然筋疲力尽，瘫在被褥上一动不动。

他肥硕的身体上汗液、灰尘和血迹混杂在一起，肩膀和胸腹随着剧烈的喘息如波浪般起伏。

“呜，呜呜呜呜呜，再来……再来……来踩我吧……踩我吧，踩死我吧！”他口中发出的声音教人分不出是话语还是呻吟。

美女俯视着横倒在地上的丑陋野兽嫣然一笑，美得如牡丹花开。

她笑着抬起右脚狠狠地踩上男人的肩头，像女勇士打倒了狮子一般骄傲。她不停地踩着男人肥胖的身体，边踩边呵斥，那模样就像在臼里踩年糕。每踩一次，男人嘴里就发出野兽咆哮般的悲鸣。

美女又踩上男人青紫的脸，眼睛、鼻子、嘴，一处都没有放过。更甚者，她那两瓣丰满圆润的翘臀还直接坐在男人脸上，堵住了他的呼吸。男人痛苦地扭动着手脚，像是在垂死挣扎。

最后，狮子男仿佛咽了气一般，直挺挺地静止不动了。

美女这才终于停止了呵斥，安静地从男人身上离开。她的脸上不见一滴汗水，呼吸平稳，保持着花朵般的笑容，高傲地俯视着倒在地上的野兽。

隐形人

欣赏完这场精彩的杂技表演，壁橱里的瘦男人把手中的小型照相机收进口袋，脸上露出诡异的笑容。

他十分了解狮子男迪亚戈的身份，所以才特意收买经理，花大价钱建起这间壁橱来窥视此人。

狮子男的名字颇具古风，他叫此村大膳，是S县首屈一指的富豪，手下有好几所工场，战后成立的金融公司也为他带来了巨额收益。他还当选了国会议员，过着典型的腐败政治家的生活。

瘦男人之所以笑，是因为想到这次又可以有一笔可观的收入。他花了三十万建这间壁橱，但回报至少能有十倍。

难道这瘦男人是个勒索惯犯？从某种意义上来说没错，但他的立场又和普通的罪犯有些不同。

瘦男人叫速水庄吉，或者叫绵贯清二，或者叫鲇泽贤一郎，或者叫殿村启介，或者叫宫野绿郎，等等。他有许多身份，其中一个还是小说家——佐川春泥，犯罪小说家，凭借世间少见的古怪题材，两三年前开始在文坛大放异彩。而对于这位鬼才的真实身份，编辑、读者一概不知，这种神秘感也为他的作品带来了超越内容本身的人气。

这个拥有无数身份的男人——我们暂且叫他速水庄吉好了——千方百计地隐藏起佐川春泥的真实身份，因为这个秘密能使他的小说销量倍增，更何况，为了保持现在这种怪异的生活，他也必须避免自己的身份被曝光。他与杂志社之间的交流全部以书信方式进行，每次收取的工作信件和稿费也是不同邮局的存局邮件。杂志社为了弄清他的身份，曾经派记者去邮局蹲守，但他早就预料到了这种情况，每次都派不同的人去邮局取件。有时是出租车司机，有时是酒吧的酒保，他自己却一次也没有露面过。他严令这些跑腿的人，如果发现有形迹可疑的人跟踪，绝对不能直接回到他所在的地方。有时他还会找两三个人接力一样将邮件送回来，中途但凡有一丝可疑的迹象，送信人都不会接近他的住所。他自己也眼观六路，花费的工夫和技巧堪比地下工作者的接头联络。

速水——让我们暂时这样称呼他——是某所私立大学的文科学生，但一直没有毕业，只是在学校图书馆里阅读各类书籍。

他的运动神经十分发达，擅长骑马、驾车、驾驶飞机，甚至还到马戏团里学习过空中杂技，成了一名优秀的杂技师。

这样的一个人，为什么会有窥探他人秘密的癖好呢？要想弄清这个问题，需要详细地调查他的遗传基因和幼年时期的生长环境，但笔者并没有这么了解他，恐怕是他天生的性格与大学时代阅读的各种书籍给他带来的影响吧。对速水来说，探求人类的本性就是他生活的乐趣，只不过，他探求的角度有些与众不同。

物有表里，人也有表里。他所探求的正是人类的“里”，不是社会学，也不是心理学，如果硬要说的话，应该属于犯罪学方面。不过他与普通犯罪学家做的一般研究还不同，他的乐趣是探求每个人不为世人甚至不为家人所知的秘密。

这种探求对于自由主义者来说如蛇蝎般令人憎恶。自由主义者以互相尊重个人隐私为信条，例如医生绝对不能将患者的病症告知他人，这种保密主义就是自由主义者的想法。因此，速水的这种探求在自由主义世界里就是一种间谍行为，不仅被人们极端厌恶，在多数情况下甚至构成了犯罪。从这个角度来说，不，事实上，他就是一名罪犯。

根据他的亲身经历，速水深知，在他人看不到的地方，人类做出的举动不知会有多么荒唐，他开始这种偷窥生活之后的种种见闻也证实了这一点。知晓人类表里的差异是一件极其恐怖的事情，如果像翻手套一样将人类翻转过来，露出的内里常常骇人听闻，但速水却乐于欣赏人类的另一面，换言之，他的探求欲与遭人唾弃的间谍精神是相通的。

这种探求为速水带来了巨额收益：以富人的隐私为要挟，可以从对方手里勒索到大量金钱。虽然探求的过程需要花费高额成本，但通过勒索可以获得成倍的收入，比什么买卖都要赚钱。勒索当然是犯罪，所以毫无疑问，他是个罪犯。不过被勒索的对象不可能自己去揭发他，所以这也是最安全的犯罪，这也是他能一直持续这种犯罪行为的原因。

然而，当对方是坏人时，自己就有可能会被反向侦察逼入困境，甚至还有生命危险。速水也预料到了这一点，所以他时刻警惕，毫不懈怠，还掌握了与之相匹配的智慧、体力和技术。

要想神不知鬼不觉地探求到一个人的另一面，需要一件隐身衣，威尔斯的《隐形人》[①]就构建了一种理想境界。速水想变成一个隐形人。当然了，字面意义上的隐形是无法实现的，那么就需要尽可能地弱化自己的体色，努力让自己变成一个影子。他参考了许多日本古代的忍术，从某种意义上来说，忍术师是可以成为隐形人的，他们从盗贼的骗术出发，经过重重探索与修炼，创造出精巧的忍术，成为战国武将身边不可或缺的存在。速水的隐身术正是现代化的忍术。

他的隐身方法之一就是利用彩色的针织衣裤。将轻薄有弹力的针织物分别染成灰、黄、褐、红、黑等各种颜色，时常备在身上。比如，在傍晚时分行动时就穿上紧身的灰色衣裤，袖子连着手套，裤脚连着袜子，这样一来，脖子以下皆与傍晚的暗灰色融

---

①《隐形人》：英国小说家威尔斯1897年发表的科幻小说。作品的主人公是一名天才科学家，他发明了可使人隐形的药水，但最终他迷失了自我，走向毁灭。

为一体。如果有需要，他还会使用相同颜色的针织头套，眼睛和嘴的位置留有小洞，头套可以完全贴在脸上，将头部也罩住。

如果要潜入黄色或褐色墙壁的日本建筑，就穿黄褐色的针织衫，在红色窗帘前就换上红色，进入森林里就换成深绿色，在暗处就换上黑色。

忍术中认为，在黑夜里，血液干涸之后的黑红色比纯黑更加隐蔽，速水当然也准备了这种瘆人的黑红色衣物。

这其实就是保护色原理，动物或昆虫用体表颜色来隐藏自己，速水则是通过快速更换衣物来实现。针织衫十分轻薄，多穿几层也不会显得臃肿，他只要每次穿几套与背景颜色相符的衣服，能瞬间脱掉或套上其他颜色的衣服，就可以使衣服发挥与动物变化体色相同的作用。因此，他必须训练自己快速穿脱衣物的能力，此外，在衣物制作上也需要下一番功夫。

老旧房屋的墙上经常会出现一种扁平的灰色大蜘蛛，它们的灰色就是一种保护色，使它们能够与墙壁融为一体。当它以飞快的速度在墙上来回爬行时，看起来就是一片模糊，给人一种虫类遁形术之感。“影男”速水庄吉用多色衣物实现的隐身术，与这种灰蜘蛛的遁形术如出一辙。

不过，这仅仅是影男诸多绝技中的一项而已，他还发明了许多类似魔术和杂技一样的隐身术，并分别为它们准备了道具。

当然，他对人类另一面的探求还催生出另一个产物：他根据自己探求得来的资料创作志怪犯罪小说，从而一跃成名。编辑和读者都以为他的小说是荒诞无稽的空想产物，是与现实毫无关系的虚构作品。

速水——不，佐川春泥是故意将故事写得像是虚构作品，然而实际上，他的大部分小说都是根据现实资料所写，小说也只不过是他“探求人类另一面”的副产品而已。

随着佐川春泥的人气渐渐高涨，他的稿费也越来越多，细算下来也是一笔不菲的收入。但他写小说并不是为了赚钱，勒索本身就可以给他带来巨额收入，所以稿费多少对他而言根本不是问题，他只是喜欢使用隐身术探求人类，再把探求到的结果以小说的形式展现给世人。他得意扬扬地把这些秘密炫耀给人们看，而人们却以为他是世间少有的空想作家，他十分享受这个欺骗的过程，乐在其中。

速水今年三十三岁，他的身体像鞭子一样坚韧而柔软，是个清瘦的美男子。他的化装技术比演员还要出色，没人见过他真正的模样。除了服装，长相、头发等等都是变身术的一环，他的变装技艺高超，既能化装成七十岁的老人，也能变成二十多岁的美女。

作为一名隐形术师，他的住处也不固定。他拥有许多住所，但并不局限其中，他可能住在任何地方——帝国酒店也好，山谷[①]附近的破旅店也好，上野公园的长椅也好，就连御茶水溪谷的山洞他都能住。

他拥有许多恋人，其中还有十七岁的美少年，他的每一个恋

① 山谷：日本东京都台东区东北部地区名，是简易住所的聚集区。

人都坚信自己是速水唯一的恋人。恋人们互不相识，这些人在不知情的情况下巧妙地成了他“探求人类另一面”这一事业的助手。

敲诈S县富豪此村大膳一事进行得非常顺利。速水在张家酒店的壁橱里总共拍摄了三十六张照片，他用挂号亲启信寄给此村一张，又给此村打电话，指定交付敲诈款的时间与地点。果不其然，此村接到电话后一言不发，亲自带着三百万现金前往指定的地点。

此村把车扔在明治神宫外苑的入口处，用大衣领子挡着脸，躲躲藏藏地走进外苑的森林，坐在指定的石凳上等候。夜色迷蒙，速水穿戴着与夜色相近的衣裤和面罩出现了。他拿走装着现金的包，把剩下的三十五枚胶卷扔给此村，然后用他拿手的隐身术，仿佛融入森林里一般消失了。

底层人

速水庄吉一身灰色西装、灰色大衣和灰色鸭舌帽，走在东京尚存的黑市迷宫中。在周边繁华街道的掩映下，这里显得狭窄而又落魄，一排排脏乱的小酒馆前，揽客的女人把脸涂得惨白，娇媚的呼声四处可闻。

突然，一团破烂东西从一家酒馆门前滚出来，气势汹汹地滚到了速水的脚边。

“别在这附近晃悠了！听到没有，你个醉鬼叫花子！”一个穿着夹克的青年流氓大吼一声，“呸”地吐了口唾沫，然后走回店里。

倒在地上的破烂儿是个人，看起来五十五六岁，身上的土黄色上衣又脏又旧，里面的褐色毛线背心满是破洞，黑色呢绒裤的裤腿裂开，不合脚的凉鞋滚在一边。

他花白的头发乱糟糟的，胡子也同样邋遢，黑紫色的胖脸让他看起来像是个老实人，却也显得整个人愈发惨不忍睹。他倒在地上不起来，嘴里嘟囔着什么，可能是哪儿被打得厉害，甚至没有力气站起来。

一群人从旁围观，但没人上去帮他，过路人则若无其事地经过。速水看不下去了，走到那团破烂儿身边，双手伸进他的腋下把他架了起来。

“喂！醒醒，你家在哪儿？”

凄惨的老男人嗫嚅着，见速水一身干净利落的打扮，脸上露出一丝畏惧的表情，终于开口说了一句能让人听懂的话。

“别管我，我是畜生。畜生就是……我不是人。你不会懂的。”

他的语气悲痛难当，让速水一下子产生了想要探求这个老男人的兴趣。当然，这人简直就是个乞丐，自然不能作为勒索目标，但很多时候速水庄吉并不是为了钱才行动的。

速水架着破烂男往前走。破烂男极重，醉得无法自己行走，全身的重量几乎都压在速水身上，熏天的酒气和异样的体味扑面而来。

穿过黑市，走上大街，前方有个还算宽敞的大众酒馆。速水带着破烂男走进店里，在角落里找条长凳坐了下来。

“你喝什么？”

“我要喝烧酒！烧酒！烧酒！”

破烂男大着舌头点单。速水叫来穿着脏围裙的服务员，点了烧酒和清酒。

酒一端上来，破烂男就流着口水端起酒杯猛灌，一口气喝下去一半。然后，他紧紧地盯着剩下的液体，不一会儿，赤红充血的眼睛开始焕发出生机。尽管他喝得烂醉，但似乎只要有新酒下肚，就能让他重现些生机。

“你，会请我吧？”

他像是想再确认一番，目不转睛地盯着速水问道。

“对，因为你是个可怜人，你喝多少我都请客。”

“唉，我好久没有遇到像你这么善良的年轻人了。我有酒精依赖，是个离开酒就活不了的畜生，没人愿意陪我呀。”

他的眼中浮现出感激的神色，憨憨地笑了，长满胡子的脸就像大黑天财神一样柔和。

不一会儿，这杯酒喝光了，他贪婪起来，谄媚地对速水说：“再来一杯吧，好吗？”

新上的酒又喝了一半，这时，他眼光呆滞，像在思考些什么。他沉默了一会儿，突然眨了眨通红的大眼睛（破烂男有一双带着双眼皮的大眼睛），泪水从眼眶中涌出来，扑簌簌地往下掉。

“你愿意听我说说话吗？我啊，有话想对你说。”

破烂男像狗一样天真地歪着脑袋，凝神看向速水。

“嗯，我听，你说吧。”

破烂男眯起眼睛，通红的舌头舔了舔嘴唇。

“小伙子，你觉得我是什么？……是畜生，你已经知道了。不过，你觉得我以前是什么？”

速水惯于观察人类，回答这个问题轻而易举。

“是军人吧？而且还是军官，是大尉？”

“厉害！你看人真准啊。没错，我以前是陛下忠勇的陆军大尉，我的一生都奉献给了军队。”

他这样说着，眼泪又掉了下来。从这个五十多岁的男人身上能感觉出，他是从士兵逐渐晋升到大尉的职业军人。

“我以前是个优秀的军人，获得过高等军功章，收到过好几封感谢状。在战场上，部队长阁下曾亲切地拉着我的手，流着泪感谢我，说我‘是个了不起的人’。我和幸存的一百三十名部下一起守住了五十六高地唯一的堡垒，驱散了三千敌人，成功完成了与后续部队的联络。那是个事关大战成败的关键地点，我也是因为这场战争的功绩才获得了勋章。”

只有在说起这些时，他才像个身经百战的老战士那般把身板儿挺得笔直。但很快，他又瘫软下来，开始落泪。

“我很抱歉，真的很抱歉。身为陛下忠勇的军人，我现在是个什么样子？我已经落入畜生道，变成畜生了！我想死，我想把那些人全杀了然后去死！但是已经晚了。我就是头畜生，自从离开军队后，我就成了一个一事无成的废物。从那时起，我就不停地堕落，掉到这世间的最底层，变成了一个畜生。”

破烂男环视了一圈酒馆，他的声音越来越大，其他客人向他投来好奇的目光。

“小伙子，我就是个畜生，给你讲个证据吧……我有个老婆，还有一个小女儿，就这两个亲人了，我们一家三口住在我捡碎木头盖的小窝棚里。女儿是我上一任老婆生的，上一任老婆死了，现在的老婆给我女儿当继母。现在这个老婆有肺病，对我女儿不好，整天躺在床上支使、打骂我女儿。你猜我女儿多大？她才十二岁，也不去上学，每晚都到酒馆卖花，深夜才回来，她赚的钱是我家唯一的收入。唉，你知道吗？军人抚恤证书什么的早拿去借高利贷了，钱都被我喝光了。我可爱的女儿啊，现在已经去当妓女了！唉，怎么样，我，一个曾荣获战功的帝国军人，我的独女去卖淫了呀！

“离开军队之后我干过许多营生，但哪个都干不长，军人在这艰难的世道里过不下去呀！他们都把我给辞了，随随便便地就辞了。我本来就是个酒鬼，但没有现在这么严重，我是在战争结束之后才变得对酒精有依赖的。

“我也有清醒的时候，可我一清醒，就难受得喘不上气来，我实在受不了。所以，我把老婆的那些和服什么的都拿去当掉买酒了。十二岁的女儿，我可爱的女儿，她卖花的钱也被我偷来买酒了。老婆、女儿都没有吃的，快要饿死了！”

破烂男喝得烂醉，提高音量大叫起来。

“在座的各位听好！你们知道什么是畜生吗？我就是！我就是畜生！长了个人样却不是人的怪物！我那有肺病的老婆快要饿死了，十二岁的卖花女儿饿倒了，而我还在这儿喝酒！妈的，畜生！畜生说的就是我！”

男人把喝空的烧酒杯砸在桌子上摔了个粉碎，然后握起拳头不停地捶打尖锐的碎玻璃，嘴里骂着“他妈的、他妈的”。他的手背被扎得像个刺猬，鲜血直流。

突然，他发出一声诡异的吼声，既像野兽的远吠，又像新生儿的啼哭。酒馆里的客人、柜台里的老板和戴着脏围裙的服务生都朝他看过来。

这位原为陆军大尉的破烂男举起扎满玻璃、还在滴血的手，紧紧地捂住脸，像孩子似的号啕大哭起来。他痛苦地扭动着身体，跺着赤裸的双脚，像个在撒娇的孩子。

飞天之梦

大曾根幸子，今年十二岁，非常惧怕自己的父母。她每天深夜都去酒馆卖花，但对她来说，这是一天中仅有的幸福时光。

她根本不在乎客人多么嫌弃她，更不会悲惨地哭泣。她丝毫不懂人类的感情，更不知撒娇为何物，只是机械地拿着花束，站在一群醉鬼身后。尽管如此，这位瘦弱的小姑娘身上也有打动人心的地方，让人难以忽视她的存在，意外地，她也有不少客人，偶尔还会有喝醉的客人摸摸她的头，生意并不比其他女孩儿差。

有些上了年纪的女老板会克扣她的花钱，还对她拳脚相加，年纪大点儿的同伴也会欺负她，但幸子对此毫无感觉，因为如果一难过就哭，那她恐怕要从早哭到晚，这个女孩儿似乎早已连哭泣这件事都忘记了。对于破烂男来说，“大曾根”这个勇武的姓氏是多么讽刺啊；而对这个可怜的女孩儿来说，“幸子”这个名字又是何其讽刺。破烂男在做陆军大尉时，肯定曾为“大曾根”这个姓氏感到自豪；他也肯定是怀着美好的祝愿，才给自己的第一个孩子取名为“幸子”。

瘦弱的女孩儿穿着破洞的红色毛衣、水手服短裙，光脚踩着一双草鞋，“啪嗒啪嗒”地走在寂静无人的街道上。

现在已经过了午夜，幸子卖完花，除去被克扣的钱，把剩下的三百七十日元放进口袋里往家走。从卖花的涉谷酒馆街走回家要经过十多条街，家里还有恶鬼在等着她，见到恶鬼之前这二三十分钟的路程，是她最最宝贵的幸福时光。

她甚至边走边低声唱起小学时学的儿歌。每当有空闲时，幸子就会想象出一个奇妙又美丽的童话世界。现在四下无人，她将遐想的一半留在脑海中演绎，另一半则愉快地讲述出来。

“我要是像鸽子一样长了翅膀，能飞到天上去该有多好。天上视野开阔，什么都能看到，爸爸妈妈也不会追到天上去，我也不用再赚钱了。我还可以一边唱歌，一边在湛蓝的天空中飞翔。要是饿了，就像鸽子一样‘嗖’的一下飞下来，从店里抢走二三十个热乎乎的车轮饼，再‘嗖’的一下飞到天上，谁都追不上我。然后，我就可以一边吃着美味的车轮饼，一边唱歌，一边飞啦。

“死去的妈妈也在蓝天的上面。老师说过，人死之后都会飞到天上去，妈妈肯定也在那儿。我要是变成鸽子肯定就能见到妈妈啦！但是鸽子能飞那么高吗……”

幸子的生母在幸子三岁的时候就去世了，记忆中母亲的脸庞已经模糊，但她那温暖柔软的乳房和柔和的笑容却像幻梦一般时常浮现在幸子的眼前。那时，父亲还没有开始酗酒，是个和善的好爸爸。

“喂，小姑娘，你说车轮饼怎么了？什么东西要飞上天？”

身后突然传来人声，幸子吓了一跳。她怯生生地回头，看到一个一身灰衣、身材高挑的叔叔站在身后。

见身后有人，幸子的脸一下子阴沉下来，一言不发地抬眼仰视对方。美梦瞬间飞走了，她又回到了这艰难的人间。

“你就是大曾根幸子，对吗？”

女孩儿脸上毫无笑意，微微点了点头。

“嗯……你现在是刚卖完花要回家？真是个可怜的孩子，一点儿也不快乐。”

幸子面有愠色，冷漠地答道：“我不可怜，我很快乐。”

“你说的快乐是像鸽子一样在天上飞？金色的神明会从天上下来——迎接你、宠爱你，早晚有一天你会飞到天上去，还能见到妈妈，对不对？叔叔我什么都知道。”

女孩儿神色愈发阴郁，从牙缝里挤出了粗俗的一声“嘁”，然后像是有人追杀一样气咻咻地跑开了。

幸子感觉受到了蔑视与戏弄，但更多的是美梦被打破的愤怒。灰衣男深谙人心，十分了解女孩儿现在的心情，他也不追，只是站在原地意味深长地微笑着，他似乎很开心，像个全能的神明。

善神恶神

几天后，速水庄吉，或者说是绵贯清二，或者说是鲇泽贤一郎，或者说是殿村启介，或者说是宫野绿郎，又或者说是佐川春泥……总之，这个拥有无数个名字的影男住进了帝国酒店。

在这里，他是大阪贸易商社的年轻社长鲇泽贤一郎。他昨天深夜刚从大阪回来，一回来就直接住进他的专属套间，舒舒服服地睡了个懒觉，直到中午才起床。他悠闲地冲了个澡，叫一个合心意的侍者把清淡的早餐送进房间，用过早饭之后开始接见一位预约的客人。在这里，除了提前预约的客人外，他不见任何人。

来者是个美女，今年二十三四岁，一身华丽的洋装。她一进来就和速水在客厅长长地接吻，然后二人紧贴着坐在长椅上。

“有个上流社会贵妇的秘密组织，完全符合你的兴趣，这个消息值不值十万的奖励呀？”

女人可爱地扬了扬鼻子，她一笑，左边的脸颊上露出一个酒窝。她双目小巧可爱，手上摆出夹烟的姿势吹了一口气。

“详细说说看。”

影男鲇泽微笑地看着女人的酒窝问道。

“首领——这称呼有点儿奇怪，那人好像是妇女团的团长，原来是个侯爵夫人，腰缠万贯，大家都叫她春木夫人。团员有十五六人，全都是喜欢猎奇的富太太，她们最开始是赌马认识的，会聚在一起玩些麻将、扑克，后来渐渐地沉迷于一些秘密的消遣，现在已经变成货真价实的秘密组织了。她们特意租了个隐蔽的房子，所有人都穿黑色长袍、头戴黑色面罩在那里秘密集会策划坏事呢。”

“比如？”

“乱伦的色情游戏呀，听说她们可敢玩儿了。”

“这么说，你不是她们的成员？”

“不好意思了，那个组织没有足够的地位和财富是进不去的。我说的价值十万的消息是她们集会的地点和时间。怎么样？买不买？”

鲇泽没说话，从口袋里掏出支票本写下十万的金额，盖上印章，一手交给对方，问道：“说吧，时间和地点。”

“代代木广场边的一栋房子，听说有个宽敞的地下室。团员都在长袍外穿大衣，到门前再脱掉大衣戴上面罩，在门口给看门人签个名就可以进去了。签名是这样的。”

女人比画了一个神秘咒文似的手势，然后详细说明了代代木密会地点的位置。

“怎么样，我调查得仔细吧？这个集会明晚十点开始哦。”

“嗯，然后呢？这些都是某个团员告诉你的吧？”

“不是告诉我的，是我用你亲传的手段让她对我倾诉的。她觉得我没有威胁就放心讲给我了。不过这个组织对泄密团员的制裁似乎相当严厉，她说的时候脸色发青，叮嘱我绝对不能告诉别人。”

“那人是谁？”

“琴平咲子，新兴实业家的太太，是个不到三十岁的美人哦。”

女人微微一笑，酒窝更深了。

“个子高吗？”

“大概比我高五厘米，不过比你可要矮多了。”

“你知道的，我会忍术，个子高矮根本不是问题。我要化装成她，在这期间，看守咲子女士的任务就交给你了，如果完不成的话十万的奖励可就没有了。我要在这个酒店的小餐厅见她，明白了吗？”

这时，电话铃声突然响起，鲇泽走过去接了起来。

“嗯，是我……什么？出去买东西的时候离家出走，往郊外去了？……我知道了，你跟在她身后，每隔十分钟找一户有电话的人家，随便找几个借口，让他们给这里打电话，让我知道位置就行，农民家里也有装电话的，只要附近有人家就一直给我打。跑着去，对方是个小孩儿，走不快，跟不丢的。懂了吧？好了。”

鲇泽放下话筒，松开紧皱的眉头，变回原来的笑脸看向女人。

“看来您还有别的事？鲇泽先生真是个大忙人。”

“我总是同时办十多件事，不忙的话人生还有什么意义？刚才那通电话是善神的工作。虽说我平时扮演恶神的时候多，不过我也可以做善神啊，比如对你，我一直都是善神。”鲇泽轻笑道。

“不只是对我，你对好多女孩子可都是善神，是吧？”那女人也笑着打趣道。

女人虽然嘴上这么说，但其实这“好多女孩子”她一个也不认识。

“好啦好啦，你不是说我是‘男蜂王’吗？蜂王有权利拥有许多异性爱人。”鲇泽又笑了笑。

女人则笑着回答：“可不只是异性，你不是也能当男孩子的善神吗？”

“别说废话了，我很忙的。别忘了，六点，明晚六点把咲子女士带到这里的餐厅来，最好提前给我打个电话，好吧？那，今天就这样……”

鲇泽伸出双手把女人抱起来，和她嘴贴着嘴走到门口才轻轻地放下。他打开门，单手指向走廊摆出个“请”的姿势，像骑士一样恭敬地鞠了一躬。

女人露出一副“输给你了”的表情，笑着离开了。她一走，鲇泽就跑回房间，给《今日报刊》的航空部打了电话。

“飞行员北野在吗？我是大阪的鲇泽……啊，北野君，太好了。之前拜托你的事可以现在动手吗？这是件好事呀，你要是被解雇了我会收留你的，哈哈。地点我一会儿告诉你，你做好飞行准备后给我打电话。拜托你啦。”

鲇泽知道现在这个时间，《今日报刊》和酒店的接线员都很忙，根本没有时间进行窃听。他总是留心这些细节，然后享受在暴露边缘试探的快感。

他又拨通了另一个电话。

“宫子？是我，鲇泽。我现在是鲇泽。之前拜托你的那件事，今天就要行动了，你马上拿着那套衣服到我这里来。今天让我们一起做善良全能的神吧，真让人开心。你快过来吧。”

宫子是一名信女，鲇泽众多情人之一，最适合做这件事。

大曾根幸子走出家门。患有肺病的继母让她出去买一枚鸡蛋，但她却突然产生了叛逆心理，沿着路一直、一直往前走。在东京看不到山，但幸子却生出了去往“山的另一边”的欲望。她想从恶鬼身边离开，这种心理驱使着她：如果走到这条路的尽头，也许就会有一个完全不同的世界！

这条路很长，一直延伸到远处，街道两旁开着商店。可爱的男孩儿坐在父亲自行车后座上路过，他紧紧搂着父亲的腰，看起来开心极了；温柔的男老师领队，带着放学的女孩儿们成群结队地穿过电车道，有些年纪稍大的学生似乎想要使坏，有的在哈哈大笑，还有的离开队伍独自一人往前走。

幸子走了一个小时，街道上越来越冷清，她还看到了以前没见过的茅草屋。这里有广阔的田野，有伫立着神社的森林，耕地前面有成排的房屋。她还路过一家卖杂货的茅草屋，装点心的玻璃盖上积了一层白色的灰尘，和蔼的老奶奶正在店门口打盹儿。

小溪从路边流过，乡下的孩子们正在拿网捉鱼玩儿，旁边放了个小水桶，往里面一瞧，两三条鳉鱼似的小鱼在“哧溜哧溜”地游动。这些孩子们看起来都很可爱，其中一个还特别讨人喜欢。

幸子继续向前走，渐渐荒无人烟，路两侧全是耕地。前方出现一大片空地，幸子沿着发白的土路拐了过去。幸子不知道，这里是一家大型土地公司正在出售的空地，没有堆土，但插了一块土地公司的牌子。这附近没有住户与行人，远处散落着繁茂的树林，天空晴朗湛蓝，柔和的阳光照在地面上，升起一阵阵摇晃的热气，草叶也好似乘着这股气流在轻轻地摇摆。

幸子渐渐恍惚起来，她远远地离开了恶鬼搭建的小窝棚，即使想回也回不去了。这种感觉让她幼小的胸腔变得空空荡荡，身体似乎变得轻松起来，一种前所未有的情绪油然而生。已经两三年没有哭过的幸子落泪了，泪水溢满双眼，顺着脸颊滑下来，扑簌簌地流个不停。

忽然，牛虻“嗡嗡”的振翅声从远处传来。幸子转过身，发现声音是从空中传来的，她极目远眺，看到湛蓝无垠的空中有一个黑点正反射着日光，像一颗明灭闪烁的星星。

黑点眼看着变大了，幸子发现那不是鸟，它的躯干上方有什么东西正在快速旋转，像是悬着的蜻蜓翅膀，巨大的头部闪闪发光，刚才闪烁的地方肯定就是这里。这东西幸子曾经见过，似乎叫直升机。

随着直升机渐渐靠近，声音也逐渐大了起来，透过玻璃房似的透明驾驶室能看到里面小小的人影。

“它要飞到哪儿去呢？”

幸子抬头望着那耀眼的、遥不可及的飞行机器。

直升机飞到幸子头顶便开始下降。是要降落在这附近吗？直升机的声响震耳欲聋，巨大的机体朝眼前逼近，卷起狂风般的气流。

草像波浪一样翻涌，眼前尘土弥漫，幸子整个人都要被吹跑了，几乎喘不上气来，只好双手捂着脸蹲在原地。等风终于停了，幸子睁开眼一看，发现直升机就停在身边二十米左右的地方，还有一个奇怪的男人从玻璃房里走了下来。

这真像做梦一样，在幸子闭着眼睛躲避沙尘这期间，世界好像变了个样儿。男人穿得像学校挂画上的西洋军人，身上披着披风，头戴插着羽毛的头盔，腰间挂着一把长剑，手持盾牌，步履缓慢又沉重地走来。

幸子不禁转身逃跑，但敌不过大人的速度，转眼间就被追上了。

"你是大曾根幸子吧，不要害怕，我是天神派来接你的，你的幸福正在天上等你。来，跟我走吧。"

幸子如在梦中，被军人牵着，忘我地走近直升机，坐进了透明的玻璃驾驶室。驾驶室里坐着一位美丽的女人，像学校挂画里的天女一样。画像中的圣母抱着赤裸的婴儿，但这位天女什么也没抱，她温柔地张开双手，把穿着脏毛衣的幸子抱进怀里，仿佛是去世的母亲在抱着她。

"我们要去天国了，从今往后，抱着你的这个人就是你的妈妈，你会获得新生，变成一个幸福的孩子。"

军人坐上驾驶席，一边发动机器一边温柔地说道。机身摇晃着，不知何时，直升机已经离开了地面。

他们飞到高高的天空中，地面的景色变得趣味横生：森林里的神社和农户变得像玩具一样小巧，广阔的东京市区也尽收眼底，在那之后是海……品川海、东京湾，还有远处的太平洋。另一边，巍峨耸立的富士山清晰可见。

“啊！我真的变成鸽子了！还能自由地在空中飞来飞去！”

幸子不仅变成了鸽子，还有一位比母亲好看百倍的天女紧紧拥抱着她，这是她在梦里都不曾感受过的幸福。

这场童话般的美梦之后，大曾根幸子——这个可怜的十二岁女孩儿，被影男鲇泽的情人宫子带回家，从此衣食无忧，还能穿上崭新的水手服去上学，过上了幸福的生活。

嗜酒如命的破烂男听闻幸子的经历后不禁流下热泪，他自己也接受了大阪实业家鲇泽的帮助，夫妻二人得以住院就医。没过多久，大曾根的酒精依赖症就痊愈了，他离开了自己搭建的小窝棚，成了某家公司的警卫队长——这当然也是鲇泽的手笔。

斗　人

第二天深夜，代代木广场附近的一间地下室里聚集了十多个装扮怪异的人。

他们头戴黑色面罩，身穿黑色长袍，全身都包裹在黑暗中，根本无法辨认他们的身份，只有通过私语声可以推断出这些人都是女性。

地下室有三十多平方米大，地上铺着灰色的地毯，天花板和墙壁上裸露着混凝土。电线从天花板上垂下来，光秃秃地坠着一只二百瓦的灯泡。

灯光下，十几个怪人围坐一圈，一人正站在当中演讲，听声音是一名中年女性。

“各位，这一年中，在诸位干事的努力之下，我们见识了许多正常社会中难得一见的离奇景象，享受了许多的惊险和刺激，体验了许多连男性都无法体验的极度妖异之境。有时，我们深夜拜访墓地与死人交谈；有时，我们围着强盗听他讲自己的亲身感受；有时，我们雇来多位男性裸体模特，享受写生与摄影的乐趣；有时，我们举办男女混合的蒙面舞会，抽签决定当晚自由行动的同伴；有时，我们找来残疾人和大家共同畅饮欢跳；有时，我们扮成可怜的女乞丐、街头艺人，体验随之而来的各种诱惑和暴行。另一方面，我们也没有忘记将男性美与赌博乐趣相结合的高雅游戏，我们欣赏全裸男性的拳击、摔跤，并为此赌上金银、宝石甚至贞操。

“但是，我们既不是妓女，也绝不会犯罪。我们不会舍弃自己的名誉与地位，在保全社会生活的同时，安全地抒发我们作为人类的正当欲望，为此我们才成立了这个秘密俱乐部。只要蒙上面、披上长袍，我们就与这个社会完全分离，可以舍弃掉一切教养和伪装，成为一个原原本本的人类，遵从原始的欲望行事。然而，一旦摘掉蒙面，我们就会变回这守序社会中的一员，继续相夫教子，是以身作则的贤妻，是坚守贞洁的淑女。

“正是为了维护这种社会的人伦，我们才有必要举行现在的秘密集会。午夜时分，任何一位淑女的梦中都会出现白日难以想象的淫虐场景，那是本能被压抑后的发泄。我们现在的集会就是那些梦的替代品，在这里，我们暂时躲在蒙面的伪装下，享受一晚的梦境。

“这些话想必大家都听腻了，但这也算是我们的祈祷词，每次活动之前都有必要重申一遍，强调组织的宗旨，巩固我们的团结。

“话不多说。今夜，惊险绝伦的‘斗人’比赛终于要开始了！在本次当值干事的努力下，我们找到了两位完全符合标准的年轻人。

“除了负责的干事之外，想必其他成员对本次比赛都不甚了解，我在此稍做说明。大家知道这世上有‘斗牛’‘斗犬’‘斗鸡’，而今夜要举行的‘斗人’就与这些比赛相似，与‘狩猎人类’一样刺激。警察从四面八方包围逃窜的罪犯，这是一种社会允许的‘狩猎人类’；过去的暴君会将罪犯流放在无人岛上，由家臣和侍从们进行‘狩猎’，在有限的时间里，只要罪犯能逃脱追捕者的包围就会被无罪释放，罪犯只能在死亡与生存的夹缝中奄奄一息地四处逃窜。这种‘狩猎人类’所带来的刺激是斗牛等比赛远远比不上的。

“不过，今晚的‘斗人’不是那种大型的‘猎人’活动，而是人与人一对一的搏斗。本次比赛没有规则，拳击、摔跤、相扑、柔道，无论使用什么手段都不犯规，两人互相肉搏，直到一方完全丧失斗志、倒地不起为止。

“获胜者将得到二十万元的奖金，各位也可以为看好的斗士下注，体验青春肉搏与胜负赌博的双重刺激。

“接下来，为大家介绍两位斗士！”

讲话人应该就是团长春木夫人，她举手示意门口的一名当值干事。随后，门开了，两名俊美的青年从暗处走了出来。他们全身赤裸，颇有些害羞地走进蒙面妇人们围坐的圈里。

不知当值干事是从哪里找来的这两位容貌和身材都相当理想的年轻人。蒙面妇人们没作声，默默地欣赏这二人的姿容。不一会儿，蒙面的团长开口了：

“这两位斗士的姓名和职业先暂时保密，我可以保证他们不是拳击、摔跤、相扑、柔道等竞技领域的专业人士。如各位所见，二人都有着不俗的健壮体魄，他们的力量恐怕也不分伯仲。这位的肤色较黑，我们暂且称他为‘黑’好了。另一位的肤色像西方人一样白皙，我们就称他为‘白’。”

斗士“黑”眉毛浓密，大鼻子，厚嘴唇，长相豪爽，双目和嘴角亲切可爱。他的皮肤说是黑色，其实是浅褐色，全身光滑紧致，肩膀和手臂强健结实，胸毛茂密，下腹肌肉隆起的线条有如希腊雕像。

“白”则浑身泛着娇艳的桃粉色，高鼻梁，嘴唇红而薄，一双长着双眼皮的大眼睛像女孩子一样温柔，双臀饱满紧实，腰部到大腿的曲线简直美得令人心醉。

“接下来，请大家下注，干事会帮各位记录。大家不要暴露自己的名字，和往常一样，用面罩边角处缝着的字母来下注。”

干事拿着笔记绕了一圈，宣布了“黑”“白”两方的赌注金额：“黑”方总计三十四万，“白”方总计二十九万。

两位斗士事先已经知晓本次比赛的规则，现在只等着战斗开始的信号，要将对方彻底击倒。

战斗开始了。

两个年轻人迅速分立左右，握紧拳头，叉开双腿挺直地站着，互相瞪着对方。

一时间，蒙面妇人们鸦雀无声，紧张得一动不动，面罩下的呼吸已经急促起来。

二人长时间地对峙着，这期间，他们的肌肉紧绷得几乎要撑破。终于，时机成熟了，双方气势汹汹地发起进攻，两具肉体激烈地碰撞在一起。

刚开始，他们用拳头互相殴打，青筋凸起的四根手臂交错在一起，像活塞一样你来我往。“白”的脸上先流了血，“黑”的眼睛也受伤了。

为了躲避对方的拳头，两人不经意扭打在一起。“白”一个腰摔，将“黑”仰面摔倒在地毯上，紧接着，“白”欺身而上，直接压住了“黑”，战斗朝着摔跤的态势演变。

两人压过来，顶过去，在地上纠缠翻滚，双腿夹着对方的头勒紧又挣开。每挣动一次，二人浑身上下的肌肉都会收紧、隆起、颤抖、跳动。

很长一段时间，“白”都紧紧地压在“黑”的身上，丰满的桃臀剧烈地晃动，大腿和手臂上的肌肉紧绷，全身都因紧张而颤抖。两具躯体大汗淋漓，湿滑得用手难以捉住，浅褐色与桃粉色的皮肤在二百瓦灯泡的照耀下熠熠生辉。

一开始，蒙面观众们还隐约有一丝恐惧，但不一会儿，就陷入了心醉神迷的境地。她们浑身冒汗，脸颊灼热，心脏异常兴奋地跳动着。这些团员不全是中年妇女，从影男和他情人的对话中可以得知，团员之一的琴平咲子还不满三十岁，或许有人比她还要年轻。一张张神秘的黑面罩后究竟藏着什么样的相貌？看着这两名全裸青年的疯狂搏斗，她们的脸上又会露出什么样的表情？

两名斗士再次左右分开对立，随后，褐色与桃色的肉体相互追逐，在整个地下室里横冲直撞。蒙面妇人们随着两个青年的动作尖叫着躲闪，有时也会被他们撞倒。

如燕子一般交错追赶的肉体、四处逃窜的蒙面妇人，地下室里乱作一团，人声鼎沸，充斥着斗士们粗重的喘息、野兽般的怒吼与妇人们惊喜交加的尖叫。

二人又开始出拳对击，其中一人被上勾拳打飞撞到墙上，却借力飞起一脚踹上对方的肚子，反把对方踢到了对面的墙上。

一转为近身战，双方的拳头就像机关枪一样不停地攻击对方，脸、胸、腹部……二人色差明显的皮肤上留下无数伤口，浑身血流如注。

伤痕累累的两人又扭打在一起。蒙面妇人们兴奋不已，再也按捺不住激动的心情，声嘶力竭地呐喊着“黑！”“白！”为二人声援，一些人几乎失神昏迷，地下室的狂热气氛已达到顶点。

距离战斗开始已经过去了一个小时二十分钟，两名斗士都已脚步虚浮，眼睛被血糊住看不清东西，大张着嘴发出“呼呼”的喘息声，肩和胸剧烈地起伏，双腿打战，踉跄着摔倒了好几次。

然而，战斗尚未分出胜负。

妇人们也疲惫不堪，应援的呼喊变得沙哑，有人像小姑娘一样悄悄落泪，有人开始胡言乱语地叫喊，众人兴奋至极，呈现出一副疯癫的样子。

不一会儿，“白”筋疲力尽地瘫软在地，赤裸的身体暴露于众目之下也不觉得羞耻，无力地仰躺在地毯中央。“黑”则像一具疲惫的雕像，蹲在“白”的脚边。

妇人们见战斗结束，瞬间止住声音，注视着这两具可怜的肉体。四下寂静无声。

这时，战况却意外地发生了反转。

浑身是血的“白”摇摇晃晃地站了起来，活像一头残暴的怪物。他穿过围观的众人，踉跄着走到门外，消失在黑暗的走廊里。

“黑”视力模糊地看向“白”的背影，自己也有气无力地站了起来。

“白”落荒而逃了吗？是“黑”获胜了吗？

然而，转眼之间，妇人们感到一阵风从门外吹来，一个赤红的身影像子弹一样从眼前飞过——正是浑身血污的“白”。他的速度太快，肉眼几乎难以捕捉，只能看见一条线径直朝“黑”冲了过去。

“黑”与“白”一起撞上了背后的墙壁，发出一声闷响。二人相撞倒地后，众人才反应过来刚刚发生了什么：“白”走到门外助跑加速，用尽最后的力气撞上了“黑”的胸口。

“黑”的脸色眼看着愈发苍白，瘫坐在墙边一动不动。“白”倒在他身上，过了一会儿，开始慢慢地挪动。“黑”依然纹丝不动，全身的颜色变得像一块染血的破布。

蒙面妇人们蹲在原地，精神恍惚地看着这一幕，地下室像墓地一样一片死寂。

“怎么了？结束了吗？”

有人做梦般地嘟囔了一句。

过了一会儿，才有另一个人说道。

“但是，不对呀，他怎么不动了？”

最先起身的是团长，她踉跄着走上前去，摸了摸“黑”的身体，探了探脉，又把手放在年轻人嘴边试探，然后慢慢地转过头来，说悄悄话似的说了句：

“死了。”

说完，她一直保持着弯腰的姿势，再没有动作。

女装男子

地下室一片死寂，刚刚还沉浸在“斗人”比赛中的十几名妇人全都默不作声。出人命了。她们不能把人丢在这儿不管，但又不能报警，这个秘密组织一旦暴露，势必会影响她们丈夫的名誉和地位，自己也会身败名裂，这是她们最不愿看到的结果。话虽如此，但现在已经死人了，这样下去她们很可能要背上杀人的罪名。

妇人们心惊胆战，各自在心里做着打算。如果事情没有这么严重，她们还可以哭着念叨“怎么办，怎么办”，但是现在她们濒临崩溃，已经连话都说不出来，就连团长春木夫人都六神无主，只是一个劲儿地在尸体旁边走来走去。

这时，一名面罩上缝着字母 E 的妇人走到团长身边，对着团长耳语几句。只见团长用力地点了点头，扭头对大家说道："各位，我们现在要请医生过来，除了负责今晚活动的干事 C，其他人都到客厅集合。还有这位……"团长说着，指向了青年"白"，"请大家带他上去。你能走吗？"

"白"强忍痛苦扯了个笑脸，点了点头。

"请大家给他找套衣服，带他到卧室里休息一下，再去饭厅给他拿点儿喝的。你们知道卧室在哪儿吧？"

一名妇人应了一声，拉着青年与众人一起上了一楼。

地下室里只剩下团长春木夫人、当值干事妇人 C 与刚才对团长说悄悄话的妇人 E。干事 C 叫二宫友子，是制药公司社长的夫人；妇人 E 是不满三十岁的琴平咲子，新兴贸易商社社长夫人，与团长很熟。

琴平咲子蹲下来再三检查"黑"的情况，最后绝望地摇了摇头。

"已经死了。他的头部受损，呼吸和心跳都停了。"

"他真的不行了？你能确定？"团长夫人不安地反问。

"我有经验，他这种情况，什么样的名医都救不回来了。"

"可是，你刚刚不是还说要叫医生，让我把大家都支走吗？"

"没错，确实要叫医生来，来向大家宣布这人已经救活了，让她们放心回家。否则，这么多人，说不准谁会把这件事泄露出去。

当然，这件事对另一个年轻人也要保密，让他放心回去。”

团长夫人不禁产生疑惑，面前这个沉着冷静的人真的是那个年轻貌美的琴平咲子吗？

“那，你打算怎么处理他的尸体？”

“藏起来。今晚的事就当作没发生过，否则在场的各位都难逃一劫。我有问题想问干事 C 女士，这两名青年您是从哪里找来的？他们是什么人？”

干事 C 二宫友子也对 E 利落的语气吃了一惊。

“他是我从浅草的酒吧里找来的流浪歌手。我不认识他，就是偶然碰见，看他身体强壮就向他搭了话，他一听到报酬马上就答应了。”

“他的朋友知道他到这里来吗？”

“不知道，我只告诉了他一个人，也提醒他不要对其他人说。刚才开战之前我又确认了一遍，他确定没有对别人提过。”

“他叫什么？住在哪里？”

“他叫小林昌二,九州人，父母双亡，在东京也没有亲人，和朋友一起住在浅草对面山谷区一家名叫旭屋的简易旅馆里。”

“另一个呢？那个白色的年轻人也是流浪歌手？”

“不是，他俩并不认识。白色的那个是银座的广告宣传员，我遇到他时他正戴着面具，拿着标语牌在打广告。我朋友把他叫去咖啡店说明情况，他也当场就同意了。他姓井上，名字我忘了，家庭情况也不太清楚，不过他人在这儿，直接问他就知道了。”

“您可真是不简单，这么迷人的年轻人，您一下子就找来了两位，想必您平时就注意物色优秀人选吧。”

在这种情况下，琴平咲子竟然还是一副游刃有余的样子。团长和二宫夫人愈发奇怪，平时的琴平咲子温柔可爱，今晚这是怎么了？难不成是被妖怪附身了？这么一想，二人发觉她说话的声音似乎也和平时不一样。

“你是琴平咲子吧？”团长不安地问道。

“不，我是替身。”

“什么？替身？”

团长和二宫夫人大吃一惊，不由得与E拉开了距离。

“我们把面罩摘下来吧，这种时候还是直接面对面说话比较好。”

E一边说着，一边摘下了那顶奇怪的面罩。面罩下的美丽脸庞与琴平咲子十分相似，但细看又有些不一样。

“你究竟是谁？”团长夫人惊恐地问道。

“我啊……我是个影子般的男人，就叫我‘影子’吧。”

“什么？男人？！”

两位夫人惊叫出声。

“哈哈哈，我确实是男人。我瞒着琴平夫人化装成她的样子，来瞧瞧你们的精彩游戏。二位不用担心，我是站在你们这一边的，可以助你们一臂之力。若是今晚我没有替琴平夫人到这里来，发生了这样的事，你们根本束手无策吧。你们真走运，我有办法。”

不必说，化装成琴平咲子的人正是影男。

“是吗？这么说你也知道我们的身份吧。二宫夫人，看来我们没有必要藏着了，把面罩摘下来吧。”

二人一起摘下面罩。春木夫人今年五十多岁，耽于享乐，一副女老板的姿态，她的这张胖脸经常出现在杂志上。二宫友子是个三十五六岁的美女，也喜欢寻欢作乐，从她找出那两名青年的手段就能窥见她的日常生活。

“说说看吧，你有什么办法？”

春木夫人果然不简单，很快就恢复了镇静。两人对面前这位奇怪的女装男子产生了强烈的好奇。

“首先，必须制造全员的不在场证明。虽然没人知道这个集会地点，但今晚你们都不在家，我们要把这个事实藏起来。”

“这能做到吗？”

两位夫人看着面前的女装男子，仿佛在看一名魔法师。

不在场证明

“当然可以，可以说是轻而易举。我们让这个小林昌二活到明天再失踪，只要各位明天不举行秘密活动，制造出各自的不在场证明，把案件从今晚推迟到明天就行了。”

魔法师“影子”所说的话简直匪夷所思。

“把案件从今晚推迟到明天？这种事能办到吗？”

“我可以做到，先给您露一手吧。这楼上有电话吧？在大家集合的那个房间里？啊，没关系，我现在去打电话叫医生过来。我会告诉大家我们找来了一个知根知底的医生，但其实是我的心腹，他的演技了得，装作一个医生绰绰有余。他是我的魔术的秘诀，会带来一些重要道具……啊，不用带我去，我对各种建筑了如指掌，不会走错的。在我回来之前，还请二位在这里等候。”

说完，“影子”戴上面罩，大步离开了。不到二十分钟，自称医生的年轻男子便到了。他挎着个大包，留着一小撮胡子，戴着眼镜，身穿朴素的西装，看打扮就像个医生。影男把他带到地下室，向等在那里的两位夫人介绍。

“我有许多手下，只有他的身材和长相与去世的小林最为相似。”

两相比较，这位医生的脸部轮廓确实与小林非常相像。

“首先，由这位医生宣布小林的性命无忧，让大家都安心回家。当然了，这是骗人的，不能让团员和井上知道小林死了，否则会坏了大事。待他们回去后，我们留下来实施第二步计划。放心，没什么可怕的，一会儿你们就知道了。走吧，春木夫人，麻烦您上楼告诉大家小林已经无碍了，再叮嘱各位如果明天没有要事就尽量待在家里，但不要提不在场证明的事，就说万一小林的情况恶化了需要联系大家。好了，请您赶快去吧。”

“我还没太搞清楚情况，不过现在也只能按你说的做了。我现在就去，对了，‘斗人’的奖金和大家的赌金需要发下去吧？”

“没错，否则大家会起疑心的。钱已经准备好了吧？”

“当然，拖到日后结算太危险了。”

春木夫人独自上了楼，不一会儿就回来了，说大家已经离开了。

“我们开始实施计划的第二步吧。楼上有化妆间吗？”

“有个房间装了镜子和洗漱台。”

“我和手下两人要去那个房间待上一阵儿，在此之前，得把小林的尸体搬到楼上去。他穿的衣服放在哪儿了？二宫夫人，麻烦您把衣服送到化妆间去，帽子和鞋也别忘了。”

说完，影男和手下把小林的尸体搬上楼，然后进了化妆间。两位夫人坐在空荡荡的客厅里面面相觑。

十五分钟后，客厅的门突然被打开，一个男人走了进来。看清来人，两位夫人双眼骤然瞪大，神色惊恐，整个人像被捆住一般，浑身僵硬一动不能动。

眼前的人正是本该死了的小林昌二！他皮肤稍黑，面露微笑地站在那里。

“啊哈哈哈哈……”影男从青年身后走出来，旁若无人地笑着，“吓坏了吧，这可不是小林的魂魄，他是我的手下，就是刚才那位医生。我把他的假胡子和眼镜摘掉，换个发型，稍微化点儿妆，再让他穿上小林的衣服就变成这样了。这叫变装，我很拿手的。”

春木、二宫两位夫人目瞪口呆，对这个自称“影子”的奇怪男人产生了更深的信赖。

“这是变装？这位先生本来就与小林长得像，这样一来两人简直一模一样，连笑容都十分相似，真是太神奇了！”二宫夫人感叹道。

“不过，他没听过小林说话，要模仿声音还是有些困难，不过并不是没办法。他可以发出完全‘居中’的声音，既不完全是东京口音，又不是地方方言，也不像特定的某个人，可以说是取万人声音和语调的最大公约数。这可是忍者的秘技。你说句话来听听。”

于是，那名与小林极其相似的青年走到二宫夫人身边，冲着她微微一笑。

“夫人，您在浅草的酒吧里第一次见到我时，我唱了什么歌来着？”

中音的东京口音里掺了些九州腔。二宫夫人听完不禁拊掌大笑。

“哎呀，真是一模一样。您都没有听过，竟然能模仿得这么像，真是太厉害了！”

“哪里，我是歪打正着罢了。我有位朋友是九州人，我稍微学了一点儿他的腔调。”他的语调果然与小林十分相像。

“在您二位看来这个变装算是合格了吧。”影男开始讲述下一步的计划，“我的手下一会儿就装作小林回到山谷区的旭屋旅馆去。现在是十二点，开车过去的话，旅馆肯定还没关门。与小林同住的歌手应该也没有回去，他们总是工作到晚上一点多，之后再出去喝个酒，回来应该要两三点了。

“我的手下会和旅店的掌柜打声招呼，证明他确实回来了，然后会找到自己的房间。这一点不用担心，他很擅长随机应变，陌生的地方也不会走错。如果小林的同伴先回去了，他就装醉不说话，直接倒在床上睡觉；如果还没回去，那事情就好办多了，在他们回来前钻进被子里装睡就可以蒙混过关。

“等大家都睡着了，他会悄悄起床翻看小林的东西。如果有记事本，他就模仿小林的笔迹写张纸条；没有也没关系，流浪歌手应该也不怎么写字，用铅笔潦草地随便写一写就行了。就写‘朋友给我介绍了一个好工作，我就先走了’，放在同伴的枕边，等天一亮就离开旅馆。这样一来，就有证据证明小林活到了明天早上，反过来说，各位的不在场证明也就成立了。您听懂了吗？

“不过，这样还不能掉以轻心。万一小林有恋人，她肯定会一直寻找小林的下落，恋人的执着是很可怕的，感觉也很敏锐，说不定会察觉到什么。为了防止这种情况发生，我们必须要查清小林是否有恋人，如果有，那女人的执着程度有多深。如果她能轻易放弃当然是最好的，但如果她坚持寻找小林，那就有必要让小林时不时地出现在她眼前。到时候就让我这个手下扮作小林，在傍晚或夜间从她面前经过，尽可能挑人多的地方，一旦被发现就混在人群中离开，让她相信小林还活着，小林已死的事实也就不会暴露。这就是我制造不在场证明的方法，您听懂了吗？”

春木夫人深深地点了点头，但表情依然凝重。

“嗯，确实是个好办法，这位的变装手法如此高明，这个计划肯定也万无一失。不过，我还有一个问题：小林的尸体该怎么办？人的尸体可不好藏，万一被发现可就全完了。”

“这个问题太简单了。”

影男满不在乎地答道。

尸体隐藏术

影男这随意的态度让两位夫人十分诧异。

“什么？您说把尸体藏起来很简单？”

“没错，有个极简单的方法，绝对不会被发现。这项工作开始之前，我有件事要与二位商量。不过还是先让我的手下去山谷区的旅馆吧。”影男转过头对青年说，“你现在就出发吧，别出什么岔子，联系方式还是老样子。”

扮成小林的青年行了一礼便告辞了。影男目送他离开，然后说了句稍等，到别处去打了个电话。

“我叫了其他人过来搬尸体。对了，刚才我说有事要和你们商量……”

春木夫人迅速接过他说的话：

“是酬金吗？”

“您真是明事理，正是如此。我与各位毫无瓜葛，愿意帮你们做这些肯定是有所图的。我的目的就是钱。其实我正是做这种生意的：在旁门左道上寻找赚钱的机会，利用我的智慧与技术赚取丰厚的报酬，也就是专做坏人的生意。啊，抱歉，是我口误，我之前的主顾都是些小偷、杀人犯，我只是随口一说，并不是在说你们，真是不好意思。”

闻言，两位夫人都有些害怕。她们被这个女装怪人的美貌吸引，对他的能力也相当信赖，但一听他总是与小偷和杀人犯做生意，不禁毛骨悚然。

“你要多少？”

春木夫人虚张声势，装作毫不在意地问道。

“这个嘛……如果是男性的话我会要个一两千万，不过各位都是女性，我不会为难你们的。三百万，平均分下来每人二十万左右，如何？这个金额各位完全负担得起，可以瞒着丈夫从私房钱里出。另外，日后我也不会没完没了地纠缠着你们不放，这一点请二位放心。我很忙的，还有其他工作要做。

“三百万，可以吗？如果你们不同意，我这就把尸体放下，和你们断绝一切联系。怎么样？”

两位夫人互相看了看。对这十几人的名声来说，三百万是很便宜的，不用怎么费力就能凑齐。春木夫人并未还价，干脆地答应了。

于是，趁搬尸体的手下到来之前，影男开始给两人讲解尸体隐藏术。

“自古以来，杀人凶手们为了研究尸体隐藏术耗费了大量的心血。埋进土里，地面上会留下痕迹；扔进水里，尸体会浮上来。西方曾有一段时间流行分尸术，就是将尸体分成头、身体、双手和双脚六部分，既易于搬运又方便隐藏。但仔细想想，这其实是一种最笨的方法。再怎么分尸藏匿都有被发现的可能，虽然在辨认尸体上可能会费些工夫，但一旦尸体的一部分被发现，势必会引起轰动，警察会全力展开搜查，最后还是会将凶手绳之以法。

日本也有分尸案，最后凶手也都落网了。由此可见，分尸只能引起社会骚动，扩大影响，并没有什么效用，真是最愚蠢的方法了。

“除此之外，凶手们还考虑过其他各种各样的方法，最理想的结果就是让尸体消失得无影无踪。其中最幼稚的办法就是将尸体投入火炉里烧掉。欧洲一位著名的杀人狂学者曾经尝试过在家里焚烧尸体，但烟囱里传出火葬场的气味，被邻居给发现了，这也确实够笨的。还有一个办法，就是将尸体扔进熔炉，或者用棺材装起来伪造葬礼送到火葬场。但这些地方戒备森严，不具备各种合适的条件根本无法实现，就算条件合适风险也很大。

“要毁尸灭迹还有一种方法：在桶里装满硫酸，把尸体浸入其中，硫酸能把骨头都溶解，尸体也就消失得无影无踪。从前，美国有个叫霍姆斯的恶棍，专门建了个溶解尸体的杀人宅邸，屋里放满了装硫酸的大桶，靠替人销毁尸体赚钱。虽然听起来有些不可思议，但这确实是事实。当然，这人后来被警察发现了，他应该是找到了漏洞，才会这么肆无忌惮，不过大规模地设置硫酸桶，迟早有一天会暴露。这也是一种愚笨的方法。

“我的尸体隐藏术则高明多了，而且非常简单，只要稍微用点儿心谁都能做到。但我不能给您详细说明，不管怎么说，二位都是女性，就算本次事件关系你们的名声，但你们仍可能会感情用事泄露秘密。而且，春木夫人比我年长，说句不吉利的话，您在临终之前说不定会对做过的错事进行忏悔，万一您说出来，我可就遭殃了。

“所以，我不能把我的方法告诉你们，但我可以保证，我使用的道具都很寻常，实施方法也很简单，可以让小林的尸体从这世上完全消失，绝无被发现的可能，这一点二位可以放心。

“我的手下正开车赶来，我们会把小林的尸体套上麻袋运往某个地方。等到明天，尸体就从这个世上消失了。

“至于酬金，就在一个月之内给我吧，交付方式由我来定。放心，肯定是个对你我都绝对安全的方法，你们只要在期限内准备好三百万就可以了。虽然不能给您详细说明处理尸体的方法，但只要这一个月内无事发生，想必各位也可以相信我的能力了。怎么样，二位可以放心了吗？”

两位夫人虽然对他的方法半信半疑，但看他能泰然许下一个月的期限，都不免被这种自信所折服，同意了他的要求。

不一会儿，手下开车赶到，影男将小林装进麻袋扛进车里，自己也坐上车，迅速地消失在黑夜中。

善良的地主

影男用勒索所得的资金在东京都内购买了大片土地，其中大部分都是战火焚烧过、留有枯井的荒地。收购这些土地，影男自然有他的目的。

对于这些土地附近的住户来说，影男是个善良的地主，因为他说荒地上的枯井很危险，迟早要填平，所以特意用卡车运土堆在井边。

当晚，载着小林尸体的汽车在尾久的荒地上熄灯停了下来，这里是影男所有土地中距离代代木最远的一块。这里离住户很远，四下寂静无声，更何况现在还是深夜，无须担心被人发现。

影男与手下两人抬着麻袋将尸体扔进井里，用铁锹从井边的土堆铲土填埋，再用手电筒照明观察，直到麻袋被土完全盖住。

第一步工作算是告一段落，前后用了不到十分钟。影男确实没有对两位夫人吹牛，这个处理尸体的方法确实简单有效。

二人回到车里驱车离开。不过，还差第二步处理工作。

第二天，影男以地主绵贯清二的身份来到尾久的荒地上。他穿了一身和服，戴着礼帽，一副有钱人的模样。

他在荒地上转了转，又看了看枯井，确认没有什么纰漏，就去拜访了附近一位木匠师傅。当初他购买这块地皮时受了这位师傅照顾，二人因此相识。

时间尚早，师傅还未出门工作，到门口来迎接影男。绵贯站在门口，若无其事地与师傅寒暄了几句，终于开始进入正题。

“师傅，先前买地时承蒙您照顾，现在出于一些原因，我要把这片地卖掉。在买主来看地之前我想把它修整一番，您能尽快帮我平平地吗？可以的话最好今天就开始。”

“好的，刚好我这儿有几个年轻人有空，我们现在就去。您要平地的话需要把那个枯井埋上吧？”

“没错，我之前就想着把它埋了，还运了土过来，不过一直拖着没有施工。您帮我把它埋了吧，反正也不出水了。”

“好的，那您也一起过去吧，咱们估量一下面积，然后我找人去卖沙子的地方运土。”

绵贯和师傅回到荒地上估量了一下平地的规模，师傅麻利地算了算，就回家给卖沙子的商人打电话去了。

不一会儿，一个年轻的木匠扛着铁锹过来了。

“早上好，老爷。师傅让我来填井……是这口井吧？这土都准备好了，一点儿也不费事，现在就开始吧。这口井可真危险，幸亏这附近没有孩子过来玩儿。”

“是啊，我也担心这个。这口井周围的篱笆都坏了，要是真有人掉下去我可良心不安呀。要是早点儿把它填上就好了。”

“是呀！那我这就开始。”

年轻人劲头十足，走到枯井旁从土堆里铲了土就往井里填。四五十分钟后，这口深井就被完全填平了。

绵贯一会儿在荒地上转转，一会儿到附近的小店买包烟，在工人把井填平之前一直守在附近。

填到三分之二时，木匠师傅带着几个年轻人走了过来，他们在各处打桩拉网，开始做平地的准备。填完井时，他们的活计才做了一半，不过，绵贯觉得已经没有必要再盯着他们了。

“师傅，剩下的就交给你了，等地平完了我再过来。”

绵贯打了声招呼就赶快离开了。这样一来，第二步工作也结束了，尸体隐藏术就算是完成了。

这口枯井有四米多深，就算把这片地卖出去，只要不建带地下室的大楼，就不用担心尸体会被挖出来，绵贯也绝不会把地卖给一个会建大楼的人。恐怕只要他还活着，就不会把这块地转让给别人。

影男给春木与二宫两位夫人讲尸体隐藏术时说，把尸体埋在土里是最初级的手段，很容易被发现，但那说的是为了埋尸特意挖坑的情况。不管用多么巧妙的手法，只要把地面挖开再填回去，肯定会留有痕迹，也就留下了线索。况且，将土地挖开再填埋需要很长的时间，想要掩人耳目非常困难。

那么，为什么不反过来想想呢？影男这些坏主意的出发点都是反向思考，他“探求人类另一面”的事业其实也是从反面探索事物。从这个角度出发，他就需要思考：有什么方法可以不需要挖，还能堂堂正正地埋。于是，他发现了最合适的地方——枯井。

当他想到这个主意之后，就立刻着手准备，打算找几口枯井以备不时之需。他物色了几块有枯井的荒地，再用敲诈所得的资金买下来，这次，其中一个刚好就派上了用场。土地都是他自己的，他没费多少人力物力就获得了三百万的报酬。

杀手公司

影男以刺探他人隐私进行勒索为主业，又用笔名佐川春泥将自己的经历见闻写成犯罪小说发表出来，获得了极高的人气。前文也提到了，他与杂志社之间一直使用不同邮局的存局邮件进行联系，每次取件的人也都不相同，这种神秘感使他的人气愈发高涨。

最近，影男，或者是速水庄吉，或者是鲇泽贤一郎，或者是绵贯清二……每次从邮局取回来的邮件中都会混入一封奇怪的信件，寄件人相同，内容也大同小异，颇有一副收不到回信就一直寄下去的顽固架势。举其中一封为例：

> 我是您的读者，但我并不是什么普通读者，相信您只要见我一面，就一定会对我产生极大的兴趣。您的收信地址是我从《黑猫》杂志编辑部打听到的，我想和您单独见上一面。这次会面肯定对您有好处，当然，我也对您有所求。其实，我有件不同寻常的事想找您帮忙，作为交换，我会把这件事讲给您听，您可以拿来做小说素材。这件事实在是奇怪万分，想必您也会为此大吃一惊。
>
> 如果可以见面，请将见面的时间和您的电话号码存在这封信所在的邮局，我会打电话与您商量见面地点。
>
> 须原正　寄
>
> 佐川春泥　收

半个月内，类似的信件总共收到了十封，影男春泥对这位执着的读者产生了兴趣。他收到过许多读者来信，但很少有像他这样的人，影男不禁想要一探究竟。

他按照对方所说的，把见面时间和电话号码留在了邮局。等到见面当天，确实有一通电话打进来。这时，影男正以速水庄吉的身份待在麹町的公寓里。

“我是佐川春泥。我可以与你见面，地点定在哪儿？”

“银座后面有家叫勒柯克的小酒吧，里面有个小隔间，在那里见吧。时间就定在今晚九点吧，九点正是酒吧人多的时候，反倒比较安全。”

“好，知道了，我九点过去。我该怎么走？”

对方把路线告诉他，就挂断了电话。

九点整，影男春泥找到约好的酒吧，走进了昏暗的地下室。

“一位叫须原的人来了吗？”

柜台里一个老板模样的中年男子指向里面的暗处。那里没有门，用墙壁制造了半个隔间，阻断了从柜台投过去的视线，窄长的桌子两边分别摆着低矮的长椅和扶手椅。

一个穿着黑衣服的瘦小男人孤零零地坐在长椅上。

“是须原先生吗？”

“正是，您是佐川先生？”

春泥在须原对面坐下，须原叫来服务生点了高杯酒。他似乎很喜欢抽烟，烟灰缸里已经存了五六个烟蒂。春泥也掏出烟来点上火。

“在这里正常说话也没人能听见吧？”

“当然，就是因为安全我才选在这里见面的。”

“那就好。您找我有什么事？”

刚好高杯酒来了，二人共同举杯喝了一口。

“佐川先生，从您的作品中就能看出来，您不仅仅是一名小说家。我们对您也多少进行了一些调查，知道您的一些秘密，正因如此，我才能放心地与您见面。”

从他说话的样子就能看出来，这位名叫须原的男人很有头脑。他有三十五六岁，身材矮小，一张瓜子脸面色苍白，看起来虚弱无力，但这种男人往往胆大无畏、机敏果断。

“你说你们？”

春泥也没有大意。

“我们总共有三个人，一起开了一家公司，其中还有一位女性。改天介绍给您认识。”

“他们一会儿也过来吗？”

“不，今天只有我自己。我与这儿的老板也不认识，您不必担心。”

“那么，叫我来有何贵干？”

“我们知道了您的一些秘密，所以也会告诉您等价的秘密。我们约好，必须为对方保密。”

“可以。”

“其实我有一个请求。不过，在我说明之前，我有必要向您介绍一下我们公司的性质。这是个秘密，只有我们同伴三人知道，我本打算绝不告诉其他人，但是今天告诉了您，您就是这世上第四个知道这个秘密的人。万一这个秘密被谁泄露出去，他就会立刻没命。您明白吗？”

门口的留声机正放着音乐，须原说话的声音极小，春泥只能勉强听到。

“是秘密组织？”

“差不多，不过不叫组织，叫公司。我们不是思想性的合作团体，而是实际盈利的公司。当然了，我们没有注册，只是觉得既然以盈利为目的，还是叫公司比较合适。至于公司的名字……一说出来，我们的秘密基本就暴露了。不过，是我邀请您来的，如果连公司名字都不告诉您，我们也没有继续谈下去的必要了。您是个犯罪小说家，想必也不会太吃惊，您听好了……”

说到这儿，须原凑上前来，在春泥耳边悄悄地说了一句：

“我们是杀手公司。”

他的嘴比常人大上许多，唇色通红，在惨白的脸上异常显眼。想来他惨白的脸色不是因为生病，而是杀人犯的天生相貌。

“真有意思。然后呢？你们怎么营业？”

春泥和气地反问道。

“真不愧是佐川先生，一点儿都不吃惊呢。您问我怎么营业？呵呵呵，我们这个公司可不能大张旗鼓地做宣传，不过，要是一直默不作声也不会有客人上门。所以我们三人最重要的工作就是出去寻找顾客。说起来和侦探差不多，不过他们找的是杀人凶手，我们找的是既有钱又想杀人的人。找到之后谈好价钱，替他们杀人。”

“原来如此，你们这个买卖蛮有意思的。这样能经营下去吗？你们做的是拼命的买卖，如果没有足够的利润……”

二人就像实业家在谈论生意一样，平静地进行着骇人的对话。

“所以，我们只以有钱人为目标。有些人即使是社会地位很高，也会想要除掉一些人，也正是因为他们有钱又有地位，所以没法儿自己动手，只想要是有办法能毫不费力地杀掉谁就好了，他们就是这样自私。不过，说真的，杀人是人的本能，不过是被道德所压制罢了。不，这么说也不对，多数人不敢杀人是害怕自己会受到社会的制裁、受到法律的惩罚，这种对法律的恐惧可是自古流传下来的。要说真心话，任谁都会有一两个想杀掉的人，人们看犯罪、暴力题材的电影，也正是在宣泄这种潜在欲望。

“这样一来，比起动不动就掏出刀枪来的蠢货，富人们的杀人意愿可要高得多，这种强烈的欲望可是金钱无法衡量的。所以，只要他们确定自己绝对安全，掏多少钱他们都愿意。因此，我们公司足可以经营下去。”

须原一改刚才的低声细语，毫不在意的语气像是在讲述小说的剧情，就连影男春泥也不由得在心底暗暗吃惊。

“你们的公司是什么时候成立的？至今为止的业绩如何？”

春泥一口气喝光了剩下的高杯酒，也是一脸平静地问道。

“喂！再来一杯！”

须原大声地向侍者点单，一副大胆无畏的态度，似乎丝毫不害怕被人听见。不过，一说到重中之重，他又立刻变得相当谨慎，绝不会被人听了去。果真是个机敏的人。

“也就才一年。想要一起做这种生意，各方面条件都得符合才行，我们三人在这一点上是非常合得来的。虽然没效仿古人歃血为盟，但我们的关系比那还要亲近，能生死与共。也就是我们这三个人偶然相识，才能进展得这么顺利。

“我们三个都是知识分子，有着不俗的聪明才智。我是落魄的学者，另一个男人是落魄评论家，女人是个落魄的女医生。

“要说业绩……这一年中，我们公司从世上抹杀了三十人，不过，其中有二十五个是集体杀害，就是为了杀掉其中一个人，牺牲了其他二十四个毫无关系的路人。所以，要说委托数量的话，有六件。但就凭这六件委托，公司的收益已经达到了上千万。”

“那起集体杀人用的是什么交通工具？火车？汽车？船？还是飞机？”

春泥渐渐提起了兴趣。

“呵呵呵，您真是敏锐。是火车，地点不能告诉您。列车从高崖下经过，经过一个急转弯。我们站在悬崖上，看见列车驶来就把石头推下去。石头掉在轨道上，列车来不及停车撞了上去，一部分车厢翻到了谷底。二十五人只是死者数。”

“然后呢，成功了吗？”

“碰巧，目标人物就在死者当中。万一没成功的话就要用别的手段了。”

“谁把石头推下去的？”

“当然不是我们，是个无辜的孩子，我们只是让他刚好在那个时候把石头推下去而已。有人暗示他那个大石头能搬动，他觉得很有趣，只当是个恶作剧，没想到石头会掉在轨道上。要问是谁告诉他能搬动石头的，他只知道是个路过的陌生男人，更何况，那人看起来也丝毫没有恶意，这起事件也就没有被当作犯罪处理。”

“有趣，我写过类似的小说。”

“没错，这个主意就是看了您的小说想到的。”

“什么？从我的小说里得到的灵感？”

“我不是说了我是您的读者吗？我说自己不是普通读者也正是因为这个。”

须原笑了笑，继续说道：

“其余的五件委托我们也都下了功夫。比如把海水放进洗脸池里将人溺死，再把尸体扔到取水的海里伪装成意外溺水；比如开车载着殴打致死的尸体爬到山顶，在悬崖边让车滚到谷底，伪装成死者意外坠崖的假象。每一桩案件都独具匠心，可以说是艺术性杀人，而我们就是艺术家。虽说是为了赚钱，但我们不想使用平凡的杀人方法，既要保证艺术性，又要做到完美犯罪，绝对不能暴露凶手。

“关于这点，我们有时也会雇人来充当凶手，有些痴傻的流浪汉还是进监狱比较幸福，每天有吃有喝的。这种情况下，我们会伪装成过失杀人而非故意杀人，这样凶手不会被判处死刑，刑期也很短。不过，麻烦的是我们经常找不到人来顶替凶手。”

虽然每说到要害处，须原都是悄声细语，整体也都被掩盖在留声机播放的音乐下，但敢在夜晚银座的酒吧里说出这番话，他实在是有些狂妄自大、旁若无人。不过，正因为是这种地方，才没人注意他们，正所谓“秘密应该在人群中进行”“最危险的地方就是最安全的地方”，他的这种行为说不定正符合了高明的恶人格言。

“你公司的情况我大体上了解了，不过，你要拜托我什么事？”

春泥问道。两人共同举起了第三杯高杯酒。

“简单来说，我们想借用您非凡的才智，请您做我们的顾问。我们无法总是想出具有艺术性且绝对安全的杀人方法，而现在的委托人越来越多，我们正需要一个有能力的顾问。

“比如说，您在最近的作品中描写了枯井藏尸这一新方法，并说明想要实现必须提前买好带枯井的地皮，我们看了之后不禁感叹。想必您不仅是写了小说，实际上，您手里也握有几块带枯井的地皮吧？我说错了吗？”

“哈哈哈，那只是小说而已，你别把小说和现实弄混了啊。”

“这种借口您还是对别人用吧，对我们可不起作用。我刚才不是已经说了吗？我们手里握有您的秘密。”

须原一双冷眼盯着对方说道。春泥身经百战，却也被瞪得浑身不舒服。

须原继续说道：“虽然有些时候不需要处理尸体，但这种情况毕竟是少数。将来，如果我们有这个需要，还望您能允许我们使用您的土地，我们会付时价的十倍。”

“就假设我有这种地吧，我答应你。总之，我只需要用主意投资就可以了吗？”

“没错没错，投资这词用得真好，正是如此。您也不是我们公司的董事，不会让您连性命都赔进来的。”

“顾问费有多少？”

“我多出点儿。收到的报酬我们四人平分，也就是公司全部收入的百分之二十五，你的分红和董事一样。”

“如果我不同意呢？”

“那我也不会杀了您的。我们还没有签订保密合同，双方都是自由的。就算您将今晚的对话说出去也没有关系，毕竟我们刚才的谈话都是为了讨好佐川春泥这位小说家的无稽之谈。杀手公司这种耸人听闻的事，普通人可是很难相信的，更何况是在客人众多的酒吧里谈论，没人会当真的。从这个意义上来说，酒吧也是今晚最合适的地点。”

影男春泥十分中意这个名叫须原的矮子，跟这种头脑灵活的人一起工作肯定会很有趣。

“好，我很欣赏你。我同意做你们公司的顾问。”

闻言，须原笑着说道。

“多谢。那我们就约好了，我们之间就算违约了也不能去法院起诉，所以也不用签合同，不会留下什么证据，一旦违约就只有死路一条。从这一刻开始，您就要负起责任来，哪怕只是泄露了一丁点儿我们的秘密，您就会从这世上消失。您明白了吗？”

“呵呵，就算你们想除掉我，恐怕也没有那么容易。不过，这种刺激倒很有趣。放心，我不会泄密的，你们手上也有我的秘密，而且，想必你们也会渐渐了解我的真实身份。好了，目前你们需要我出什么样的主意？”

“这个不能在这儿说，明天我们换个地方谈吧，明天上午我给您打电话。您明天也在今天那栋公寓里吗？”

“其实我很忙的，不过，为了你们我可以推迟一天。明天我也在那儿。”

“您叫速水庄吉对吧？还有个名字叫鲇泽贤一郎。呵呵呵，怎么样？可别小瞧我们的调查能力。”

“我越来越欣赏你了，能和你做朋友也是我的荣幸。那么，明天，等你的电话。”

春泥拿着帽子站了起来。

空中摩天轮

第二天下午一点，佐川春泥和须原正事先通过了电话，如约来到浅草公园，在公园入口处碰头。二人都是普通上班族打扮，穿着不起眼的西装。

一进公园，就看到空中耸立着一架巨大的摩天轮。二人买了票，一起坐进摩天轮的客舱里。除二人之外，只有一对年轻男女坐在远处的客舱里。摩天轮再次开始旋转。

“怎么样，这里是个适合密谈的好地方吧？脚下就是东京市区，远处还有品川海，我们可以一边观赏景色一边慢慢商谈，也不用担心被人听见。”

“真是个好地方！你的方法我都很满意。那么，我就不客气地问了：你们到底需要我出什么样的主意？”

“是这样的。”

须原点了一支烟，春泥也掏出自己的香烟点上。在这无风的阳春天里，两人乘坐的客舱缓缓地升上了晴朗的天空。

“主人公的名字你迟早会知道，不过我们还是先叫他 X 吧。他是新兴的暴发户，今年不到四十岁，家里有个疾病缠身的妻子，整日卧床不起，二人也没有孩子。X 有个情妇，是个大美人，虽然一直住在外家，但他妻子那个情况，情妇也差不多就是妻子了。

“然而这个女人却是个蛇蝎美人，她瞒着 X 长期与年轻男子私通，还用 X 的钱供养情夫。X 是真心喜爱这个女人，一直坚信她也爱着自己，所以在得知真相之后异常愤怒，只想将女人折磨至死，除之而后快。X 知道那个情夫还年轻，不过是被女人诱惑后鬼迷心窍，并没有多少责任，所以他不打算找情夫的麻烦，只想对女人实施报复，让对方知道他的厉害。不过，他不想自己动手，而是想用一种绝不会引火上身的方法把女人折磨死。

“我们知晓了 X 的想法，开始与他交涉。X 起初并不信任我们，不肯对我们说心里话，当然这种情况在我们的工作中经常出现。我像昨晚对您所讲的那样给 X 举了许多例子，他才终于认可了我们公司的实力，最后谈下了这单生意。不算其他费用，报酬有五百万。

“不过，他的要求确实很棘手。他要求使用对他绝对安全的方法……他不亲自动手，也不在现场，而是要在远处亲眼看着那女人被杀。我们考虑了很多，但没想出什么好办法来，所以想请您为我们出个主意，作为就任顾问的第一件工作。”

天空澄澈湛蓝，头顶一架飞机飞过，银色的机身闪闪发光。两人乘坐的客舱升到摩天轮最上方，雄伟的富士山也清晰可见。

在这辽阔的天空中大谈杀人之事，真有种荒诞的不真实感。

“那位X住在哪里？”

“世田谷高地上的一座宏伟的宅邸。”

“在高地上？”

“没错，视野特别开阔。”

“是两层建筑？”

“是。”

“从他家的窗户望出去有没有空地？”

“到处都是空地，那一带还有很多农田。”

“从他家二楼能看到的，尽量离他家远一点儿……附近尽量没有人家的。这样的空地能不能买个四五百平？”

“当然可以，多出一些钱很容易就能买到。”

“好，我有一个方案。你们以公司某个人的名义购买土地，当然了，钱由X出。然后在土地周围围上木板，除了X在自家二楼能看到以外，其余方向全部挡上。木板围好之后，在地面上找个合适的地方挖洞，这个洞需要由你们公司的人亲自挖。放心，不费事的，直径有两米就行，深度五米左右，两个男人半天就挖出来了。

“之后会有一点儿复杂，也需要你们亲自动手：把挖出来的土过筛，留细土加水和泥，再倒回挖出的洞里，把洞灌满。这样一来，准备工作就完成了，接下来只需要你们公司的女董事和那女人打好关系，把她骗到这块地上就行了。”

“只要准备这些就能满足X的要求？”

“没错，完全符合条件。”

“我们公司的女董事不会有危险吧？不能保证绝对安全可不行。”

“只要不被情妇以外的人记住长相就没事。所以，不能在情妇家里与她结识，要换个地方，最好能变个装。另外，去现场时要多换乘几次，最后一次要由你们公司的人来开车。你和另一个男董事会开车吗？”

“我们俩都会开。”

“那就没问题，这事基本就算成了。”

须原似乎听懂了春泥的构想，咧嘴一笑。

“真不愧是春泥先生，真是个好主意，可以让X尽情满足他的复仇心理。”

“你已经明白了吗？真厉害。”

“不，一些细节还不太明白，但能想象出大概。这个报仇方式太可怕了，您的办法真是残忍。”

说到这儿，两人露出邪恶的笑容。

经过一番详细的商讨之后，二人走出摩天轮，在公园入口若无其事地告别了。

无底沼泽

世田谷区榎新田地区还留有大片的农田，地主们并不着急出售，不过不是为了耕种，而是在等土地升值。附近零零散散有几栋新建的住宅，但距离都很远，还未形成住宅区，整个街区都显得空落落的。

高地上耸立着一栋新建成的宏伟宅邸。这是一栋典型的双层日式建筑，占地颇大，院落宽敞，带墙檐的土墙围绕四周，院内植物郁郁葱葱。

附近的人都称这栋豪宅为榎公馆，豪宅主人叫毛利几造，是一家战后发迹的制药公司的社长，腰缠万贯，仅有四十岁上下。

最近，毛利花高价买了一副十二倍的望远镜，每天都拿着它在二楼遥望对面的农田。农田正中间有块三百多平方米的地被整平了，周围用崭新的木板围了起来。那片农田离毛利家三百多米，但中间没有一户人家遮挡，用望远镜可以轻易地看清木板内部的情况。

毛利兴致勃勃地观察着那片地上的进展：围设木板的工作仅用两三天就完成了，之后便有人往地面铺沙子。那沙子又白又细，可能是从海边运来的。开始铺沙之前的深夜好像也有人在施工，但是晚上太暗了根本看不清，毛利也没有听说什么消息。

这些人在开始施工之前就已经确认过，高地上只有毛利家一栋房子，也没有其他地方能看到木板里面的情况。也就是说，木板里发生了什么只有毛利家二楼能看到。

木板架设好的第三天，一通古怪的电话打进了毛利家。对方直接叫毛利来接听，多番确认是毛利本人之后，男人才开口说道：

“就是明天了，明天下午一点开始，您可别错过了。还有，请一定安排好您家中的人员，您明白吧？”

男人重复强调了三遍，挂断了电话。

第二天，毛利打开二楼客厅的拉门和一扇玻璃窗。他故意没坐外廊的椅子，而是拿了个坐垫坐在客厅的紫檀桌旁举起了望远镜。天气晴朗，万里无云，一只老鹰仿佛察觉到毛利的视线，画着圈儿从空中飞过。

毛利夫人的病房和众多仆人都在楼下，宽敞的二楼空无一人。二楼窗子底下，年轻的花匠和老侍从正在院子里种树。门童待在门口七平方米的小房间里，厨房里两名女佣正在收拾午饭的碗筷，洗衣间有几名女佣在洗衣服。这就是电话中男人所说的人员安排：正门和厨房后门都有仆人，毛利不可能在无人察觉的情况下外出，唯一的可能就是从屋顶跳到院子里再翻墙出去，而院子里也有花匠和侍从在干活。

这样一来，即使日后毛利受到什么怀疑，家里的仆人也可以证明他一直待在二楼，他这是在准备一场完美的不在场证明。这个不在场证明绝不是假的，他确实一直待在二楼，没有迈出过家门一步。

下午一点整，一辆汽车停在了那片农田的路边，毛利立刻举起望远镜观察起来。那辆车有九米多长，车门打开，走下来两个女人。先下车的女人三十五六岁，一身西式打扮，毛利并不认识。随后下车的女人一身漂亮的洋装，二十五六岁，她一下车，那副傲然的美貌立刻展现在毛利眼前——正是背叛了他的比佐子。毛利一见她，立刻恨得咬牙切齿，额上的青筋直跳。

毛利谨慎地用望远镜环视一圈，并没有发现可疑人员。这里离住宅很远，现在也不是种地的时节，农田里一个人影都没有。

刚刚的老鹰像是期待着猎物一样，继续在空中盘旋飞翔。

两个女人打开木板门走进空地里，毛利的望远镜一直跟随着她们的身影。木板里没有建筑，铺了满地的白沙，两个女人一前一后朝这边走来。

这时，不知为何，走在前面的年长女性突然跑了起来，还不是径直向前跑，而是奇怪地绕了个弯儿。没跑几步，她就突然摔倒在沙子上，扭头向身后的女人求助。

比佐子吓了一跳，赶忙跑过去想要帮她。比佐子当然没有绕弯儿，径直向女人跑去。她刚跑了十来步，突然发生了意外：她穿着高跟鞋的脚迈不动了，仿佛被白沙吸住了一样往下陷。

比佐子想把脚拔出来，但另一条腿一用力反而陷得更深。望远镜中，她的表情清晰可见。但她现在还没有开始害怕，只是有些惊讶。

她奋力挥动着双手想把脚拔出来，但她越是挣扎，双脚陷得就越深，沙子已经没到了膝盖，她即便是想抬腿也抬不起来，就好像脚踝被紧紧绑住似的，直要将她拖到地底去。

她终于恍然大悟，发现这是个没有立足点的无底沼泽。她的脸因恐惧而扭曲，双眼圆瞪，嘴巴大张，开始大声喊叫。毛利听不见她在喊些什么，但应该是在向另一个女人求救。

然而，倒在比佐子面前的那个女人丝毫没打算过去帮她。望远镜转向那女人的脸，毛利发现她正狰狞地笑着。她的心情似乎很好，也没想着要站起来。

毛利的目光转回比佐子身上，沙子已经淹到了她的大腿，她的裙子像散在水面上一样漂浮着。不过，随着她不停地挣扎，白沙下面的泥浆被翻上来，裙子已经变得脏兮兮的了。

比佐子伸手想要抓住什么，却只能抓到沼泽里的沙子，根本无济于事，只好慌张地松开手。那里看起来像是坚实的地面，但用手一碰就知道，沙子底下并不是固体，而是无边的泥沼，根本无法支撑她。对面不远处，带她来的女人就倒在地上，那女人没有往下沉，可见只有比佐子身边这一块儿才是沼泽。只要往前走一米，到那女人身边去就没事了，但比佐子根本一步也走不了。泥沼已经淹没了她的大腿，她要怎么走过去呢？

比佐子的裙子漂浮着，只露出上半身，看起来像个美貌的矮人。这个美女矮人十分痛苦，美丽的脸庞像野兽一样扭曲，凄厉地尖叫着，不禁让人担心这叫声会不会被人听见。然而无须担心，这附近根本没有人家，就算远处的住户听到，也只会觉得是狗的远吠。

泥沼已经没到了腰际。眼前就是坚实的大地，但比佐子就是够不到，再没有比这更恐怖的事了。她披散着头发陷入了癫狂，仅剩的自由的双手在空中胡乱挥动着，连空气都想抓紧，扭曲丑陋的脸上汗泪横流，她嘴巴大张，如野兽般露出一口白牙。

这时，年长的女人终于爬了起来，转身蹲在痛苦的比佐子对面开始对她说些什么。女人是在替毛利转达恨意，她畅快地笑着咒骂道：“怎么样？你这个恶毒的女人，知道我的厉害了吧！”

泥沼已经淹到了胸口，再过几分钟就会漫到脸上，比佐子比谁都清楚，自己会窒息而亡。稍微想象一下她现在的痛苦，满怀恨意的毛利心中也稍微燃起了一丝怜悯之情。但事到如今，已经无法回头了，如果去救她，自己的犯罪行为就会暴露，而且不知道将来会受到她怎样的报复。

泥沼已经升到了比佐子的脖子，裙子下摆像围嘴一样绕在她的脖子周围。只剩下一颗头露在外面的比佐子已经叫不出来了。面对临终的恐惧，她的眼球几乎瞪出眼眶，脸上沾着的泥让她感觉像是满脸的鲜血。年长的女人也不禁背过脸去，杀手公司的女董事也不忍直视这样的惨状。

慢慢地，慢慢地，比佐子的嘴、鼻子、眼睛一一陷了下去。眼睛陷下去时是最恐怖的，毛利不由得移开望远镜，发出一声不知是叹息还是呻吟的声音。他现在非常后悔，与刚刚沉入无底沼泽的女人一样，毛利感受到一种无论做什么都无济于事的深深的恐惧感。

比佐子已经连头发都完全消失了，只剩两条伸直的手臂露在外边，像两只白色的动物在地面上挣扎，凄惨地舞动着。

然而，就连这两条胳膊也一点点地下沉，五根手指像五条腿的螃蟹一样在泥上爬行，最后，一点儿指尖也消失在泥沼中。过了一会儿，泥沙混合的表面“咕咚咚”地冒了几个泡儿。随后，一切归于平静，仿佛什么都没有发生过。

一个直径一米的圆形泥点在一片白沙上，已经如固体般纹丝不动。正午的阳光静静地照在上面，闪闪发光。黑色老鹰飞得极低，在泥点上方绕了个圈儿。

古怪老人

影男只是个为杀手出谋划策的幕后角色，并没有目睹这惊悚的一幕。

然而，在他听说这个方法成功后几人要瓜分酬金时，还是产生了一股厌恶之情。美女挣扎着沉入泥沼的凄惨身影变成了他的梦魇，一直折磨着他。

为了转换心情，影男变身成为浪荡的绅士殿村启介，打算忘掉这段不快的记忆。当然，殿村启介也是影男的众多身份之一，是个彻头彻尾的败家子。无底沼泽事件结束后的几天里，影男就化身成为殿村启介，游荡在灯红酒绿的繁华街区。

这天晚上，影男来到银座一家名为“龙”的夜总会，坐在正对着舞池的贵宾席上。这里有四五名从祇园[1]来的京都舞伎、四五名柳桥[2]的江户艺妓、四五名西洋小丑打扮的男艺人和七八名盛装打扮的舞厅美女。在绚丽色彩的包围下，殿村启介喝着酒，舌灿莲花地与各式美女调笑。

舞台上正在表演杂技，三个美女全身涂满金粉，如蛇一般翩

---

① 祇园：京都最大的艺伎区。
② 柳桥：江户时代的花柳街。

翩起舞。一人如金色巨蟒一般缠在另一人的胸口，活像一条两头的连体怪物在舞蹈。

台上五颜六色的灯光晃得人眼花缭乱，观众席“砰砰”几声，拉响数个礼花炮，彩带如雨一般从金色舞娘头上纷纷落下，无数气球像一群彩色的水母飘浮在空中，华丽的乐队奏响疯狂的乐曲，带领着数百名男女陶醉在这狂乱的气氛中。

场内充斥着震耳欲聋的音乐、拉开礼炮的声响、男人烂醉的喊叫、女人娇媚的呼声。在这嘈杂的环境中，影男殿村耳边却忽地响起一阵异样的低语。

影男转过头，对上了一张白须白发的脸。这个老人头发如假发一般雪白蓬松，唇上的胡子朝两边翘起，下巴上的白须直垂到胸前。他穿着纯黑的西装，一身儒雅的气质之外，还散发着莫名的邪恶感，让人很不舒服。他坐在殿村身后，在殿村耳边反复说着同样的话。

“这种表演很没意思吧？很无聊吧？很空虚吧？您是个有钱人吧？我有比这精彩百倍的东西哦。”

真想不到这个仪表堂堂的老人竟然是个揽客的。若不是普通的色情表演……

“要在哪儿看呢？”

影男殿村忍不住好奇起来。

“就在东京，开车不到一小时。”

“你带我去吗？”

“没错。”老人更加压低了音量，“不过需要五十万的现金……”

“我现在没带，不过这点儿钱，我随时都能付。”

“这样啊，那我们来谈谈吧。不过，还请您叫这些女人回去，我得和您一个人谈。”

“我可以让她们在这里等着，要花多长时间？”

“不，还是不要让她们等了。一天、两天都说不准，而且看您的心情，一周、一个月，甚至是一年都有可能呢。”

他微微笑着，文雅的脸上透着邪恶。

殿村闻言，愈发感兴趣了。这老头儿是真的想带他去看猎奇表演？还是说只是个风流的玩笑？又或者只是想诈骗？无论是哪一个，都值得他去一探究竟。

“好，我可以让这些女人回去。不过今晚我付不了钱……”

“没问题，没问题，我们明天才能过去，在那之前我们得好好商量一番。您也不想一无所知地就掏出五十万吧。”

“在哪里商量？”

“附近有个带雅座的酒吧，我带您过去。”

影男殿村对这个古怪的老人产生了浓厚的兴趣，他把女人们遣散，跟着老人来到银座背街一家小酒吧。二人在狭窄隐蔽的单间里对坐，点完单后，老人开始说道：

“我要先提醒您，我说的内容都是要绝对保密的，这一点请您牢记。这三天里，我一直跟在您身后观察您，确定您没有危险才向您搭话。我专门负责拉高级客人，这个交易不需要知晓双方的身份，所以我不会告诉您我的名字，也不会问您叫什么，您只要拿出五十万的现金，我就带您过去。”

“地点在哪儿？”

“就在中央线沿线，比荻洼稍远一点儿。”

“那地方没人知道吧？”

“当然了，您交了钱，会有几个人在那儿看守，他们都是信得过的人，肯定会严守秘密。此外，除了我和住在那里的人，没有其他人会知道。”

“住在那里的人？”

“这个我不能告诉您，到时候您亲眼见过就知道了。那里与我们所在的世界大相径庭，既可以说是天国，也可以说是地狱。”

“就算你这么说，但归根结底只是一种表演吧？一个表演要收五十万的入场费，不会太出格了吗？”

“因为那个地方就很出格，而且很少有人能光顾那里。就算付得起五十万，也不是谁都能进去的。”

“就算是这样，如果我付了如此昂贵的入场费，又能得到什么呢？”

“当然是惊愕、恐惧和快乐，那是超乎寻常，更超乎您想象的极致景色。”

“有危险吗？”

“说不定会有危险，也就是说，您可以享受冒险的乐趣。您应该也明白吧，只有伴随着危险，才能获得极致的快乐。我正是发现您是这种人才邀请您的，如果是我看错了，那我们就此别过。”

白须老人这样说着，一边要站起来。或许这也是高级的揽客技巧之一。

“好吧，明晚我带着五十万过来。时间地点呢？”

“哦，您还真是果断，这么快就下定决心的客人，您可是第一个。地点就定在这个酒吧，时间是晚上九点。”

于是，第二天晚上九点，二人在酒吧会合。

殿村拿出五十万的钞票，老人简单数了数，然后还给了殿村。

“不需要定金，等到了那里再交付就可以。这是该地主人的收入，我只能获得其中很少一部分。”

二人坐上准备好的车，司机是老人的同伙。四十多分钟后，汽车停在了一栋被混凝土墙包围的宅邸门前。老人掏出钥匙打开蔓藤花纹的复古铁门，带着殿村走进了院子。

一栋高大的房屋暗沉地耸立在眼前，每一扇窗户都黑漆漆的，只有房屋后面有什么东西在模糊地发光。

“这里原来是栋豪华的住宅，但现在已经荒废了，被某家公司用来做仓库，只有一对看门的老夫妻住在这儿。不过，我们并不用这栋房子，往后走，那边有个池塘，我们要进池塘里。”

老人一边悄悄地说着，一边往前走。

“进池塘里？”

殿村惊讶地问道。老人轻轻地笑了笑。

“不是要下水。一会儿您就知道了。”

两人沉默着在黑暗中前进，不一会儿就走到了庭院里。宽敞的院子里树木茂盛，景色应该很美，但这里既没有长明灯，灯笼也不亮，四周漆黑一片，什么也看不清。从脚边杂草丛生的模样来看，应该已经很久没有人修剪了。借着微弱的月光可以大概看清物体的轮廓，只见茂密的树丛里有一片宽阔的池塘。

老人拉着殿村在池塘边坐下。这个池塘是个不规则的椭圆形，直径有十四五米，占据了这个庭院的中心，黑色的池水平静无波。

“刚才跟您提了一句，现在，神奇的一幕马上就要发生了。请看池塘里。”

老人还是低声说道。

把深夜的池塘当作怪异表演的入口，真是个新奇的设计。看惯了怪诞事的影男也不禁因好奇而心跳不已。

随着眼睛渐渐适应了黑暗，周围的景色也渐渐变得清晰起来。这个院子比想象中的还要大，树木也更多。影男忽然注意到，池塘里距离岸边三米左右的水面上，立着一个二尺长的黑色木桩。

然而，仔细一看，那东西并不是木桩，倒像是一根铁管，顶端像烟袋头一样弯曲，直径约有四厘米。

“您看到了吗？您觉得那是什么？在哪儿见过吗？”

听老人这样问，影男想了想，但完全没有头绪。见他不说话，老人解释道。

“那是潜望镜，潜艇用的。”

“潜艇里用来观察海上情况的那个吗？”

“没错。”

“这么说，有人用潜望镜在池塘里窥视我们？”

“嗯，可以这么说，不过现在漆黑一片的，什么也看不见，只有白天才能看见。”

竟然有人躲在池塘里用潜望镜窥视外面的情况！即使影男惯于搜寻世人的另一面，也是第一次碰见这样的人，不禁目瞪口呆。

“这可真值五十万啊。”

影男兴奋得心跳加速。

只见潜望镜突然伸长，已经伸出水面三尺多了。这时，池水发生了异动，一个巨大的东西要浮上来。

黑色怪物忽地探出头来——那是个直径一米多的黑色圆柱，表面光滑，刚才的潜望镜在角落处突起，应该是个指挥台。难道这个小池塘里真的有一艘潜艇？

“这是真潜艇？”

“不是，只有这一部分。那个圆筒其实是一扇门，是通往目的地的唯一入口。”

“目的地？”

“就是为您提供演出的地方，既是天国，也是地狱。”

机敏的影男立刻就明白了，老人所说的目的地在池底，这个池塘里的圆筒就是入口。这东西一直沉在水底，等到深夜再探出头来供人进出，一旦完成任务又立刻缩回池底，任谁也想不到入口竟然在这里！还真是谨慎周全。而且这个圆筒肯定装了马达才能正常运作，这是一笔不小的费用，地底究竟有什么样的秘密，值得他们不惜花费如此大的代价？影男这样想着，心如擂鼓，满腔的好奇几乎要胀破胸口。

地底海洋

圆筒升上水面约两尺高时，上方的铁盖子一下子打开，一架铁梯从里面伸出来，架在了池塘岸边的岩石上。

紧接着，一个人从圆筒里爬了出来。影男的眼睛已经适应了黑暗，清楚地看见那人穿着紧身的黑色衣裤——黑色是夜晚的保护色，紧身衣物便于在狭窄的圆筒内行动。影男的隐身术就是利用衣物的保护色实现的，所以他立刻就明白了这身打扮的作用。

黑衣男子顺着梯子爬上岸，显然知晓老人带了客人来，驾轻就熟地朝这边走来。

老人站起身迎了上去，和他叽叽咕咕地说了几句，不一会儿回过头来，小声地向影男殿村介绍。

“接下来由这个人给您带路，一会儿把钱交给他就可以，我就先告辞了。”

“他是谁？”

影男问道。老人摆了摆手。

“他没有名字，只是个仙境的引路人而已。仙境里有许多人，大家都没有名字，您也一样。他信任我而接受了您，您也大可相信他，跟他走就是了。这就是冒险的妙趣。”

老人笑了笑，然后就离开了。

留下的黑衣男子拽过影男的手，说道：

“请往这边走。”

随即拉着影男朝梯子走去。他的声音听起来很年轻，应该只有三十出头。

影男沉默着跟他爬过铁梯，来到圆筒上方。圆形的入口还开着。

“这里有下行的梯子，还请您爬下来。”

黑衣男子率先踩上铁梯，对头上的影男说道。影男也学着他的样子往下爬。两人一进入圆筒，搭在外边的铁梯就自动收了回来，与铁筒里的梯子重合在一起，之后，圆形铁盖也闭合起来，圆筒里变得漆黑一片。接下来，就像乘坐电梯一样，圆筒开始在池水中下沉。

二人紧贴着站在狭窄的圆筒底部，圆筒停下来后，眼前的铁壁上出现一条竖直的银光，银光渐渐变宽——圆筒铁壁的一部分居然变成门打开了。门的另一侧开着灯，随着门渐渐打开，光线照了进来。

到了池底，为了防止漏水，圆筒变作了两层，出口也有两扇门。两人走出圆筒，两扇门自动闭合，终于有了一种地底密闭空间的感觉。

这里是一座用水泥模仿天然岩石建造的洞窟，昏暗的电灯照亮附近。迎着昏沉的光线，影男发现黑衣男子身上的衣服都是天鹅绒材质，脸上还戴着黑天鹅绒的面罩。

洞穴入口边有一条岩石岔路，男人打开紧闭的铁门，带影男走了进去。里面是一间四面混凝土岩壁的小房间，屋里一张简单的方桌和两把椅子，桌上放着电话和文具，一面墙上装着配电盘，开关排了一长排。

两人面对面坐在椅子上。

“我们就在这里交易，请把五十万拿出来吧。”

蒙面男一副处理工作的态度冷淡地说道。影男交出现金，刚想要出声提问，却被对方抬手止住。

“您问什么都没用，我只是个门卫，门卫不会回答任何问题，一会儿您就都懂了。所谓的悬疑和惊险嘛，还需要您自己一点点体验。现在请您先慢慢欣赏地底的异世界：从这儿出去，沿着这条路一直往前走，您很快就会遇上一位美丽的引路人……那么，我先告辞了。”

见他打开铁门在门口等着，影男只得出去。一走出房间，身后的铁门就紧紧地关上了，影男只好按照蒙面男所说的朝深处走去。

昏暗的灯光不知从哪里照射出来，微弱的光线下，人工岩壁看起来与天然洞穴别无二致。独自一人走在这种地方，总感觉有些不安。

走了一会儿，前方出现一个拐角。转过弯，眼前突然出现一个美丽的白色身影，美得让影男也不禁感叹一声，呆立在原地。

只见黑色的岩壁前站着一位全裸的美女，五官端正，浑然天成，黑色长发垂在背后，浑身上下一丝不挂，身材匀称得让人怀疑她是否真的是日本女性。见到来人她也毫不害羞，满面笑容地朝影男走来。

影男惊讶地站在原地，少女走上前去牵住他的手，默默地为他带路。影男也失语般沉默着。

二人来到一处稍微宽敞的洞窟，少女把手放在岩壁上，面前的一处石头便开始晃动，随即露出一个大洞。

一阵暖风拂面，洞里弥漫着浓郁的白烟。等影男走近才发现，那不是烟，而是蒸腾的水汽。

少女一把将影男拉进蒸汽中，又有另一名同样全裸的少女迎了上来，二人开始脱影男的衣服。她们像两个可爱的劫匪，从上衣到内裤将影男剥了个干净，然后让他泡进岩石里的热水中。等全身都泡热后，影男被拉到光滑的岩板上躺好，两位少女开始用手掌为他搓洗身体。待冲洗干净、擦干身体之后，少女又拿出崭新的衣物给他穿——黑天鹅绒的紧身衣裤，与刚才门卫穿的一模一样。

少女们只是一个劲儿地微笑，谁也没开口。影男也故意没有说话，不过，双方看起来都很满足。

“忘却人间的语言，洗掉人间的污垢，换下人间的衣物，然后就变成地底的住民了吗？这个安排不错！我喜欢！这样看来，这个世界的设计者肯定相当有趣。”

影男心情大好地走出浴场。刚走出去，身后的石头门就紧紧地闭合，两名少女也没有跟出来。他不知道开启石门的方法，只好回到原来的洞穴，往相反的方向走去。

越往前走，洞窟就越窄，洞顶也压了下来，到后来，只剩下一条仅容一人通过的隧道。灯光也渐渐变暗，最终完全消失，洞内一片漆黑。但影男不打算回头，他知道这肯定也是设计者精心设计的一环。

沿着这条隧道走了一会儿，终于走到了尽头。这里四下漆黑，影男用手摸了摸，前方和左右都是坚硬的岩石，没有缝隙供人通行。然而，即便如此，影男还是没有回头，只是静静地站在黑暗中，仿佛预料到了什么。

如他所料，前方的岩石突然横向移动，露出了一条路——这也是一扇自动开启的石门。

门后是一段陡峭的上行楼梯，影男毫不犹豫地走上去。爬上楼梯顶端，眼界一下子开阔起来，放眼望去，面前竟然是一片辽阔无际的大海！这是何等壮阔又奇妙的景色！

影男突然有些怀疑自己的眼睛。这是魔术的障眼法？还是说他从头到尾一直在做梦？

耳边是翻涌的海浪声，天空晴朗湛蓝，万里无云，遥远的水平线勾勒出地球的弧形，目之所及尽是天空和海水，没有一座岛屿、一艘船只。

影男低头，发现脚下踩着的是一块三米见方的岩石。他什么时候被流放到海岛上来了？只有他一个人，孤零零地站在这汪洋大海中的一块小石头上。

此时，如果他抬头向上看，就能立刻察觉这个魔术的秘密：他的头顶上有一个既像草帽又像屋顶的圆形物体飘在空中。那个圆屋顶不可能凭空飘起来，一定是从某个地方垂下来的，那里就藏着障眼法的所有秘密。

原本，像影男这样的聪明人不可能发现不了它，但当时他被眼前的景象惊呆了，实在是没有余力思考这些。地底的洞窟竟突然变成了广阔无垠的大海，这太出人意料了。

这时，他眼前这片海中发生了神奇的现象。

他刚注意到某个地方的波浪有些不同寻常，就看到一片鲤鱼旗大小的尾鳍扬起了一片白色的水花。不仅是尾鳍，有一整条尾巴瞬间从波浪间显露出来，一枚枚银色的鳞片足有一寸长。

更令人吃惊的是，这条巨大的鱼长了一张人脸。她在水里翻了个个儿，浮出水面的上半身赫然是一位美丽的人类女子。她的黑发随波浪漂浮，两条紧致的手臂隐约可见，小腹上长着鳞片，两团雪白的乳房耸立在胸前，颈部线条修长优美，濡湿的黑发间露出令人心醉的可爱脸庞。只见她朱唇微启，齿若编贝，冲站在石头上的影男嫣然一笑。

竟然是一条美人鱼！

水中巨花

不一会儿，海面泛起波浪，又有一个白色的身影从水底浮上来——又一条美人鱼。

“尊贵的客人，欢迎光临。接下来由我们来带您畅游海底。”

一条人鱼歪着头，笑着说道。

“海底？我是人类，没法潜入海底呀。”

影男蹲在岩石边，注视着两条人鱼回答道。

“可以的，很简单。我们潜入大海的时候会用到这个，给您也戴上吧。”

人鱼们拿出透明的面具给他看，自己也纷纷戴上。那是个透明的塑料面具，能罩住眼睛、嘴、鼻子和耳朵，上面有一根细长的透明软管，一头连着透明的小型氧气瓶，氧气瓶被人鱼们紧紧地绑在腋下。

“您戴上这个就可以潜入海底了，想潜到多深都可以。”

两条温柔的人鱼爬到岩石边坐下，给影男绑上面具和氧气瓶。他原地不动，任由她们摆弄。

“来吧，我们牵着您，一起欣赏神秘的海底吧。”

影男被两条人鱼拉住双手，与她们一起跳进海里。海水很温暖，水温与体温相近。紧身的黑天鹅绒衣服里似乎加了橡胶，脖子、手腕和脚踝处也都收紧，海水丝毫渗透不进来。

三人一起沉入海底，影男的身体动辄就要向上浮，全靠两侧的人鱼拉拽。面具里的氧气输送速度适中，呼吸起来毫不费力。

这片海并没有看起来那么深，人鱼拉着他掠过海底的岩石。

前方有一片茂密的海藻林，不知是海带还是什么植物在水中摇摆着，宽度足有一两尺，活像野兽的鬣毛。人鱼们拨开滑溜溜的海藻林，继续前进。

游了一会儿，海藻渐渐稀疏，视野开阔起来，他们来到一个海底山谷似的深坑。这里比刚才昏暗了不少，眼前的景象都是模糊的，但透过蓝色的海水，却能看到一幅世间少有的奇异景象。

只见倾斜的黑色岩石上，盛开着几朵巨大的花，它们通体粉红，美丽妖艳，从未有任何一本植物图鉴收录过它们的模样。

随着影男渐渐靠近，花朵看起来愈发巨大，每朵有五个瓣，直径几乎有四米长。

再看花蕊处，竟然有五张美貌的笑脸！影男这才发现，这巨花是五名全裸美女，她们脸上戴着透明的塑料面具，丝毫不会遮住她们美丽的容貌。她们靠在岩石上，头与头紧贴在一起，身体呈放射状躺倒，胸腹与并拢的粉色双腿就是一片片花瓣，组成了一朵海底人花，也可以说是巨大的美丽海星。往深处望去，谷底还开着两朵，不禁让人想象这里是否到处都开着这样的人花。

粉色人花开在这片昏暗、蔚蓝又浑浊的海底，这种美丽与恐怖交织的感觉难以言喻，宛如德·昆西的鸦片之梦[①]。就算是在噩梦中，影男都没有见过如此妖异盛大的景象。

影男与两条人鱼从上方向人花靠近。这时，一条巨大的长影突然从眼前横穿而过——那是一条大约二十厘米粗、五米长的蟒蛇。海里不会有这么大的蛇，它肯定也是人假扮的，但在美女巨花的衬托下，泛着银光的蟒蛇从青黑的水中蜿蜒而过，这景象还是让人觉得异常诡异。

蟒蛇经过上方时，巨大的人花忽然抬起五双粉色的腿，腰部几乎要折成两截，将花朵变成了花蕾形状，像是对外界的刺激做

---

① 英国作家德·昆西曾在其代表作《一个吸食鸦片者的自白》中描绘了自己吸食鸦片后所堕入的狂热梦境。

出了反应。从上方看，十只脚合拢在中心，将五张脸挡了起来，外围是五颗桃心形的翘臀，整体变成一朵粉色的花蕾。

随着蟒蛇向下游动，深处的两朵人花也同样闭合起来。等蟒蛇消失在黑暗中后，她们才慢慢舒展开，变回刚才的样子。

影男放开人鱼的手，像一只黑色的蜜蜂去采蜜一般游向人花的花蕊。

花蕊处的五张脸唇红齿白，笑靥如花，诱惑着猎物自己送上门来。影男一靠近，五个美女的手臂就忽地伸长，像软体动物的触手一样从四面八方缠住了他的身体，五双腿也再次闭合，将影男困在了花瓣中。此时的巨花好像变成了一朵巨大的粉色捕虫堇，又好像变成了一只捕获猎物的巨型海星。

捕虫堇和海星都会分泌毒液，将猎物杀死并吸收。人花当然不会分泌毒液，只能用粉色的肉团包裹住猎物，让他无法活动。隔着透明的面罩，影男贴上了一张可爱的脸，嘴唇红润，牙齿洁白，一双大眼睛爱意朦胧，直盯着他看。十只赤裸的手臂紧紧地抱住他，十条粉色的大腿紧紧地缠住他，影男浑身暖烘烘的，仿佛一个婴儿贴在母亲的乳房边安睡。

不久，他真的在人花的包围中陷入了沉睡。氧气瓶上有一个机关，只要转动某个螺丝就会往面罩里输送麻醉气体。影男就这样在海底的人花中睡得不省人事。

这期间，他做了个光怪陆离的美梦，万花筒不停地旋转，迷离的色彩充斥他的大脑。

女体山脉

不知过了多久，影男终于醒来，却发现自己并不在海底，而是进入了另一个次元、另一个梦境般的世界。

眼前是一望无际的山脉。尽管他的理性在否定眼前的景象，但事实却是不可动摇的，他不是在做梦，这片群山连绵的世界是真实存在的。他记得自己明明在东京都的地下，那里有一片无边无际的海洋，而现在，这里又出现了连绵不绝的山峰。他清楚地知道这不是梦，既然这不是梦，那这就是一场绝妙的魔术，刚才的五十万就是通往这个地底魔术王国的入场费。

影男还穿着干燥又舒适的天鹅绒衣裤，面罩和氧气瓶也不知何时被收走了，他此刻正横卧在一处柔软的地方眺望无边无际的山色。

这山的样子也是世间罕见：山上光秃秃的，没有一棵绿树，但这山又不是一般的秃山，山上的阴影杂乱无章，整座山像是用粉涂的，还有一股呛人的脂粉香气扑面而来。更让人难以置信的是，这山竟然在不停地蠕动。

眼前是陡峭的山麓，影男正躺在山脚下。他收回远眺的目光，转而打量起眼前的山麓，发现这山上有无数只眼睛、无数张嘴唇和无数条手脚，点点黑色的花纹是女人的头发——这竟然是一座由成千上万的裸女叠起来的人肉之山！女人们的大腿压在脸上，手臂互相交缠，无数光滑挺翘的臀部裸露在外。她们不是尸体，她们都还活着，活生生地堆叠在一起。

影男终于意识到这一点，目瞪口呆，张大了嘴呆愣地望着这地狱般的一幕。

他发现自己所躺的柔软谷底也是由女人的身体组成的，这里温暖且充满了脂粉的香气，正在像摇篮一样微微晃动。地面上交织着无数条粉色的胴体，无数张如花般美丽的脸庞正在冲他微笑。

眼前女人的身材清晰可见，容貌也看得分明，但从山脚向上望去，女人的脸开始变得模糊不清，最后都融入这片白皙的女体山脉之中，一直延伸到遥远的空中。这壮观的景象难以用语言形容，甚至给人一种神圣庄严之感。看尽世间丑恶的影男也没能料到，东京地下竟然隐藏着如此骇人听闻的景象。

地底竟然有无际的大海和无边的山脉，由女人身体构筑而成的山脉！

这些人的数量不止千万，如此多的女人从何而来？地下的这一切，哪怕以古代王侯的财力来建造都绝不可能完成，现如今更是不可能做到。更何况这不是梦，无论使用何种魔术，都无法产生如此惊人的效果。

影男被女人的身体和气味包围，与蠕动着的丰满肢体相接，在肉体的海洋上漂浮。他穿着紧身的黑色天鹅绒衣裤，以芭蕾舞的轻巧姿态站立起来，沿着玉体横陈的斜坡开始向山顶攀爬。

脚下，无数柔软光滑的曲面连接成片，乳房轻颤，臀部歪扭，影男的脚踏在这些大腿之间险些滑倒。他还踩上了她们美丽的脸颊和鼻子，但女人们都默默地忍住疼痛，没有一人发出喊叫。

不过，在他爬过五六个人时，突然发生了变故。两具女体稍稍动了动，中间露出一条狭窄的缝隙，影男刚把脚踏进缝隙中，其中一个女人就开始摇晃，缝隙忽地变大，将他整个人吞进无底的人肉沼泽中去了。

身体下边还是身体，重重叠叠地堆了好几层，被压在下面的人的痛苦可想而知。影男慢慢地沉到了女体间昏暗的裂缝中去，前后、左右、上下，四面八方都是光滑柔软的曲面，他的身体仿佛一边被这些曲面挤压得粉碎，一边被吸入了无底深渊中。在女人的热气、脂粉、芳香、甜美的触感里，影男深深地陷入其中。

这时，成千上万的女人齐声媚笑起来，发出震天的响声，整座山开始摇动。红唇发出的笑声变成了大合唱，传遍一座座山峰，全世界都被这诡异的笑声所包围。

血笑记

影男再次陷入昏迷。不知多久，他又一次醒来，眼前又出现了另一个次元，另一个梦境王国。

这里是个黄昏时的幽暗之国。他本以为这里会是女体山脉的接续，可事实似乎并非如此。此时，影男正伸长了腿靠在一个柔软温暖的斜坡上，那既不是扶手椅也不是沙发，而是个巨大的靠垫。

他站起身来观察自己倚靠的东西，却看到一条巨大的、蜿蜒的白色曲线，他对这个形状毫无头绪。这里似乎是一间大房间，但却没有天花板、没有墙，也没有地板，只是布满了奇怪的曲线和曲面。不知是不是刚才的经历给的启发，他开始盯着曲线仔细看，果然，他发觉这些曲面似乎来自巨大的裸女肢体。垂在头顶的钟乳石难道是一个个隆起的乳房？那边的是手臂，那边的是腋下，那边像两张坐垫的是女人的嘴唇——他刚才倚靠着的是一个巨大的裸体女人！她比真人大上十倍，俯卧在地上，表面似乎被橡胶或塑料包裹着，不知用了什么技巧，甚至可以让人感觉到体温。

影男又靠回刚刚舒适的位置，他把胳膊肘搭在两侧巨型大腿上，后背和头则倚到身后高高的桃臀上去，整个人被舒适的弹性和温度包围着，懒洋洋地躺倒在这昏暗的空间里。

突然，一束舞台灯光照亮了对面的墙壁。说是墙，其实那里也是覆盖着橡胶或是塑料的巨大曲面，这个假人似乎是模仿了女性身体的每一处部位。

白色的灯光中出现了一对裸体的年轻男女，似乎全身都化了妆，女人的身体如丝绸一般白得发光，男人的身体则闪烁着暗橙色。两人腰间都系着皮带，佩着银柄银鞘的短剑。

突然，周围响起了微弱的管弦乐声。男女分立左右，摆出跳舞的姿势。乐曲声逐渐变大，越来越舒缓、华丽，二人随之跳起优美的舞蹈。暗橙色与白色的两具身体时远时近，一会儿分开，一会儿又互相抱在一起。男子把女子举到头上，又拉着她的手旋转，将她轻柔地放倒，随后欺身而上，手势奇妙；女子仿佛沉浸其中，神魂颠倒。不一会儿，曲调忽地一转，突然变得急促起来，男人将女子从地上拉起来，粗暴地抱紧又猛劲儿甩开。男人一跃而起，女子则倒在地上，像陀螺一样旋转、像蛇一样乱滚，二人时不时纠缠在一起，女人如风一般四处逃窜，男人似恶鬼般紧追不舍。

音乐变得愈发疯狂，两人拔出腰间的短剑，更加狂乱地跳起舞来。每次接触再分开，二人身上都会留下一条条伤口，纯白和暗橙色的皮肤上布满了鲜红的血流。

影男看得聚精会神，不禁对这绝妙的安排拍手称赞。今晚经历的这一切都还缺少一种颜色——血的深红，没有血就不够刺激。而现在，鲜血出现了。他胸中仿佛解开了某种桎梏，心脏开始狂跳，原始的本能在体内复苏，满腔都充斥着兴奋的喊叫。

音乐和舞蹈都攀上了疯狂的顶峰。女人跌跌撞撞地四处逃窜，看准空隙朝男人冲了过去，两柄短剑在空中碰撞，一晃闪出银色的光芒。男人也好，女人也好，他们二人的额头、脸颊、肩膀、手臂、胸口、腹部、后背、腰间、臀部、大腿，全身各个地方都布满了伤口，鲜血随着他们的动作流动，纵横交错，编织出一张鲜红艳丽的血网，覆盖了两人的全身。

尽管如此，男女二人都开心地笑着，似乎将受伤视作无上的快乐。他们兴高采烈地互相追逐、摔倒、滚作一团，每次一有动作，二人身上的伤口也随之增加。

他们全脸全身都被鲜血染红，看起来像两只巨大的红色酸浆果，即使是这样，两张鲜红的脸还是在笑，笑得极其开心。他们距离影男只有一尺远，口中流着血水放声大笑的模样成了电影的特写镜头——血红的笑容，血红的舞蹈。

这时，影男发现身后的女人身体正在摇晃，倚靠的臀部和大腿像活物一样颤动，他几乎要怀疑自己是否会被两侧的巨型人肉压碎。

突然，舞台灯光也变成了深红色，通红的灯光中，两条身躯还在疯狂地舞动，两人的狂笑二重奏在房间里回荡。终于，结束的时刻到来了。女人先倒在地上，一阵疯狂地抽搐后便一动不动了，宛若一具尸体。男人浴血的身体倒在了女人身上，挣扎了两三次想要站起来，但最终还是筋疲力尽，不再动作。

二人笑声的余音消散，房间里一片死寂，舞台灯光全部熄灭，周遭陷入了黑暗。影男倚靠的巨型女人也不再颤动，温热的体温急速冷却，冰冷得像个死人。

“您感觉如何？”

黑暗中传来一阵男人的声音。

“这还并没有结束，我们有更加恐怖的表演。不过，在此之前，我们需要跟您聊一聊。想必您也累了，那边的房间里有饮品，还请您移步，我们可以慢慢聊……”

有人走过来拉起了影男的手，影男跟着来人踏过人造的女体山丘，不知要被带往哪里。

最后的商品

影男被带到一间豪华的地下客厅。这是一间明亮的西式房间，家具用品都是最新款式，颇具抽象风格。影男随意地靠在长椅的扶手上，带他过来的男人则在对面的扶手椅上端正地坐了下来。这个房间全部采用间接照明，整体呈现出古银色。

对面的男人看起来四十多岁，肤色白皙，又胖又圆的脸上留着修剪整齐的小胡子，他的嘴唇格外红，嘴角像女人一样温柔，粗而浅的眉毛底下，一对双眼皮的大眼睛敏锐地转动着。他穿着新裁的双排扣西装，欧石楠烟斗一直不离口。

这时，一名十五六岁、身穿红色洋装的可爱少女推着一辆摆满各色洋酒的银色手推车走来。

“请您随意享用，这里还有烟。”

影男就着少女拿出的打火机点燃了一根埃及卷烟，两口喝光一杯白兰地，又让少女给自己倒了一杯。香烟和酒都口感极佳，抚慰了他因接连的刺激而疲惫不堪的身体。

“先生，您觉得我们的设计如何？”

面前的小胡子绅士一副西式做派，恭敬地问道。

“真是太精彩了。我也算是个见多识广的人，很少会对什么感到吃惊，不过今天我真是甘拜下风，实在是太出人意料了。说起来，您是这里的老板？还是社长？”

影男微微起身，把装酒的玻璃杯放在桌子上。

“算是吧，不过我不会告诉您我的名字，也不会询问您叫什么。”

“这个我知道，不过，我想问点儿关于节目的问题，这总可以吧？你们到底用了什么样的幻术，才在东京地下建造出如此惊人的异世界？”

小胡子男人轻轻一笑。

“听您这么问我就放心了。我还担心您是不是已经识破了这障眼法的秘密呢……”

“果然有秘密？你们该不会是对我用了催眠术，让我做了场梦吧？”

“虽说曝光内幕多少有些扫兴，不过每当客人观赏完，我都会在这里为他们讲解清楚，毕竟我也想让大家知道，我们并不是用虚假手段来骗取暴利的。刚才给您展现的那些节目都是我的得意之作，不过说到底都是一些景物罢了，接下来的商品，才真正价值五十万。这个我一会儿再给您介绍，在此之前，请允许我为您讲讲我那些得意的发明。”

“当然，如果刚才的一切不是梦，全都是现实，那我是无论如何都要知道你们到底是怎样做到的，还请您详细讲解，我一定洗耳恭听。”

少女为影男倒了第四杯白兰地。他整个身体倚在扶手上几乎躺倒，双眼盯着对方的小胡子和红嘴唇。

“简单来说，就是全景画原理。您知道明治时代流行的全景画馆吗？”

“我只是听说过，并没有实际看过。”

“其实我是大正时代出生的，也没有见过明治时代的全景画馆，只在书上读到过。书上说，全景画是十九世纪法国人发明的。我相信这是最伟大的发明之一：发明者在这个现实世界中创造了一个完全不同的异世界。虽然戏剧和电影也为我们呈现出了另一个世界，但他们只存在于舞台或银幕上，就算观众席漆黑一片，但现实世界依然存在，观众们是一边打心底里清楚自己正身处剧场或电影院，一边观看着舞台和银幕，无法根除‘演戏’‘虚构’的印象。这样一来，架空与现实就会相混淆，无法纯粹地呈现架空的世界。而打破这种局限的，正是全景画馆这个伟大的构思！

“全景画馆是一栋圆形建筑，外形与煤气罐相似。走进入口，面前会有一条隧道一样的地下通道，沿着暗道向前走则会出现一段上行的台阶。台阶通往一个狭窄的观景台，形似孤岛，处于圆形全景画馆的中心，登上观景台，视野就会豁然开朗。那里不受现实空间的制约，展现在眼前的完全是另一个世界——或是一望无际的平原，或是辽阔无垠的海洋，地平线在远处延伸着，小小的全景画馆里展开了无限的空间。

“日本明治时代的全景画馆多用来展现战争的景象。走出暗道，战场上的无边旷野豁然在眼前铺开，远处的山冈上设有敌军的要塞，日军的野战炮近在眼前。士兵们忙着搬运炮弹，大炮发射后炮口正冒着烟。炮弹命中敌军的要塞引起了火灾，日军步兵队在炮火的掩护下向对面山冈进军，敌方兵团从山上冲下来阻挡，双方展开了白刃战。骑马的指挥官纵横驰骋；士兵被刺刀刺穿，被长剑砍飞的头颅在空中旋转；爆炸的地雷将岩石崩飞，敌方的炮火在空中炸开……成千上万名军人激烈战斗的惨状在眼前上演。

“一个小小的圆形建筑能还原出如此宏大的战争景象，究竟是如何实现的呢？这就要归功于全景画发明者所设计的一个精巧的骗术。场景的背后是画馆的墙壁，首先要做的就是在墙上画出逼真的风景油画：地平线上的天空与画馆顶端的圆形天井相接，全都画上蓝天和白云。这样一来，只要观众站在场内，无论朝哪个方向看，望到的都是辽阔无垠的天空。

“那时电灯还没有普及，只能在天井附近开窗照明。为了隐藏采光的玻璃窗，他们在观景台正上方吊了一个草帽形状的小屋顶，遮蔽得没有一丝破绽，观众看不到屋顶上方的景色，就以为画馆屋顶的天空是真实的天空。

“战场上数千名军人中有几十个真人大小的等身人偶。这种人偶现在很少见了，但在明治时代很盛行——用桐木细细雕刻，再涂上颜料打磨光滑，做出的人偶与真人一模一样，因此，全景画馆里的人物也都栩栩如生。地面铺上真土，栽上真树，配上活生生的等身人偶，巧妙地掩饰了实物与油画背景的界线，画上的人看起来如同真人一样立体，画上的土也用了心思，做得与真土别无二致。这样一来，狭窄的画馆内部就变成了一片宽广的原野，油画里的人和几十个等身人偶一起变成了数千人的大军团。

“在书中，我知晓了全景画馆的秘密，随后我就想利用这个原理，在地下创造一个广阔无垠的异世界，呈现世间尚未出现的极致之美。我曾通过走私赚了一亿多的资金，我把这些钱全部投入进来，花了四年的时间才将这里建成。

“您已经明白了吧……刚才您所看到的大海只是一幅直径二十米的圆形全景画。我们先在地下挖了一个圆形的空洞，洞顶和四周铺上大画布，再画上天空和大海就完成了。您还记得当时头上挂着一个小小的圆形屋顶吗？照明灯就藏在那上面。与明治时代不同，现在我们可以随意使用电灯，不用再开窗采光了。

“当然了，海里真的有水，不过只是个小池子，除了海底峡谷那里水比较深以外，其他地方都很浅。而且，那处峡谷看起来好像开了许多美人花，但实际上只有三朵是真的，深处模糊不清的都是塑料做的。那片水域的隐蔽照明灯也下了功夫，让峡谷看起来深不见底，假花看起来也更加逼真。

“美女叠成的山脉也是同一个道理。山脉那间圆形空洞只有直径十三米左右，真正的女人也不过六十人，其余的都是人体模特和油画。在实物和油画的交界处巧妙地加以掩饰，所以女人的数量看起来有成千上万，这一切都是全景画的幻术……怎么样？谜底都揭晓了，您可觉得扫兴？”

这个小胡子社长长得像发了福的电影演员阿道夫·门吉欧。他讲解完毕，脸上浮现出古怪的微笑。

“哪里，不仅没有扫兴，我反而更加佩服你们了。我致力于探究一切隐藏在世间表象下的秘密，竟然不知道日本还有像您这样优秀的人。您简直就是地下全景画王国的国王！真是令我大吃一惊。这是制造梦想、贩卖梦想的生意啊！真是世上最奢侈的生意了！”

影男发自内心地感叹道。他是真心想与这个有魅力的小胡子男人交个朋友。

“这里开张还不到半年，您是第十六位客人。其实我也是很吃惊的，半年里竟然有十六位客人愿意相信揽客老头儿的话，掏出五十万到这里来。”

“说起来，在这两处全景画里工作的女孩儿加起来有将近一百位了吧？你是怎么找来这么多人的？一般的薪水可留不住她们吧？”

“这又涉及我们的秘密了。我不给她们发工资，她们在这里衣食无忧，可以随心所欲地生活，但唯独不能离开地下半步，与亲朋好友们也断绝了往来。说起来其实就像蹲监狱一样，但即便如此，她们也只是刚开始有些反抗，后来渐渐地也就习惯了，还觉得这里的工作特别开心，她们抛弃了父母、恋人，彻底变成了地下住民。不过，这里也有几名作为诱饵的年轻男子，他们都是些不良青年，既英俊又强壮，还掌握着无数的情爱技巧，而且唯我马首是瞻。他们一人就可以控制五六个甚至十多个女人，所以，手下有十五六个这样的青年就足够了。”

“也就是说，您让这些青年分头去诱拐地上的女孩儿？”

“啊哈哈，这部分就任由您想象了。”

小胡子社长女人似的腼腆一笑。

“最后出场的那位男演员也是其中之一？”

“正是，他长得挺帅的吧？”

“那两人真的流血了吗？还是说这也是全景画式的障眼法？”

“不，他们是真的流血了。虽说伤口都不深，不会有生命危险，但若想痊愈可是要花上一些时日了。不过，那两人是真心喜欢伤害别人，也喜欢被人伤害，根本就不在乎报酬多少。”

说到这里，社长脸上浮现出一个诡异的微笑，看向影男，然后他稍稍放低了音量，好像要说一件大事。

“接下来，我们谈一谈真正价值五十万的商品吧。您有没有喜欢的女人？有没有想‘哪怕只和她在一起一天也好’的人？轻而易举就能得手的人不行，必须是您爱而不得的，大户人家的千金啊，性格刚烈的悍妇啊，朋友的妻子啊，或者是女社长、女学者……无论对方地位多高，难度越大越好，请您想一个这样的人出来。只要使用我们的秘密手段，肯定能把那人带过来，还可以让她对您言听计从。”

影男不禁再一次瞠目结舌，对小胡子社长毫无底线的生意惊叹不已。

“怪不得您说这件商品价值五十万，这是绑架吧？”

“确实是绑架，不过我们有秘密技术，绝不会采取粗暴的行动，也不会被人发现。”

“也就是，恋人绑架业？”

“没错，正是恋人绑架业。这可要比杀手行业温和多了，也更富有魅力。”

小胡子社长叠起一双短腿，抱起胳膊，右手架着嘴里的烟斗，微微一笑。

恋人绑架业

在影男看来，刚才那些令他吃惊不已的风景已足够五十万的价值了，没想到对小胡子社长来说那不过是一些景物，只是恋人绑架业的赠品。

然而，对方有一点没有料到：影男心里根本没有所谓的“高岭之花”。他的字典里没有“不可能”三个字，只要是他想要的女人，就没有得不到的。他的恋人数量堪比皇帝的后宫，一个电话就能叫来成群的美女，其中也有几位高贵、知名的异性，普通人根本无法接近。

“您的恋人绑架生意真有意思，不管对方多难搞定都能立马绑架过来，五十万真是太划算了。不过，虽然机会难得，但我并不需要，我比较喜欢自己动手，喜欢用我自己的方法，所以并不需要真的去绑架，您只要告诉我你们的方法就可以了。我放弃这个权利，作为交换，希望您能讲几个有趣的例子给我听。”

影男淡然的态度让小胡子大吃一惊，他展开双手说道：

“哎呀哎呀，虽然我不知道您的尊姓大名，但听您说的这番话，您是这条道儿上的大前辈啊。想必不用我说，您早就猜到了吧。”

“啊，这是你们的秘密吧？如果谜底揭晓就不值五十万了。”

“不不不，我绝不是想要隐瞒，我们一直奉行坦率真诚、推心置腹的原则，只有外行才偷偷摸摸搞秘密行动。”

“厉害！我真想和您交个朋友。怎么样，您愿意和我做朋友吗？”

“我太荣幸了！我正想对您说呢！来，先生，握个手！握个手！”

两人握了握手。小胡子的手像女人的手一样白皙，温热光滑。

“那，我就先来说说你们恋人绑架业的秘密。”

“哎？您来说？”

“具体的我不清楚，只能讲讲我想到的构思。”

“我洗耳恭听。”

“西方有这样一个童话故事：有一位全能的智者，他能解决国王提出的一切难题，无论多离谱的事情都能做到。于是，国王命令智者当晚偷走自己床上的床单。智者和女官结为同伙，在厨房里熬了一锅咖喱一样浓稠的黄色液体，悄悄地倒在国王的床单上。半夜，国王醒来，觉得腰上黏糊糊的，赶紧爬起来一看，竟然是一摊黄色的液体，还散发着怪味儿。国王捏着鼻子，把床单卷作一团扔出窗外，智者则在外面捡起床单，第二天把它送到了国王面前。你们用的就是这个方法——抓住对方的弱点。恋人绑架，主要就是利用对方的好奇心，不主动出击，而让对方主动找上门来，有时甚至能收到他们的礼金。”

小胡子闻言，猛地一拍膝盖。

“哎呀，您可真厉害！正是，正是如此，就是利用对方的好奇心让他们主动找上门来。虽然手法多种多样，但归根结底就是这个方法。演员也好，艺人也罢，越出名的人好奇心越强，上流家庭的太太、千金小姐也好，只要是她好奇心强那就有办法。麻烦的是没什么好奇心的人，这样的人，甚至带她到这个地底世界来都很困难。不过遇到这种情况，还有别的方法就是了。”

“如果是这种情况，就从男性客人身上想办法。”

“您说什么？”

“我是这样想的。如果是我的话，就会让客人化装成对方的丈夫或者是恋人。”

“哎呀！您真是我的好友、我的同志啊！来，我们再握一次手！”

小胡子的手柔软丰满，像是女人的手。他紧握着影男的手开始讲道：

“有这样一个例子：一位老年高官与一位年轻貌美的大小姐再婚，新娘的年龄只有高官的三分之一。有一位客人到这里，委托我们把新娘带过来。当时，距离婚礼结束才不到一周，而且新娘在封建家庭里长大，家教很好，性格腼腆内向，要实现这个要求真是难上加难。

“没办法，我就让客人化装成那位高官老头儿。我常年研究变装术，特殊的化装材料、假发、假胡子等一应俱全，我就用这些为客人乔装打扮。

“另一边，我安排人带高官去参加一位著名茶道师傅的茶会，用了些手段把他拖到深夜。在这期间，化装成高官的客人就像小偷一样，从后院的小门潜入宅邸。

“潜入过程中需要几位配角，宅邸里一位女佣是我们的同伙。我们先装出高官的声音给宅邸打电话，告诉他们今夜晚点儿回去，让夫人先休息，再往新娘睡前茶里放入适量的安眠药，卧室里只留一盏昏暗的夜灯。之后，一切顺利进行，那位客人又悄悄地从后门溜出去。之后，真正的高官才回来。

“什么？您问后来有没有暴露？并没有，那位年轻太太的心理也在我们计算之内。如此内向又有教养的一个人是绝不会把这种事说出来的，这会成为她一生的秘密……这世上的秘密可太多了，没有人知道会发生什么啊。”

小胡子似乎很感慨，白皙的脸歪扭着，通红的嘴唇咧开一个笑容。

“什么事都是知易行难，有一丝一毫的差错都会造成无法挽救的后果，必须要有一丝不苟的注意力和卓越的才能。这是天才才能办到的事，就像您一样！”

“哎呀，您过奖了。不过，您说的不错，我们确实需要指挥大军的注意力和才能，这也是这件事情的乐趣所在。”

“这里来过女性客人吗？”

“只有一次，一位有钱人的遗孀，是个不到四十岁的美女。”

“她的要求呢？”

“她说著名演员、艺人什么的都对她言听计从，没什么稀奇的，相扑力士、运动员、大学生之类的对象也多到让她心烦，最后她说想见识一位位极人臣的高官中的高官。

“女性客人的要求无论有多难，对我们来说都不成问题。换句话说，只要以对方为主角，勾起他的好奇心，再按照他的意愿去做，几乎就是百发百中。就像您接受了白胡子老头儿的邀请来到这里一样，用适当的方法稍加诱惑，越是大人物越容易上钩，将一些普通女性想都不敢想的名人找来也是轻而易举的事，大家的好奇心都是相同的。那位高官中的高官在某场宴会结束之后，借着醉酒满足了那位女性客人的要求。”

地底王国的主人——这位小胡子绅士，像个万能的名医一样，脸色柔和，嫣红的嘴唇露出温和的笑容，紧盯着影男的脸。

蛇 人

影男将探求人类的另一面作为毕生的事业，对他来说，在地底全景画王国的见闻算是他最为快乐的经历之一。在那里，他根本无心进行平时的勒索工作，反倒与地底的主人小胡子绅士结下了深厚的友谊，之后才离开地底回到了地上世界。从地底出来后，他变成速水庄吉，回到自己在麴町的高级公寓。有几件事早就在等着他，他的一个恋人山际良子好像也有急事，给他打过好几个电话。

他立刻给良子回电话，对方说要尽快见影男一面，有件事肯定能让他高兴，还说今晚会带一个女孩儿到他家来，要影男尽快办完其他的要事在家里等她们。

晚上七点，良子带着一个女孩儿如约而至，影男速水把两人请进公寓，与她们在客厅相对而坐。

良子是个富裕家庭的闲散千金，S大学研究生，二十四岁的知识分子，拥有符合战后审美的靓丽容貌，在机缘巧合下结识影男速水，成了他的崇拜者和恋人。

她带来的女孩儿是富豪川波家的年轻侍女，今年刚满二十岁，是个天真无邪、恭敬有礼的少女。两个女孩儿坐在长椅上，面对着扶手椅上的影男。

“她叫千代，你知道川波良斋吧？她是那家的侍女。我和她因为一些缘由相识，她就像我妹妹一样。今天中午，她跑到我那儿去哭诉，不知道是该报警还是怎么办。听她说完，我觉得这件事和你平时找我办的奇特事件十分相似，你应该会感兴趣，所以我就先带她来找你了，你听她讲讲吧。”

良子先为他介绍侍女，然后简要地说明了情况。

“那真是太好了。今晚我没有其他的事，你们可以慢慢说。川波先生家里发生什么事了？”

川波良斋是战后举世闻名的资本家，富豪排行榜上能排进前三十，名字听起来像个中医。他表面上经营制药厂，但背地里不知道做些什么生意。

“你认识川波先生吗？”良子问道。

“不认识，只是听说过。”

“听千代说这人特别奇怪，就像蛇一样执着恐怖。”

“有钱的天才里总是有许多怪胎嘛。”

“那不一样！他可奇怪多了！他的眼神总是令人毛骨悚然，在家里走路也不发出声音，真就像蛇一样！”

“然后呢？发生了什么？”

“好像发生了特别恐怖的事情呢！小千代，你说说吧。”

侍女千代一直低着头，听良子叫她，一下子把脸抬起来。她的脸色苍白，只有一双眼睛闪闪发光。

“夫人失踪了，可老爷连找都没找。”

“你们夫人是个什么样的人？今年多大了？”

良子从旁插了一句。

“夫人很年轻，和山际小姐差不多大，既漂亮又柔弱，对我们这些下人也很和善。”

“和我差不多大？这么年轻？”

“老爷经常猜忌夫人，总是询问我们他不在家的时候夫人都在干什么……昨晚，一位名叫筱田的先生来找夫人。筱田先生比夫人年纪稍长，是夫人婚前结识的好友，老爷最嫉妒的就是他了，甚至一听人提起他的名字就会变脸。

“筱田先生还在夫人的房间里时，老爷从外面回来了。当时已经是深夜了，老爷在门口问我们谁来了，我们回答说是筱田先生。老爷一听，脸色一下就变了。”

千代心有余悸地看了看周围，继续说下去。

“老爷连衣服也没换，直接去了夫人的房间，过了一会儿叫定子端咖啡过去。定子和我一样，也是侍女。定子去厨房煮了咖啡给老爷送了过去。老爷、夫人和筱田先生三人谈了很久，老爷让我们先休息，我们就去睡觉了。昨天晚上什么事都没有发生，不然我们肯定能听见。今天一早，夫人和筱田先生就不见了，我们问老爷，老爷说他们外出旅行了，可是全家上下没人知道他们二位是何时出发的，大家都觉得奇怪。

“今天早上，我还发现一件怪事。老爷家的庭院有一千多平方米，但前院通往后院的路非常狭窄，路上种着树，树木之间拉了好儿层绳子，里侧也被绳子拦住，根本无法通行，老爷也阴沉着脸命令过我们谁都不许靠近。

“我本想去问问看院子的老伯，但是老伯被老爷派去箱根的别墅，并不在家。

“我实在是觉得好奇，就悄悄地跑到绳子附近往里面看，但是里面枝繁叶茂的，什么也看不清。这时，树林里突然传出一阵‘沙沙’的响声，像是一条大蛇爬了过来。”

说到这儿，千代稍微停了一会儿，偷偷地看向身后，仿佛要确认附近是否暗藏危险。这是一种恐惧的表现。

“结果，突然间，老爷出现了。他紧紧盯着我，那张脸！真的像一条蛇！他的脸色惨白，只有眼睛红得像兔子，还半张着嘴，嘴里的白牙像獠牙似的。他一言不发，只是一个劲儿地盯着我。”

“你家老爷长獠牙了吗？”

“没有，只是看起来像，不是真的长了獠牙……我当时就像被定住了，身体动弹不得，喉咙里也发不出声音来。老爷什么也没说，就是一直盯着我，我还想他是不是神经错乱了。我拼命地用力挪动着腿脚后退了一步，然后就飞快地跑了。

“一个小时之后，老爷把所有人召集到客厅，他自己就像蛇一样坐在那里。他说今晚开始要去长途旅行，大家全都被解雇了，还给我们发了补贴，要我们傍晚之前离开。就这样，大家都走了，我实在是放心不下，就去找山际小姐商量是不是应该报警。”

“就是这么一回事。”良子说，“我觉得在报警之前，还是先问问你比较好。”

“有其他的用人去报警吗？”

“应该没有。”千代答道，“只有我看见了老爷那副模样，我也没告诉其他人。大家都习惯了老爷的反常举动，并没有当回事，何况发的钱也不少，没人有怨言，全都高高兴兴地回家了。”

“你家老爷不是还有店铺和工厂吗？那些怎么办？”

“这个我不太清楚，但应该都照常运行吧。店铺和工厂里都有主任，即使老爷不在也没什么问题。”

“好，我知道了，你先回家吧。良子，你也回去，剩下的就交给我。啊，对了，麻烦你给我画一张川波先生家的示意图。”

影男速水把纸铺在桌子上，递给千代一支铅笔。她稍加思考，将示意图画完。速水就地图问了几个问题，把房屋的构造记在了脑子里。

“这样就行了。好了，我要开始工作了，有很多准备要做，要跟你们两个说再见了。”

他笑呵呵地站起来，送千代和良子二人先后走出房门。趁千代不注意，影男还不忘悄悄地搂住良子的腰，飞快地亲了她一下。

两颗头颅

当晚一点，天空一片阴沉，没有星星也没有月亮。川波家的庭院里，一个黑影一闪而过。只见黑影翻过围墙，穿过树林，朝后院走去。黑影头上戴着黑色面罩，只露出眼睛和嘴；身上一套紧身的黑色衣裤，衣服连着黑色手套，脚上穿着黑袜和黑鞋——正是穿了一身黑夜保护色的影男。

庭院里大大小小的树木茂盛如森林，两盏长明灯也都被树叶挡住。影男像忍者一样在黑暗中时隐时现，走进围着绳子的后院。

后院是一片树木环绕的空地，面积有三十多平方米。地上长满了杂草，可能是因为从客厅看不到这里，所以疏于修整。

影男藏在一棵粗壮的树干后面观察这片空地。虽然灯光照不到这边来，但随着眼睛渐渐习惯黑暗，借着微弱的天光也可以看到地面。

地面一片平坦，杂草只有两三寸长，还有两颗圆滚滚的大石头。仔细一看，才发现这两块石头像活物一样在微弱地蠕动。

影男在树干背后蹲下来，定睛凝视这两块石头，却发现石头上长着眼睛、鼻子和嘴，一张是男人的脸，另一张是女人的脸。男人的头发乱糟糟的，浓眉大眼，鼻子像雕像一般挺拔，双唇紧闭；女人的卷发也乱蓬蓬地盖在脸上，她长得好看极了，美得令人毛骨悚然，黑暗中，她白皙的肤色异常显眼。

两颗头相对着，间隔不到两米。男人有二十七八岁，女人差不多二十四五岁，是一对难得一见的俊男靓女。难道他们是犯人，竟然被斩首示众？可如果是这样，那两颗头怎么还在动？难道是遗留的执念太深，被砍了头也死不瞑目？

两颗头面对面，看起来就像在凝视对方的脸。他们似乎想要说些什么，但双方都无法说出口，只有四只眼睛相互对视，蕴含了万般深意。

影男向前探出上半身，仔细观察两颗头和地面的交界，发现头颅附近没有长草，直接露出了地皮，头和泥土接触的地方并没有刀痕，也没有流血。

这是活埋，不作他想。将奸夫淫妇剥光埋在院子里，只留两颗头露在地面上，让他们互相注视，最大限度延长他们的恐惧。这刑罚太残酷了！就连影男也为这个方法的残忍感到愕然。

可他们为什么不呼救呢？不管院子有多大，只要他们大声呼救，附近肯定有人能听见，说不定就可以获救，他们为什么不叫呢？看来，他们嘴里应该塞着东西，他们没有力气把嘴里的东西吐出来，也就发不出声音。

影男想从树干后面跑出来，挖开地面救出二人。然而，还没等影男有所动作，对面的树林里突然传来一阵“沙沙”的声响。不是风，倒像是大蛇靠近的声音。影男想起了侍女千代说的话。来者不是蛇，而是房屋主人川波良斋，他趁着深夜前来惩治仇人。

人影拨开树枝出现在影男面前：一个四十多岁的男人，身穿褐色的法兰绒睡衣。影男赶紧躲回树干后，在黑色的保护下，丝毫没有被对方察觉。男人朝两颗头颅走去，仔细一看，他两只手上还拿着两样东西——一把大镰刀，一把园林剪刀。镰刀比正常镰刀大了一倍，弯月形的刀刃被磨得锃亮，在黑暗中反射着银光；剪刀与镰刀一般大小，带两根长长的木柄，分开的剪刀头像两把锋利的菜刀。

这个人疯了！他被妻子的出轨冲昏了头脑，打算用镰刀和剪刀像割草一样把两人的头割下来！

但他没有立刻动手，只是蹲在两颗头之间摆弄着手里的工具，似乎打算慢慢享受这一过程。

“呵呵呵……”

诡异的笑声像蛇一样从地面爬行而过。

“看到这个了吗？”

他一边说着，一边将两把凶器弄得咔嚓作响，三把刀刃在草地上泛着白光。

“放心，我不会立刻动手的，那太便宜你们了。你们还不知道自己是怎么被埋进来的吧？昨晚，我偷偷地在你们喝的咖啡里放了安眠药，直到我自己一个人挖好坑把你们分别埋进来，你们都没有知觉，睡得沉极了。怎么样？一睁眼发现全身被冰冷的泥土包围的感觉如何？很吃惊吧？恋人的脸就在眼前。对啊，你们是恋人啊！背着丈夫私会偷情的恋人啊！我特意把你们面对面埋在一起的，这样你们就能看清对方的脸，感受到的恐惧和痛苦也会加倍！哈哈哈哈哈，活该！好好看看你们现在这副样子吧，只剩下一颗头了，多可怜啊！”

川波像蛇一样，忽地一伸脖子凑近男人面前，两人只隔了三寸，互相怒视着。

“喂！说话啊！你这个眼神是什么意思？不服气吗？你的嘴别再白费力气了，我塞的东西可没那么容易取出来。你小子真行啊，竟敢背着我抢走我人生中的第二个女人，混蛋！你就是个混蛋！”

川波突然站起来，脚上的木屐狠狠地踩上男人的额头。男人的头像一棵植物，既不能逃也不能叫，只能紧闭双眼咬紧牙关。头被踩破了，血从额头流到脸颊，在黑暗中看去，他的脸都染成了黑色。

接着，疯狂的川波转了个身，依然像蛇一样把头凑近了女人。

在他的身后，半张脸都染了血的男人怒目圆睁，恶狠狠地盯着川波，恨意在眼中熊熊燃烧，一双血红的眼球几乎要夺眶而出，飞上川波的脖子。

“哎呀，美与子，你长了一副温和胆小的模样，竟敢背叛我啊。俗话说，爱之越深，恨之越切，我对你真是一点儿留恋都没有了。哎呀，还哭呢，眼泪像喷泉似的，可真是大快人心。你这副表情是什么意思？事到如今你是打算乞求我，还是要向我献媚？真是个荡妇！你一哭倒还挺好看呢，我们来接个吻吧，就在这个男人的眼前跟我热烈地接个吻，如何？”

疯狂的川波整个人像条大蛇一样趴在地上，双手托起女人的脸，凑上去贪婪地吸吮着女人的嘴唇，两张嘴纠缠在一起。

“哼哼，真是献媚呢。还想用嘴把我糊弄过去，你就这么怕死吗？”说完，他又转向身后，“喂，筱田，看见了吗？这女人也亲我了，她的嘴说着喜欢我呢！活该！女人就是这种东西。不过很遗憾，我不会就此罢休，我要杀了你们！把你们俩折磨到尽兴，再杀了你们。就用这把镰刀和剪子，像割草一样把你们的头割下来，再远远地分开埋在地下，然后在上面灌上水泥造一个水池，你俩的头就在水池底下生蛆吧！”

川波说完，多少泄了些愤。他沉默了一会儿，又慢慢地站起来，捡起放在地上的大镰刀。

阴沉的夜空投下微弱的光亮，映着他拿着大镰刀的身影，如同死神。镰刀的刀刃有两尺长，磨得锃亮发光。川波疯狂地挥舞着镰刀，每挥一下就有一阵破风之声，在空中留下道道残影。

蛛　丝

“怎么样？准备好了吗？现在我就要用这把镰刀把你们的头砍下来！哈哈哈哈哈，头会直接飞上天，血唰的一下就喷出来。先砍谁呢……筱田！我要先砍你！美与子，你看好了，这是你最喜欢的男人，他的头一会儿就要飞起来了！下一个就轮到你了，到时候我再慢慢修理你。”

川波良斋化身偏执的恶鬼，忘我地说着恶毒的诅咒，在他们头上一圈圈地转着镰刀。巨大的刀刃反射着远处的灯光，发出一闪一闪的白光。

眼看镰刀就要挥向筱田的头，就在这时，怪事发生了。

镰刀离开了川波的手，轻飘飘地浮在空中，像有生命一样径直升上了天空。

川波大吃一惊，张开双手想把镰刀拉回来，但是没能够到。镰刀像是嘲笑他一样，在空中跳起舞来，仿佛在说“追上来啊”。

这可能是神明对残虐杀人犯的惩罚。宽阔的庭院，树木环绕的空地，没有星星的夜幕，远处长明灯微弱的亮光——就在这样的环境里，奇迹发生了。然而，疯狂的川波没有丝毫对神明的畏惧之心，他沉浸在夺妻之仇的愤怒中，甚至没有时间去感到害怕。他放弃了空中的镰刀，俯身去捡第二件武器——大剪刀。

然而，奇怪的是，剪刀也开始舞动起来，一边跳跃一边升到空中。

“可恶！可恶！”

川波大吼着跳起来，想要把剪刀拉下来。但剪刀也开始在空中嘲笑起他来，两把反光的刀刃“咔嚓咔嚓”地左右摇晃，一会儿降下来，又在川波快要够到时倏地飞上去。

川波疯狂地跳着，但总也够不到。埋在地里的两人惊讶地看着这神奇的一幕。

不一会儿，两把凶器玩够了，终于消失在昏暗的空中。川波则精疲力竭地瘫坐在地上。

这时，又一件怪事发生了——黑暗的树林里走出一只巨大的蜘蛛。

那蜘蛛浑身漆黑，只有眼睛和嘴的地方开了三个三角形的小洞，直立行走，甩着黑线，把疯狂的川波缠了起来。

川波坐在地上，还没反应过来发生了什么事情，没能分辨出黑暗里走出来的这个黑色怪物是什么，也没注意到这只直立行走的大蜘蛛正围着自己转圈。

不知不觉中，黑线在川波的身体上缠了十几二十圈，然后一点点地将他拉向旁边的一棵树，绑在了树干上。

大蜘蛛就是全副武装的影男。他深夜潜入川波家中，看到两颗头后，知道了事情的来龙去脉。他藏在树荫里看到川波良斋拿着武器出现，就趁川波不注意，在镰刀和剪刀上绑上了黑色的丝线，然后拿着线团爬到树上，拽着丝线将它们吊起来。

结实的丝线用途广泛，是影男隐身术的七件道具之一，总是随身携带，今天的这场魔术就是靠它实现的。

影男将镰刀和剪刀藏在树上，然后把呆坐在地上的川波缠起来绑在了树干上。

“哈哈哈，这蛛丝怎么样？丝线缠上几十圈可是很结实的哦。川波先生，把这两人放出来吧，他们已经吃到苦头了，差不多可以了吧。”

影男一身黑衣，站在川波面前。

黑暗中看不清影男的样子，但听到他说话的声音，川波终于回过神来。

“你，你到底是谁？”

川波疯狂地叫喊道。

“我们并没有见过，不过，这事我不能坐视不理。他们二人虽然有错，但罪不至死，所以我打算帮帮他们。关于这一点，我倒是还想和您商量一下他们二人日后的零用钱，和我的封口费。您的支票本和私章放在哪儿了？我去拿过来。”

“什么？我凭什么要给你们钱？”

川波的双手没有被绑起来，胡乱挥动着冲影男大喊。

“确实没有道理，不过您要是不给，您可就要身败名裂了。如果我现在去报警，您就会因为杀人未遂被捕。川波良斋入狱，这可是个大新闻啊！您的信用会一落千丈，什么生意都做不成。如何？您不在乎吗？与这个结果相比，稍微损失一点点财产还是很划算的吧？请您好好考虑一下。”

川波虽然满心想着复仇，但还能权衡利弊。他沉默着思考了一会儿，确认道：

“可以。这样一来，今晚的事你会为我保密吧？”

“当然，只要您给出足够的钱，我一定会守口如瓶。告诉我吧，支票本在哪儿？”

“支票本和私印都在书房的保险柜里。”

“书房我知道在哪儿，保险柜的密码呢？”

“是‘美、与、子’。”

“美、与、子？啊，是夫人的名字啊，您对夫人还真是用情至深，怪不得。不过，这种报复方法也有些太过分了。而且，如果您杀了他们，总有一天会暴露的，到时候您还会被判处死刑，未免太不划算了。您就对夫人放手吧，您这么有钱，别的女人还不是要多少有多少吗？过几天也就把夫人忘了。好了，您在这里稍等一会儿，我还要给您绑上绳子，免得您逃跑。”

影男不知从哪里掏出一根细绳，把川波结结实实地绑在了树干上，双手也捆了起来。之后，影男稍微离开一会儿，然后带着一堆东西回来了：地里两人的衣服、铁锹、支票本、私印和钢笔。他把衣服和铁锹放在地上，给川波的双手松了绑，然后打开手电筒，把支票本和钢笔摆在川波面前。

“虽说也可以由我来代笔，但还是您亲自写比较让您放心吧。放心，我不会狮子大开口，只要您财产的几十分之一就够了。刚才我在保险箱里看到了您的活期存折，里面还有五百万，我只要其中的两百万，一百万给这两个人，一百万给我。很便宜吧？”

川波没有去拿支票，只是沉默着不说话。

“哈哈哈哈哈，您舍不得这两百万吗？还是不愿意放了这两个人还给他们钱？不过，您好好想想，这两人没有生活能力，就这么放他们走，他们很可能会自暴自弃，去报警让警方抓你。这一百万就是封口费。只要他们过上幸福的生活，这些仇恨也就会随之忘却，这都是为您自身的安全着想啊，这样一想不是很划算吗？来，请签名吧，金额两百万。”

川波善于赚钱，也算得清利害得失。听影男这么一说，他也发觉这个男人说得确实很有道理，终于不情愿地拿过支票，填上金额署了名。

影男在第一张支票上盖上印章撕下来，把剩下的支票本连私印带钢笔都塞进了川波的口袋里，然后把川波的手绑起来，还用手帕堵上了他的嘴。

“其中的一百万我会交给这两人，之后，今夜的事就当作没发生过，您不必再担心了。”

说完，影男开始挥锹挖土。三十多分钟后，二人被救出来，他们擦干净身体穿上衣服，就在几人要离开之前，影男对川波说：

“这两人我就带走了。我会给他们找个住处，把钱交给他们，让他们过上舒适的生活。不过还要先这样委屈您一阵儿，等明天我把二百万从银行里提出来，再找人来给您松绑。到时候您就说家里进了小偷，被小偷绑起来了，否则反而对您不利，您听懂了吗？明天上午就会有人来了，您忍耐一下吧。那么，再见。”

之后，一身黑衣的影男就带着筱田和美与子消失在黑暗中。

矮子来访

影男没有爽约，第二天上午十点，一个流浪汉走进了川波家的院子，给川波松了绑。

“你是昨晚那男人的手下？”

这是川波被取下手帕后问的第一句话。

“手下？我可不是。刚才我在银行门口晒太阳，有个人给我五百块钱，说这儿的大门开着，让我去后院给一个穿着睡衣的老爷松绑。他还说我过来能得到很多好处，我就来了。”

川波苦笑着站起来。那男人可真是滴水不漏，他究竟是谁？

“这样啊，真是谢谢你了。跟我来吧，我给你谢礼。”

川波走进屋里，给流浪汉拿了几张钞票。流浪汉也没有多想，拿着钱离开了。

之后的几天里，川波过得闷闷不乐。家里的用人都被他赶走了，他必须打电话从公司叫来两个保姆才能吃上饭。他心情不好，既没去上班也没去工厂，谢绝了一切客人的来访，一个人在家里喝闷酒。

就这样过了五六天，一个银行的支行长来访，说有要事相商。双方是交易伙伴，不能就这么把他赶回去，川波只好让对方先到客厅等候。川波来到客厅，却看到一个陌生的矮个儿男子坐在椅子上。

"你是……贵行换行长了？"

川波疑惑地问道。矮个子男人微笑着站起来，向川波鞠了一躬。

"今天前来拜访，实在是有一件大事想与您商量。其实，我是做这个工作的。"

男人说着，递来一张名片。川波接过一看，上面印着的职位出人意料：

杀手公司专务董事

须原　正

这个名字诸位读者都熟悉，他就是之前采纳影男的计策使用人造沼泽杀人的须原正。但川波并不知道这世上竟然存在杀手公司，他惊讶地盯着对方，以为这人是个精神病患者。

“哎呀，您感到惊讶是正常的，一般也不会有人突然拿出这种名片。我怕您知道我冒充银行支行行长把我赶走，所以就先拿出名片来，想要稍微吓吓您。不过，这张名片可是货真价实的，我正经营着这家公司，不知您对我们的业务感不感兴趣……”

须原照常穿着一身黑衣，一张猴子似的脸其貌不扬，一边笑一边说道。

“杀手公司，就是替人杀人的公司吗？”

川波震惊地反问。这人竟然直接拿出这样的名片，未免太过胆大妄为。

“没错，我们收取费用，接受杀人委托。”

他说得越来越恐怖，难不成真的是个疯子？

“那，你又为什么觉得我会对你们的业务感兴趣？”

川波不快地瞪着对方。

“哈哈哈哈，所谓行家看门道嘛，五天前的晚上这个院子里发生了什么，我可是一清二楚。所以我才特意前来拜访您。”

这下子川波是真的吓了一跳，不由得变了脸色，但还是若无其事地问道：

“这个院子里发生了什么？”

“哎呀，您不必隐瞒，我全都知道。您放心，我不会告诉别人，毕竟这是敝司重要的经济来源，而您则是我们的大客户。不过，我光是这么说恐怕也不可信，我就给您讲讲我知道的事情吧。

“就在这个院子里，您把您的夫人和她的情夫一起活埋，只剩下两颗头露在外面。您正打算用镰刀把他们的头砍下来，却出现了一个奇怪的蒙面黑衣人，他把您绑起来，还把两人从地里挖出来带走了。如何？这样一来您总该相信我了吧？”

但川波依然不打算相信他，沉默着没有答话。须原继续说了下去。

“我还知道一件您不知道的事——我知道当晚那个黑衣人是谁。”

“什么？你知道他是谁？”

川波不禁反问道。须原见对方惊讶的样子，心想这下你总算相信了吧，于是更加从容不迫道：

“那男人可不得了。他是个变换自如的魔术师，有五六个不同的身份。他自己不做坏事，但他会敲诈犯罪者，从他们手里抽头赚取大钱，还换个身份将这些故事写成小说，的确是个天才。其实，他曾经与我们公司合作，为我们做顾问，但可惜的是，他并不是一个真正的坏人。他为我们出谋划策，实施了一场有些残忍的报复杀人，但成功之后，他却说不想再做这么残忍的事，然后离开了我们。不过，出于各种原因，我们公司依然很关注他，尽可能地收集关于他的消息，我们知道您的这件事也是因为与他有关。”

须原把这些事情都告诉川波，当然不是因为他是个好人，而是因为真正的坏人在合适的情况下需要像个好人一样毫无保留。须原相信，只要对川波良斋摆出这副真诚的态度，川波肯定会向他们公司发出委托。

川波也是个生意场上的聪明人，听到这里，他决定不再犹豫。

看不出来，面前这个猴脸小矮子竟然如此胆大凶恶，让他感觉值得信赖。

“那么，你今天来找我有什么事？”

川波故意又问了一遍。

“我想，您现在应该需要我们公司的业务。”

对方也装模作样地答道。

“能那么轻易办到吗？”

“对象不同，难易程度也就不同，不过本公司至今还没有中途放弃过，接到的工作一定会完成。毕竟，一旦失手，我们也会有性命之忧。另外，我们保证，万一我们被抓获，即使是被判了死刑，我们也绝不会供出委托人。我们收了客户高额的报酬，自然应该为你们保守秘密。”

“你说高额的报酬，具体是多少……”

川波装作无意地问了一句，但眼中却闪过一丝认真的神色。

“这也要看情况，从工作的难易程度和委托人的财产数量来计算。”

“那你看我呢？”

两人悄声细语地说着，即使保姆站在门外也绝对听不见。

“筱田？还是美与子夫人？”

“他们两个都算上，此外还有一个。”

“那个黑衣人？”

“没错。他到底叫什么名字？”

“这个我也不清楚。他与我见面时用的是一个叫佐川春泥的笔名，此外还有速水庄吉、鲇泽贤一郎、绵贯清二等等。他是个变装能人，每个名字都对应不同的脸，住址也各不相同。”

“这种人你有办法对付吗？而且他以前还做过你们公司的顾问，生意场上讲究道义吧？你对他下得去手吗？”

听川波这样问，矮个子男人露出一个厚颜无耻的笑容。

“是他先丢下我们逃走的，现在和我们可是没有一点儿关系了。而且将他那种人作为对手，可是让人格外有干劲儿呢。”

“价格呢？”

“只要让您确定他们三人都从世界上消失了就行了吧？关于方法您有特别的要求吗？方法不同价格也不同。”

“如果没有特别要求呢？”

“那个黑衣人特殊，他的价格要比普通人高出几倍，最低两千万。其他两个人每人三百万就可以。我们不需要定金，等成功了，由您确认之后再付款。”

“要是有人不付钱呢？”

“哈哈哈，这一点我们无须担心，委托人的生命就是担保，如果发生了这样的情况，我们会去除掉委托人。想要赖账的情况发生过几次，但生命是多少钱都无法代替的，所以最后他们还是乖乖付钱了。干这一行，根本不用担心拿不回报酬。”

两人之间的圆桌上放着川波刚才喝的威士忌酒瓶和玻璃杯。川波起身，从装饰架上又拿了一个杯子放在须原面前。

“来一杯吗？”

川波打开瓶盖问道。须原舔了舔嘴唇，拿过玻璃杯。

“非常乐意。但只能喝三杯，再多就醉了，没法儿谈生意了。”

“好，干杯！”

两只玻璃杯碰在一起，发出“叮当”一声脆响。

“我委托你，把那三人都除掉，然后向我出示除掉的证据。大概需要几天？”

“前两人一个月就够了，不过，那个黑衣人不好对付，时间要多一倍……三人先定为两个月吧。”

“好，那我们就约好了。”

川波说完，一口喝光了杯里的威士忌，开心地笑了出来。

杀人前奏曲

筱田昌吉和川波美与子被影男带走后，在麹町的公寓里住了一晚。第二天拿到一百万后，在影男的帮助下，二人在墨田区吾嬬町租了一间小公寓。筱田原本住在涩谷，每天去丸之内的东方钢业上班，但为了躲避川波的报复，他一声不响地搬离了原来的住处，工作也直接辞掉了。

那天晚上，川波家两三条街外的街角处停了一辆车，影男带着两人上车后就摘掉了面罩，从车座下掏出一个大包，包里装满了变装的用具。影男在车里换上西装，摇身一变成为一名绅士青年，他自称速水庄吉，把两人带回了麹町的公寓。

搬到吾嬬町的公寓一周后的某一天，筱田昌吉突然瘸着回了家。他今天去朋友家拜访，回来路过一栋正在施工的大楼，被突然掉下来的钢筋砸到了脚。

他脱鞋一看，小脚趾边缘变成了青紫色，肿得厉害。

“好险好险，要是砸到头我就没命了。”

“你知道是谁弄掉的吗？”

美与子问道。

“我把工地负责人大骂了一顿，但他们只知道一个劲儿地道歉，工程师也说正常不应该掉到人行道上，他还觉得奇怪呢。”

筱田立刻去看了医生，好在没什么大碍，十天左右就能痊愈了，但是暂时不能穿鞋，只能趿拉着草鞋跛脚走路。

没等脚伤痊愈，筱田又出门了。他本想外出散散步锻炼一下腿脚，却不知不觉中走远，来到一条陌生的马路上。他拄着拐杖慢慢向前走，一辆汽车迎面驶来，速度惊人。

汽车转眼间就开到了筱田眼前，筱田往左车也往左，筱田向右车也向右，仿佛在追着他。筱田在马路中央惊慌失措，最后下决心不去管对方，直接跑到路对面。但他的脚上有伤，没跑几步就摔在了柏油路上，手里的拐杖也飞了。

轮胎与地面发出一阵尖锐的摩擦声，汽车擦着他的身体疾驰而去，在前面的拐角一转弯，消失不见了，筱田根本来不及看车牌号。

筱田没受什么伤，但脚上的伤又开始痛。费了一番工夫总算是回到了住处。

“不正常，那辆车气势汹汹地追着我跑，好像是想把我轧死。

不是出租车，应该是私家车或者租来的车，车里只有一个长相凶恶的司机。”

筱田说完，美与子露出担心的神色。

“太古怪了，你每次出门都会遇到危险。我说，会不会……”

“嗯？怎么？”

“会不会是川波知道了我们住在这里，特意找人来杀你的？他就是个疯子，什么事都做得出来。”

“不会的，他不会发现我们的，我们也没把这里的地址告诉过别人。”

“但我就是担心啊……这几天每次出门买东西都感觉有人在跟踪我，虽然回头也没看到可疑的人，但我就是有这种感觉。我们肯定被监视了，我好害怕。”

毒巧克力

“是你太神经质了，他不会发现这里的。肯定都是巧合，是你太害怕了，才会产生这种错觉。”

筱田知道这些不一定是巧合，但他还是故作轻松地答道。尽管如此，他也想不到川波会叫杀手公司来取他们二人的性命。

“可是，我每次出门都有人一直盯着我，我去哪儿他们就跟到哪儿，有时我突然回头，他们也总是飞快地藏起来，什么都看不到。”

美与子心有余悸地看向身后。

“这也是错觉吧？你这不是跟我的情况一样，什么都确定不了嘛。”

“所以我才害怕啊，如果知道对方是谁还可以找速水先生商量，但现在，他们就像幽灵一样根本不现身啊。”

筱田想起了川波良斋那张恨意燃烧的脸，想起他像蛇一样走过草坪的脚步声。筱田站起来走到窗边，开了条小缝儿俯视外面的街道。

推销员模样的青年骑着自行车路过；邻居家的女孩儿盛装打扮正准备出门；卖保险的中年男子满面油光，提着包匆匆走过；邮递员的自行车后座上挂着个大铁网筐，他将车停在公寓门口，拿着几个包裹走进了大门。楼下并没有可疑的人影，电线杆后和对面的胡同里也不像藏了人的样子。

“没什么可疑的人啊。”

他一脸理所当然地回到了座位上。

“是啊，我也经常往外看，并没有看到什么可疑的人，但是我一出去就有人盯着我。”

难道那些人没有藏在外边，而是在公寓里？现在正竖着耳朵，一直在门外听两人说话？这想法简直让人不寒而栗。

二人正想着门外的情况，突然传来一阵敲门声。他们不禁吓了一跳，胆怯地四目相对。打开门，是房东太太，今年四十五六岁，为人和蔼可亲，笑眯眯地递给两人一个大包裹。

“这是刚送过来的。”

肯定是刚才的邮递员送的。

筱田接过包裹交给美与子。这是个薄薄的大箱子，寄件人是速水庄吉——把两人从川波的镰刀底下救出来的救命恩人。拆开包裹，里面是一箱精致的巧克力。难道速水是想要安慰这两个藏匿起来的可怜人？可这份礼物实在是有些意外。

筱田打开盖子，拿起一个巧克力球就要放进嘴里。

“啊，你等等……”

美与子一边上前阻止他，一边压低喉咙嘶哑地说道。

筱田疑惑地看向她。

“可能是我的心理作用吧，我总感觉不对劲儿。我想起了侦探小说，西方的侦探小说里就有送毒巧克力杀人的故事。最近总有怪事发生，我总觉得这个巧克力也很危险。”

筱田却笑了：

“哈哈哈哈，你真是有点儿不正常了呀，速水先生救了我们，怎么会害我们呢？”

“所以，也很可能有人冒用速水先生的名字让我们上当啊。”

“你是说，这可能不是速水先生送来的？”

筱田也变得严肃起来。

“我给速水先生打电话问问，你先别吃哦。”

美与子急忙跑到楼下打电话，不一会儿脸色苍白地回来了。

“果然……速水先生说不是他送的，还建议我们换个地方住，他来帮我们找。”

两人面对面沉默不语，川波那张恐怖的脸仿佛近在眼前。

“说起来，我们也不了解速水先生呢，虽说他救了我们，但他是为了威胁川波才帮助我们的，他也是个坏人。”

“是啊，我也担心……要不要把这个巧克力交给警察？”

“但是，这会给速水先生惹麻烦吧……我们该怎么办呀，救命恩人竟然也不是个好人。”

“更何况我们自己也心虚啊。”

“对了，我最近一直有一个想法！”

美与子的眼睛突然闪烁出光芒，筱田好奇地看着她。

“你知道明智小五郎吗？他是个私家侦探，不是警察……”

“要去找他商量一下吗？”

“嗯嗯，这盒巧克力我也想拿过去让他检查一下。”

“让我去吧。”

“可以吗？你一定要小心啊，可能有人跟踪。”

“多换乘几辆出租车就行了。我先往相反方向去，然后再换辆车，换个方向，这样多重复几次，甩掉跟踪。”

“嗯，你注意安全。”

两人拿定主意后，美与子下楼给明智侦探事务所打了电话，刚好明智侦探在家，说等他们过去。于是，筱田用报纸包着巧克力箱出发了。

两个多小时后，筱田回来了。此时天已经黑了。

“没事吧？”

美与子看着他的脸，担心地询问道。

“你是说跟踪？”

“嗯。”

“我每次都是确定附近没有其他车辆后才换乘的，绝对没人跟踪。不过打车费可是花了不少。”

筱田坐下来点了支烟。

“明智先生做了个简单的实验，那盒巧克力里确实有氰酸化合物。”

“啊，果然……”

“多亏你提醒，我才捡回一条命。”

然而，比起捡了一条命的万幸，美与子更担心以后的安危。

“明智先生怎么说？”

“明智先生说也可以搬家，但很难做到避人耳目。他也知道速水先生，说速水先生是个神奇的人。速水先生真的是个坏人，明智侦探好像以前就开始调查他了。明智先生还说给我们送毒巧克力、开车撞我的人并不是川波良斋本人，而是介入的第三方势力。这个第三方似乎相当可怕，明智先生对他们很感兴趣。”

“是川波找的他？”

“嗯，明智先生是这样说的。明智先生似乎知道很多事，但并没有都告诉我。”

“那我们该怎么办呢？”

“他告诉我们尽量不要外出，如果速水先生让我们搬家的话也可以，只是搬的时候要万分小心。”

“然后呢？”

“虽然不知道具体用什么方法，但明智先生说会保护我们的，不需要报酬。他说他对速水先生和川波找来的人很感兴趣，打算主动调查他们。”

“这样就行了吗？”

“我当时也有些不放心，但明智先生向我保证会一直守在我们身边，交给他就行了，让我不用担心。”

既然不能报警，也就没有其他办法了，二人只好暂且放下心来。

然而，魔爪却已经悄然无息地伸向这对可怜的恋人。

壁纸之下

二人把自己关在公寓里，平安无事地过了三天。

第四天下午，速水打来电话，说在港区麻布找到了一间住处，他先过去，一个小时后会有人开车来接两人过去。筱田和美与子不敢分开片刻，二人决定一同前往。

过了一会儿，一辆凯迪拉克停在门口，司机拿着速水的信上了楼。信上说今天只是先去看看房子，不需要带行李；这个司机跟着速水干了很久，是个值得信任的人。司机今年四十五六岁，长相忠厚老实，穿着也很整齐利落。

两人谨慎地观察四周，确定附近没有其他车辆和可疑的人影后才上了车。

汽车经过隅田川，从浅草向上野驶去。

“速水先生在那边等我们吧？”美与子问道。

司机笑眯眯地转过头来答道：

“速水先生正在等您，他说有事要和那边的房东商量，所以才让我自己来接二位。”

将近五十分钟后，车在六本木附近的住宅街停了下来。眼前是一栋带院子的西式洋房，看起来颇有些年头。二人下车，刚走进大门，一名三十岁左右身穿西装的男人就走出来为二人引路。

“速水先生在吧？”

“没错，他正在里边等着二位。”

二人经过长长的走廊，来到尽头的一间房间。男人说了句“请稍候”，就关上房门离开了。

这个房间十分奇怪，整个房间的面积约有十平方米，除了一张小圆桌和两把简陋的椅子外没有其他装饰，室内一扇窗子都没有，大白天也点着灯，四面墙上还贴着花哨的壁纸。整个房间都很老旧，只有壁纸是崭新的，让人感觉十分不协调。

二人等了许久都没有人来。刚刚带路的男人去哪儿了？速水庄吉在哪儿？二人渐渐担心起来。

筱田想开门出去，但他把门把手扭得“咔嚓咔嚓”直响，却怎么也打不开。

“门从外面上了锁。”

筱田脸色铁青，扭头对美与子说道。

“有人吗？请开门！速水先生在哪儿？”

他一边敲门一边喊道，但并没有人回答他，四下寂静无声。

他们终于意识到，事情变得严重了。

难道他们落入了川波的圈套？两人急忙跑到一起，紧紧握住了对方的手。

这时，不知哪里突然传来诡异的声音：

“非常遗憾，速水并不在这儿。我只是借用一下他的名字把你们骗出来而已。”

声音是通过喇叭传来的。筱田的目光在天花板上搜寻，在一个角落里发现了一个细小的铁丝网，声音就是从那里传出来的。

“我们是来找速水先生的，既然他不在，那我们也就没有必要待在这里了，快放我们回去！”

明知这是无用功，但筱田还是不由得向对方喊道。对方沙哑的声音再次传来：

“你们没事，但我们有事要找你们呀。毕竟辛辛苦苦把你们骗过来，怎么能放你们回去呢？”

“你究竟是谁？找我们有什么事？”

筱田怕得发抖，依然虚张声势地喊回去。

“我是杀手。”

“你说什么？”

“就是帮别人杀人的工作，懂了吗？”

“这么说，是川波良斋叫你来的？”

“委托人的信息是商业机密，我不能告诉你。你刚才说川波良斋？我不认识这个人，也没听说过。”

这时，美与子扯了扯筱田的袖子，筱田回头一看，发现她正害怕地盯着靠门一侧的天花板。顺着她的视线看去，只见天花板上有一扇一尺见方的小窗子，上面镶嵌着厚重的玻璃，窗子打不开，并不是用于通风。

透过玻璃，筱田看到一个陌生的中年男子，他脸上的笑容让人毛骨悚然。筱田抬头怒视他问道：

“喂！你们要对我们做什么？”

玻璃对面的男子动了动嘴，令人讨厌的声音又从喇叭里传出来：

“你想知道？那我就告诉你。你们进来的时候发现没有？走廊上只有这扇门附近的墙是向里凹陷的，大概六七寸，弧形的内侧像是最近涂刷过，显得特别新。

“其实在一个月前，这个房间的门外也是一堵墙。门外墙上的凹陷处摆满了砖头，又涂了灰泥，和走廊里的墙一模一样，根本看不出区别。也就是说，从外面看，谁也看不出这里还有房间。哈哈哈哈，这意味着什么？你们就慢慢想吧。”

说完，男人的脸就从玻璃上消失了，方形窗似乎盖上了盖子，变得漆黑一片。

筱田又开始撞门。

他一阵助跑，铆足了劲儿用肩膀撞上去，但门板相当结实，根本撞不开。

他放弃了，无力地瘫坐在椅子上。美与子也在他对面坐下，两人沉默着看着对方。

“刚才那通电话是速水先生的声音吗？”

“嗯，与速水先生一模一样。但应该不是他吧，有人模仿了他的声音。”

两人并不认识速水的字，但刚才司机拿来的那封信想必也模仿了速水的笔迹。他们真是太狡猾了！

刚才那人说自己是“杀手”，肯定是川波那个疯子找来的，可是他们现在被关在这里，又该怎么办呢？难道等着被饿死？还是……

那人还说什么在门外堆砖头，那又是什么意思？难道还有比饿死更恐怖的事在等着他们？

如果他们有枪，就可以用子弹把门锁打开，哪怕带把小刀来说不定也能把锁撬开，但他们什么都没有。

筱田站起来，在房间里焦躁地走来走去，还在花哨的壁纸上敲敲打打，幻想着壁纸底下藏了一个秘密出口。

壁纸贴得并不平整，筱田又敲又抓，把壁纸弄破了一块。壁纸下面是白色的墙壁，墙面上有纵横交错的划痕，壁纸似乎就是为了遮挡这些痕迹。

“啊！”

筱田盯着露出的白墙，发现那些痕迹其实是一个个文字：

“这里是杀人的……”

有人用指甲在墙上写了字！筱田赶紧撕开后面的壁纸，露出来的文字不禁让他们毛骨悚然：

“这里是杀人的房间，我不记得自己做过遭人怨恨至此的事，那人把我交给了杀手公司，我现在就要被杀了。”

看来是这个房间的上一位客人留下的，那人在极端痛苦中写下了这句话，说不定还写了别的。筱田开始大片大片地撕壁纸，果然发现了其他的内容：

“门外有奇怪的声响，已经持续一个小时了。太可怕了。专业的杀手正准备杀我。门外堆满了砖头，还用水泥加固。等那堵墙完工，这里就会变得完全密封，空气也不流通。我本以为自己会饿死，没想到杀手是想让我窒息而死。”

原来如此，男人说摆砖头原来是这个意思。筱田赶紧跑到门前侧耳细听，但什么都没听到，施工还没有开始。但他们迟早会动手，他们俩会落得和前人一样的下场。

筱田又开始撕壁纸，他想再多看一些，墙上肯定还有其他的字迹。美与子刚才也看到了墙上的字，和筱田一起撕了起来。胶水粘得并不牢固，二人撕得轻而易举。

“这里！这里！”

美与子手指的地方又出现了字迹：

“那人从玻璃窗里看我了，之前一直都是杀手公司的人来，现在墙已经砌起来了，我也快死了，那家伙终于露面了，他就是杀害我的罪魁祸首！他那张脸恨得都扭曲了，人脸竟然能这么丑陋吗？”

撕开旁边的壁纸，露出下文。两人脸挨在一起，读着墙上的内容，几乎喘不上气来：

“那人把一肚子的怨恨吐露出来，最后告诉我一个恐怖的消息：毒气。我还想象自己会被饿死、窒息而死，没想到那人的手段根本没有这么简单。这个房间里有一个毒气口，那人一直在玻璃窗里欣赏我在毒气中狂舞的样子。怪不得这里要点着灯，原来不是为了我，是为了从外面观赏享乐。”

两人把墙上能撕的壁纸全撕了，墙面变回原来丑陋破烂的样子。两人几乎把脸贴在墙上寻找字迹。

他们又找到一处，指甲写的字乱七八糟的，难以辨认：

“啊，有声音！‘咻咻’的，十分微弱，是气体泄漏的声音。角落里靠近地板的地方有一根管子，正往外冒着黄色的毒烟。它像蛇一样在地板上爬行，渐渐向我靠近。不行了，我逃不掉的，黄烟爬上了我的脚。”

“在这儿！在这儿！”

美与子哭喊着指向一处字迹。那应该是那个人临终前留下的，模糊得叫人不忍直视：

“不行了，黄烟充满了整个房间，太难受了，太难受了，救救我……”

最后一行文字已不成形了，有的只是指甲在墙上留下的痛苦的抓痕。

筱田和美与子站在房间角落里紧紧相拥，还侧耳留意着外面的动静，一想到门外可能已经开始施工，二人就恐惧得痛不欲生。

这时，突然有一阵声响，似乎是从门外传来的，难道是开始砌砖了？

然而并非如此。门一下子被打开，有人走了进来——是刚才带他们过来的司机，腋下还夹着一个巨大的报纸包。

他没有说话，只是微笑着走近二人。筱田和美与子紧紧地抱着对方，不由自主地向后退。

消失的房间

没过多久，门外开始砌墙了。刚刚的司机脱了外套，挥动着泥瓦刀砌起砖来。

“哎呀，辛苦了，辛苦了，进展挺顺利呢。你真熟练啊，以前做过泥瓦匠吗？”

矮个子的须原迈着小步走来，冲他打了声招呼。

“嘿嘿嘿，您说笑了。别看我这个样子，我可是从小混黑道的，这还是第一次干瓦匠活呢。我以前看别人干过，只是照着他们做而已。”

这个司机名叫斋木，是须原的手下，相当受须原信任。

“我也来帮忙。我来摆砖，你来抹水泥。”

“OK！”

两人一起干活，速度快了许多，砖墙眼看着就砌了起来。

“说起来，里面的那俩人怎么回事，怎么这么安静？”

“刚才专务您离开之后，他们就把壁纸都撕下来，看了墙上的字。之后两人就像见了鬼似的，互相抱紧了在角落里蹲着呢。”

“墙上的字还真有用，他们看完那些话，现在肯定侧着耳朵听咱们砌墙呢。”

“呵呵呵，真可怕。他们就像关进笼子里的老鼠，估计心脏都要跳出来了。对了专务，委托人来了吗？”

“嗯，刚才到客厅了，我一直在接待他，等这墙砌好了我就去叫他。”

“他的报复心还真强，不过要是没有这种客人，咱们公司也经营不下去了。”

两人一边压低了声音交谈，一边继续着手里的工作。不一会儿墙就砌好了，只差在外边涂上灰泥，让它与走廊融为一体。

“你开始抹灰泥吧，我去叫委托人来。”

须原说完转身离开，不一会儿便带着川波良斋一起回来了。

“总算是密封好了，他们就如同被关进金库一样。”

“你说的窥视窗在哪儿？”

“请您爬上这架梯子。看到了吗？就是那扇窗户，把盖子打开就行了。窗子的玻璃是防弹的，就算他们有枪也打不透，十分安全。”

川波舔了舔嘴唇爬上梯子，打开盖子朝房间里望去。

“嗯？里面没有人呀。”

乍一看房间里好像并没有人，但川波四下望了望，发现了二人的身影。

“啊！看见了看见了，蹲在这边的墙边，只能看见衣摆和脚，看不见脸啊……喂！美与子！筱田！知道我是谁吗？”

但房间里的两人并没有回答。看了墙上的字，他们知道接下来会发生什么，也没什么好奇怪的。

“喂！你们知道吧？门外的砖墙已经砌好了，这里已经变成了封闭空间，这样下去你们早晚会窒息而死。不过那样太费时间了，我要用毒气！黄色的毒气会充满这间屋子，你们都会死，而且死得很难看！这是你们的报应！知道我有多恨你们了吧！哈哈哈哈哈哈，你们怕得直抖呢。听啊，仔细听，是不是有‘咻咻’的声音？管子里正在放毒气，你们再怎么忍着不说话也没用，等着瞧吧，一会儿你们就会痛苦得发疯……快放气，放气！”

川波说着，低头催促须原。

“开关已经打开了，正在放气。”

“是吗？嗯，没错，毒气在地板上爬呢，真像条毒蛇。美与子，你害怕吗？今天就是你的末日了。呵呵呵呵，你在发抖啊，活该！你再怎么依靠筱田，他也救不了你！哎呀，黄烟都飘到玻璃这儿来了，房间里全是毒气，什么都看不清啊。美与子和筱田在哪儿呢？开始发疯了吗？啊，隐约能看见，跳着呢！跳着呢！哈哈哈哈，先是活埋砍头，这次又是毒气，多亏了那个叫速水的小子，我才能享受两次这种报仇的乐趣啊！哈哈哈哈哈！哈哈哈哈哈！”

川波笑得差点儿从梯子上摔下来，须原赶紧跑过去扶他下来。

“您知道我们公司用了什么方法吗？首先，您请看，门前的这堵墙已经涂满了灰泥，和走廊的墙没什么差别。”

须原得意地指着这堵司机刚刚涂完的墙。

“接下来，只要把那扇窗子也涂上就行了。你现在就去。”

司机听令，拿着灰泥桶和泥瓦刀爬上了刚刚川波站立的梯子。

“如何？用这个方法，不仅是两人的尸体，连这个房间都不会被人发现，它直接就从这栋房子里消失了。这就是我们的方法，敢于超出寻常的、最安全的方法。其实就是要出人意料才好，战战兢兢地执着于细节反而容易失败。

“为了这个计划，我把整栋房子都买了下来。这里以后就当作我的别第，绝对不会出售或出租，而这间消失的房间也就永远是一个秘密。

“为了让您放心，我再说明一点：这次的工作只由我和这个司机两人负责。除了我，我们公司里还有两位董事，其中一位是女性，并不适合这次的工作。当然了，这个工作我也告知了他们，但他们并没有直接参与，而且就我们的关系而言，他们也绝不会泄密。

“你问他？他当然不是专职司机。他叫斋木，我们公司的干部，从公司创立之初就在此任职，以前在马戏团工作，是我最亲信的部下，我打算一直用他，斋木自己也说这辈子都不会离开我。所以，如果这件事情暴露了，川波先生，那就是从你嘴里说出去的。毕竟这关系到我们双方的性命，还请您千万要注意。”

听完须原的长篇说明，川波不胜感慨：

“哎呀，真不愧是这行的专家，真让人佩服。为了隐藏尸体买下一栋房子，还能让一个房间消失，真是好手段，这样确实要花费不少资金。不过，还有一个速水呢，他和今天这两人不一样，应该相当难对付吧？”

“就是难对付才有意思呢，接下来就轮到他了。您就瞧着吧，我们会用一个崭新的手段对付他……哦，您请看，这样一来这个房间就完全消失了。”

斋木已经把窗子也涂满了灰泥。现在，门窗都消失了，只留下了走廊的墙壁。

“先测量每个房间的长度，再用房屋外侧的长度减去每个房间的长度之和，就能得出墙壁的总厚度，再除以墙壁的数量，就能得出墙壁的平均厚度。如果这样计算这栋房屋，得出的墙壁平均厚度会很厚，因为这一整个房间都被算作了墙。自古以来人们常用这个方法来寻找秘密房间，所以绝不能让能测量房屋长度的人进入这里。我会在这里安排一个可靠的管家，就算我不在也不会出差错，这一点还请您放心。”

就这样，川波良斋达成了目的，满意而归。

海上密谈

影男在全国各地拥有好几处房产，在世田谷区芦花公园附近也有一栋不起眼的日式民居，庭院宽敞，树木茂盛，很适合隐居。影男在这片院子的树林里建了一个三十多平方米的红砖建筑，作为他——佐川春泥写小说时使用的书房。

尖尖的石板瓦屋顶像帽子尖儿，眼看就要完工了。郁郁葱葱的树林环绕着奇特的红砖建筑，红绿相映的景色像是古老的西洋风景画。

影男佐川春泥穿着厚条纹西装，黑色的蝴蝶领结在胸前飘荡，像是十九世纪的法国诗人系的丝带。

他愉快地环视一圈刚置办好的家具，然后自己开着车向隅田川河口驶去。

下午两点，影男来到灵岸岛一家叫鱼仙的船员旅馆，杀手公司专务须原正正在客厅等他。二人简单吃了一点儿东西，随后就要出海。他们不方便雇船夫，也都不会划日本船，于是租了一艘小船。

影男本不想再参与杀手公司的工作，但须原却一直执着地叫他出来，寄往公寓的信在桌子上堆了一小摞儿。

出于某个原因，影男答应了须原见面的请求。因为对方说谈话的内容绝对机密，不能打电话，所以最后决定在海上交谈。

须原身材矮小没什么力气，于是由影男来持桨，朝台场划去。

“不用再划了，这附近就行。”

影男横过桨，停下了动作。这天天气晴朗，海面如湖水般风平浪静，小船缓缓地随海浪漂荡，除了远处的几艘钓船，附近的海面上再没有其他人。

“海上密谈真是个好主意。我们之前还在摩天轮上谈过，不过相比之下，还是这样更为安全。”

须原心情大好，笑着环视了一周。

“不过，这也是个取人性命的好地方。须原先生，你会游泳吗？”

影男佐川春泥也微笑着说了句骇人的话。

“当然会，三里左右还是没问题的。你呢？”

“我年轻时候横渡过东京湾。这样看来，我们可以首先排除掉被溺死的危险了。”

“其次是凶器？”

“没错，你带了什么吗？”

“我带了这个。”

须原一边说着，一边从口袋里掏出一把黑色的小型手枪，还在手掌上轻轻地颠了颠，又笑了。

“呵呵，看来我们都没忘带防身武器。其实我也带了。”

影男也掏出一把一模一样的左轮手枪。

“真不愧是你。这是点二五口径的柯尔特吧？和我的一样，握柄处还有跃马图案的浮雕呢，给我看看。”

两人交换手枪比较一番，确实是同一种型号的。

“这样一来……”

影男笑着答道：

“凶器也是五五开。”

“这样非常公平，对枪也是看谁先扣动扳机，不过要比速度的话，我可不会认输。”

“那就把它收起来吧，我们今天可不是来决斗的。”

两人换回手枪，分别收进口袋里。

“我今天来，是想请你帮忙出个主意。之前的‘无底沼泽’真是太精彩了，我想请你再想一个这样的方法，只要一个就行。”

须原一副谄媚的样子讨好道。

“这个我已经料到了，想来你也不会有别的事找我。不过，之前的沼泽案太过残忍，那感觉太难受，我已经受够了，所以，我逃离了你们公司。不过最近，出于一些原因，我也想和你们谈谈。”

影男的态度也很和气。

“好，那我们就直接进入正题。一位富豪委托我做掉一个年轻人，他给出的报酬相当高，你也能拿到五百万。但他要求方案必须完美，绝不能引起公司的怀疑。”

海上无风，天空湛蓝，温暖的阳光洒在人身上，小船闲适地在海面上摇晃。船上的两人十分悠闲，似乎只是在笑着闲聊。

“好吧，那我就拿出自己珍藏已久的方法。不过，给我的份额就有五百万，你收到的钱得有好几倍吧？”

影男还是笑着讽刺道。

“哪里哪里，只有一千万而已。这次的目标不好对付，必须小心对待，所以才拿出一半来让你出主意。”

须原厚颜无耻地撒着谎。正如各位所知，须原向川波良斋要了两千万来除掉影男，他竟然找要杀害的目标询问杀人方法！

太危险了！影男再聪明也不会想到面前这个男人打算用自己告诉他的杀人方法杀害自己。

“你刚才说的珍藏已久的方法，想必是一些令人惊叹的绝妙主意，还请告诉我一个。”

须原搓着手，舔了舔嘴唇。

“我说的好主意，是密室杀人。”

“密室杀人？”

“侦探小说里经常出现的杀人手法。”

“嗯嗯，我知道，我知道。然后呢？”

“房间从内部完全锁死，凶手绝对逃不出去，但尽管如此，房间里依然只有被害者，不见凶手的影子。自古以来，无数杀人犯都在考虑新的密室杀人手段，得出了近百种方法，但我珍藏的这个，至今为止从未有人想到过，是一个全新的手法，五百万都算便宜的。但我还挺喜欢你的，就告诉你吧。”

“多谢多谢！请一定要告诉我！”

须原像个和蔼的老头儿似的笑个不停。

“正好我的书房这两三天就要建好了，我把它借给你做杀人现场。虽说只是借给你一阵儿，但杀了人之后它就不能用了，三百万的建筑费需要另外支付，可以吧？”

“三百万？加上你的报酬不就八百万了吗？这也太贵了，没有其他便宜的房子了吗？”

“哈哈哈，这不是买房子的问题，而是只有我的书房才能完成这个计划，等我说完你就明白了，不过你得先给钱。毕竟我卖的是无形的智慧，看不见也摸不着，要是先说出来就做不成买卖了。过几天也行，我希望你先把报酬给我准备好。”

“就知道你会这么说，我已经准备好了。不过，之前打算给你的报酬是五百万，所以我现在只有五百万的支票。”

须原说着，从口袋里掏出一个大票夹，从中抽出一张支票。

“给你，这不是我开的，是大银行发给东京都内支店的支票，肯定不会出错。先给你这些，让我听听你的好方法，剩下的三百万肯定在计划实施之前给你。”

影男接过支票，稍微检查一下后收进了口袋里。

“好，那我就把这个方法教给你。事先告诉你，密室的有利之处在于，依据情况判断，只要密室之谜没有解开，无论犯人多么可疑都不会受到惩罚。所以，只要创造一个绝对无法破解的密室，也就达成了完美犯罪，懂了吗？而且，我的这个方法是犯罪史上独一无二的新方法，是人们绝对无法破解的密室之谜。听好了，我的方法就是……”

影男的讲解持续了二十分钟。

须原听得聚精会神，待影男说完后，他猛地拍了一下膝盖：“原来如此，确实新颖高明，你真是好头脑。这样一来，任哪个侦探前来都破解不了，真是多谢你了。对了，什么时候动手？”

“书房已经完工了，最好尽快动手。”

“那地方在哪儿？”

“世田谷区边缘，芦花公园旁边。”

“我想事先到那里检查一下。”

“可以，那就后天晚上八点，到时候书房的家具应该都装好了，你直接去世田谷找我就行。”

影男将去往自家的路线告诉给须原。

“好，就这么定了。哎呀，多亏了你，我也能放心了。你的头脑真是太灵活了，我就想不出这么出色的办法。”

须原嘴上奉承着，心底却暗中嗤笑，这男人不知道自己死到临头，竟然还教自己如何进行完美犯罪，他再怎么聪明不也一样中了圈套？果然还是自己更胜一筹。

筱田昌吉和川波美与子那边的工作已经顺利完成，剩下的影男虽然很难对付，但须原剑走偏锋，打算以其人之道还治其人之身，没想到竟然成功了，对方丝毫没有察觉，把方法和盘托出，也是够迟钝的。

须原自信满满，决定先回去。二人归还了小船，又一起喝了一杯，约定好后天见面之后分手了。

被害人是你

两天后的晚上八点，须原如约来到影男的隐蔽住处。影男亲自到门口迎接须原，带他走进主屋的一间和式房间，矮桌上已经备好了威士忌。这一路上须原都没见到女佣和门童，房屋四下寂静无声，像是一栋无人居住的空宅。

“这里没有其他人吗？”

须原忍不住问道。

“我平时来这里住都会带仆人过来，不过今天我是自己来的。要谈话的话，还是周围没人比较安全。”

两人喝着酒聊了一会儿，才起身要去院子里查看书房。

“你之前讲的那个方法，道理我是明白了，不过还需要实地看一看。”

说着，须原站了起来。

两人拿着手电筒来到漆黑的院子里，穿过茂盛浓密的树林，终于来到那栋红砖建筑面前。

接下来的半个小时，影男为须原详细地讲解了这栋书房里外的构造。

“我记住了，这计谋确实高明，这下肯定万无一失。”

听完影男的讲解，须原不禁喜形于色。

这时已经九点多了，二人离开书房开始往主屋走。这一带十分冷清，路灯立在远处，没有什么光亮，也听不到汽车的鸣笛声，周围树木茂盛，给人的感觉仿佛置身于山林。

“总感觉有些奇怪……我怎么没听他说过。”

影男佐川春泥不知想起了什么，低声嘟囔了一句。

“嗯？你说什么？”

“那人究竟是谁？”

“哪个人？”

“就是你们公司这次要杀的人。”

“啊，你说这个啊，我忘记告诉你了。这次的对手可怕得很，他的头脑天下无敌，拥有好几个身份，能化装成与自己毫不相干的人出去敲诈勒索，获得的不正当收入数不胜数。而且，他还非常机敏狡猾，从来都没有被捉住过。对了，他还是一个小说家呢。”

须原在暗中窃笑个不停。

“什么？那不是和我一模一样吗？”

影男吃惊地停住了脚步。

“你这么一说，确实跟你一模一样。真是太巧了。”

“他叫什么？”

“他有好多名字呢，速水庄吉、绵贯清二……还有佐川春泥……”

听到这句话，影男飞速后退几步戒备起来。

“这就是你要杀的人？”

“没错，这次案件的被害人，就是你。”

没等说完，须原就掏出手枪对准了影男。

“喂！杀了我你会后悔的！你知道会发生什么吗？”

影男一步一步地往后退，斥责般地冲他叫道。

“哈哈哈哈，你威胁我也没用！你连自己死到临头了都不知道，还亲手教我实施完美犯罪。对我的打算毫无察觉，你还能给自己留什么后手？受死吧！”

子弹撕裂空气发出一声尖锐的响声，影男的身体轰然倒地。

须原保持着开枪的姿势，紧紧地盯着地上的人，但影男一动未动，似乎是一枪毙命。

须原打开手电筒靠近尸体，发现影男仰面躺倒，灯光照到他脸上，须原不禁“呜”的一声后退一步——子弹正中面部，鲜红浓稠的血液流了满脸。

须原犹豫了一会儿，还是走上前去。手电筒的光避开血肉模糊的脸，须原蹲下来，把手放在影男的胸口，心跳已经停止，他又探了探右手的脉搏，这才确定眼前的人已经死了。

“真没意思，你再怎么厉害不还是没命了？呵呵呵，接下来就让我实施你的完美计划吧。”

须原先回到主屋打了个电话，然后随手找出一张席子回到树林中。在来人帮忙搬运之前，要用席子把尸体遮挡起来。

十分钟后，一个男人走进了主屋的大门。来人四十岁左右，又瘦又高，特意穿了一身工作服。他是杀手公司的董事，一直在附近待命，等着须原的电话。

须原也走出来，两人低声商量了一阵儿，然后一起走进漆黑的树林中，开始了布置密室的工作。两人一直在书房附近忙碌着，直到天明。

密室之谜

影男被射杀后的第三天中午，京王电车芦花公园站附近的派出所里来了一个奇怪的老头儿。

“不好了！我家老爷被杀了！”

这老头儿身材矮小，满脸皱纹，留着花白的胡子，身上的黑色短西装像是二三十年前流行的款式，衬衫脏兮兮的，也没扎领带。

派出所的警察打量着老头儿的样子，怀疑地问道：

“被杀了？在哪儿？你家老爷是谁？”

“我家老爷叫佐川春泥，是个小说家，住在乌山 ×× 号地。

我叫谷口，是他家的老仆人。我家老爷有些奇怪，他在院子的树林里建了个书房，说要在里面工作，但是从前天进了书房后就一直没再出来。

“他经常饭也不吃，在书房里一待就是一整天，所以昨天我也没有在意，但是到了今天十一点，老爷还是没出来。我觉得奇怪，搭了把梯子从后面的窗户往里看了看，结果就看到我家老爷满脸是血地趴在地上，我看了半天他也不动，肯定已经死了。

“我想进去确认一下，但门从里面上了锁，又很结实，根本撞不开。书房只有一扇窗子，上面还装了铁栅栏，我实在是进不去，你们快来看看吧！”

听了老头儿的话，警察不再怀疑，立刻给警察总署打了电话，然后开车带着老头儿赶往现场。不一会儿，该区的警察署长亲自带人赶了过来。

这栋书房占地约有三十平方米，一栋复古的红砖建筑在树木的包围下孤零零地矗立着，石板瓦屋顶的形状像一顶尖帽子，整栋屋子只有一扇窗，上面还镶了铁栏，像一间监狱。

正面唯一的入口从内部上了锁，警察们只能爬上老头儿之前搭的梯子，从窗口观察里面的情况。正如老头儿所说，一个男人趴在地上，看样子已经死了。

再看向正门，门上竟然闩了一条厚重的铁门闩，就算有备用钥匙也打不开。

本以为剪开铁栏从窗户进去会比较快，但铁栏也特别结实，轻易弄不断。警察们只好回到门前试图用身体撞开门，但门板也很厚，关键部位还钉了铁板，撞门这个方法也行不通。

“这里刚建好没多久吧？”

署长向谷口询问道。

“是的，建成后刚使用三四天就发生了这种事，这里风水不好啊！我早就跟老爷说过，但他就是不听，非要建。你看，果不其然，落得这个下场。”

老头儿毫不客气地发着牢骚。

“你在这儿干了很久了？”

“是的，有十多年了。我家老爷是个奇怪的人，他有好几个名字，住处也很多。”

“他是做什么的？”

“这个我也不太清楚，反正是个有钱人家的少爷，生活奢侈得很，到处游玩。不过他也写一些小说什么的，这栋书房也是为了这个才建的。”

“哦？确实是挺奇怪的啊，这栋房子也是，就那么一扇小窗户，房间得有多暗啊，门也弄得这么结实森严，他是想干什么？这里放了什么贵重物品吗？”

“我也不是很清楚，不过这里就只放了几本书，没有什么贵重的东西。这扇门也不是为了防盗的，老爷极其讨厌有人在他工作的时候进去打扰，所以不仅要上锁，还要把门从里面闩上他才安心。我也不知道老爷是怎么想的，好像是在害怕什么，老爷似乎有很多敌人……不，我不清楚，只是经常听老爷说‘敌人很多，必须得小心’。”

“在窗户上装铁栏也是因为这个？”

“应该是吧。”

再多的老头儿也不知道了，警察们只得想办法破门进入室内调查。

署长叫部下请来一位建筑工人，年轻的工人扛着一把大木槌把门砸破，警察们才得以进入室内。

被害人面部中枪，满脸血污。警察们没有挪动尸体，把整个房间仔仔细细搜查了一遍：门从内部反锁，还落了闩，房门钥匙放在桌子上；屋内仅有的一扇玻璃窗紧闭，同样上了锁，纵横交错的铁栏深深地嵌在混凝土里，没有丝毫异常；厚实的墙壁由砖块搭建，室内的墙上涂着灰泥，镶了枹木的护板；屋顶和地板也没有可疑的地方。这是个完美无缺的密室。

这期间，警视厅搜查科和鉴定科的人接到通知，也开车赶到现场。

他们再次对室内进行搜查，拍摄了室内外的照片。鉴定科的医务人员对被害人进行检查之后，暂且将尸体搬运到主屋。

被害人是被射杀的，但房间里并没有发现手枪，且唯一一扇窗户紧闭，玻璃上没有任何伤痕，可以排除从室外向室内开枪的可能性。这样一来，只可能是凶手在室内射杀了被害人。但房间没有任何空隙，凶手又是如何逃出去的呢？

鉴定科的鉴定人员对密室构成有一定的了解，知晓一些通过锁孔实现密室谋杀的诡计，但经过一番调查，他们发现在这里绝对无法实现。

普通的门锁里外是相通的，用同一把钥匙就可以从外侧开门锁门。但这扇门的构造却十分特殊，它里外两侧的锁孔并不相同，需要分别用两把钥匙才能打开。这应该也是那个古怪被害人的考量，一来避免有人随意从外侧开门，二来防止别人从锁孔偷窥。

除了锁孔，门下面的缝隙也能暗藏玄机，但这扇门却没有这个条件：它的上下左右都与门框严丝合缝，连一条细线都穿不过去。

这一密室谋杀案究竟用了怎样的手法？大家百思不得其解，面面相觑，最后只能决定先送被害人去医院进行解剖。虽说可以看出致命伤就是贯穿头部的枪伤，但这种诡异的案件还是依照惯例程序送去解剖为好。

不一会儿，救护车到了，尸体也被搬运出来。这时，一个奇怪的男人神态自若地朝众人走来。那是一位仪表端庄的绅士，大约三十五六岁，戴着眼镜，嘴唇上留着浓密的胡子。可能是被害人的朋友来询问情况，一位警官迎了上去。

“您是哪位？这里发生了重大案件，如您所见，现场比较混乱。”

“我叫松下东作，是名律师，就住在这附近。我和这家主人并不认识。刚才作藏去我家说这里发生了杀人案，啊，作藏就是刚刚你们找来的那个工人。他说死者所处的房间完全封闭，不知道凶手是怎么逃出去的，也就是说这是一起密室案件吧？关于这点，我想请你们听听我的想法。”

警官将他的来意转达给署长和警视厅的人，大家看他仪表堂堂，还是个律师，决定听听他的意见。

“您有何高见？”

署长走到松下身边向他问道。其他的警官也围在周围，佐川春泥的老仆谷口也混了进去。

松下站在人群中心，端着一副做演讲似的气势开始了讲话：

“我平时对密室犯罪稍有研究，这里的情况作藏也都详细告诉我了，所以，其实我是特意前来，想给大家讲讲我对这个密室的见解，以供参考。

“首先，这扇房门构造特殊，密室诡计无法通过门来实现，而且窗户上也装了铁栏，动不了什么手脚。那么现在面临的问题就是：凶手究竟是从哪里逃出去的。

“美国曾经有一个凶手制造了一个密室，作案既没通过门也没通过窗，而是通过屋顶——他用千斤顶把屋顶的横梁抬起来，让出足够一人进出的空隙，作案之后又将屋顶恢复原样，丝毫没有人察觉。对于密室诡计来说，这也是一种新方式。”

听到这儿，一名警视厅的鉴定人员不禁插了一句：

“但是这间书房的天花板上涂了灰泥，根本抬不起来，更何况屋顶也没有断裂的痕迹。”

松下丝毫没有惊慌，听他说完后点了点头。

“原来如此，但我只是想举一个特殊的例子，并不是说这次案件的犯人就是从屋顶逃走的。说到屋顶，日本有个凶手用过更新奇的手法。差不多五六年前，山形县乡下有一间小房子，旁边长了一棵粗壮的构树，树枝都长到了房顶。凶手在屋顶上绑了绳子，又在树上装了几个卷扬机，把房顶整个儿抬了起来，逃出去之后再把房顶放下，是个疯狂的办法。

“不过这也是四五年前的事了，最近在美国，又有人想出了更加离奇的方法。凶手在原野上实施杀人，为了将案件伪装成不可能的犯罪从而使自己的不在场证明成立，他一夜之间在尸体上方盖起一栋房子，门窗都从内部上了锁，然后钉上木板墙。这样一来，密室就成立了，凶手没有走门窗，而是从墙的位置走出去后才钉上木板。谁也想不到这房子竟然是在行凶之后才建起来的。如何？这个例子对本次案件可有帮助？”

这时，混在警察中的谷口老头儿偷偷摸摸地想要离开，但松下眼尖，一下子叫住了他：

“那位白胡子大爷，你是这家的人吧？你先别走，我一会儿有话想和你说。”

这句话让本打算离开的老头儿动弹不得，他只好尴尬地笑笑，回到了原来的位置。

“先行凶再建房，这的确是个有趣的主意。听说这栋砖房也是最近新建的，大家都认为凶手是在房屋竣工之后才杀的人，这种想法非常合理，一般情况下没人会住进还没盖好的房子里。

“但如果我们反向思考一下呢？凶手的诡计总是与常识相悖，出人意料。这次案件如果有实施诡计的机会，那肯定就是施工将完未完之际。

“我没有亲眼看见，不知道具体做法，所以顶多只能说说原理而已。假设这栋房子先装好门窗，但墙壁还没有竣工，留着一个供人进出的洞。凶手先将门反锁、上好闩，窗子也镶上铁栏、关窗落锁，之后再从洞里钻出去，从外面用砖把洞堵上就可以了。因为正常建房子不会采取这种方式，所以能达到出人意料的效果。这是一种方法。”

这时，刚才那位鉴定人员又想说些什么，被松下抬手止住。

“我知道您想说什么，我接下来正要说这点。我刚才说的这个方法并不适用于本次案件，因为这栋房子不仅是砖垒起来的，室内一侧还涂了灰泥、装了护板，凶手在外面不可能做到如此精细的装修，所以这个方法可以排除掉。

“那么，还有什么方法呢？其实非常简单，只需要留一名泥瓦匠，在行凶之后请他完成最后一步工作就可以了。什么工作呢？给窗子镶铁栏。各位明白了吗？凶手在窗子装上铁栏之前将被害人杀害，然后从窗口逃跑。这时，玻璃窗还没有上锁。

“因为不能让工匠看到地上的尸体，所以要在逃出来之前用床单一类的东西把尸体盖上，然后在床单上绑上粗线，线的另一端系在从窗外伸手就能抓住的地方，系在玻璃窗的插销上也可以。

“接下来，凶手从窗口出来，关上玻璃窗，然后叫工匠来镶上铁栏。我听说铁栏是一根根铁棍直接埋在混凝土里的，这应该是泥瓦匠的工作。工匠完成工作离开之后，凶手从外面打开窗户，扯着粗线把床单拉出来，然后提起插销，轻轻地关上玻璃窗，再从外侧用力敲打插销的位置，插销就会掉下去上锁。使用带有干燥剂的水泥的话一天就能晾干，之后再过个两三天，因为整栋房子都是新建的，也就分不清施工的先后顺序了，这样当然也就没有不合理的地方了。怎么样？虽然只是一个例子，但我想告诉各位这种方法也是可行的。

“另外，我还想补充一点，现在我们假设的情况是凶手在室内行凶，然后逃到外面来。但也有可能是先在室外行凶，然后找准时机将尸体从窗户搬进室内，接下来的顺序也就和刚才所说的一样了。

“我想说的就是这些。那么，各位，我先告辞了。”

说完，松下恭敬地鞠了一躬，穿过呆愣的人群向大门走去。

刚迈出大门，松下就看到穿着短西装的谷口老头儿正快步走向对面的街道。他竟然趁众人不注意时跑了出来。

松下跑着追上去，没几步就跑到了老头儿身后。

“我不是让你先别走吗？你怎么还是跑出来了？”

听到身后有人说话，老头儿吃惊地回过头。

“哎呀，您是刚才那位。”

“你装傻也没用。好不容易搞到的密室诡计，竟然被人识破了呢。”

松下的语气突然粗鲁起来。

“怎么说？”

老头儿有些摸不着头脑。

“哈哈哈哈，你的演技可真好。不过，现在医院那边应该已经知道了，那具尸体是假的。”

“啊！嗯？您说什么？那具尸体是假的……”

老头儿真的大吃一惊。

“哈哈，吓了一跳吧！喂，老头儿，把胡子摘下来如何？”

“什么？摘胡子？”

就在老头儿还想装傻的时候，松下突然冲上来薅掉了他的白胡子，下面露出的竟然是杀手公司专务须原正的脸。

“须原，你也是输得一败涂地啊。”

须原皱着眉头，一副快要哭了的表情。他完全想不出眼前这人是谁。

“您、您究竟是谁？”

“你没认出来吗？是我啊！你仔细看，想象一下没有胡子和眼镜的样子，你看。呵呵呵。”

计中计

“您化装了？哎呀，我还是……”

须原眯着眼睛眨了眨。

“哈哈哈哈哈，还是不知道？你看，是我啊！”

说完，松下摘掉眼镜和胡子，露出脸来给他看。

“你、你、你是佐川春泥？！这究竟是怎么回事？”

须原难以置信，怔愣地盯着对方。

“我们找个地方慢慢聊吧，我还有报酬没有收到呢。”

影男的报酬还差三百万。

“好，我也正想问问你。对了，那边有一片森林，我们去森林里边说吧，安全一点儿。”

这附近有一片茂密的森林，二人肩并肩，像好友一样走进密林深处。

“这里应该可以了，你也坐啊。”

须原坐在一处大树根上，影男在他对面坐了下来。

“我到现在也没想明白你究竟是怎么做到的。我完全被你给骗了啊！”

看着须原一脸的不可思议，影男笑着开始了说明：

“你还记得我们在东京港的小船上交换过手枪吧？其实我早就知道你有一把点二五口径的柯尔特，我也弄了一把一样的，那时候交换手枪是为了确认这两把是否完全一致。后来那天晚上，你来找我询问计划，我就趁机把你的枪调了包。”

“什么？调包？什么时候干的？你也太厉害了，你是魔术师吧？！”

“没错，我就是，以前跟着专业的魔术师学过。毕竟干我这行的，最重要的就是要会用魔术了。我把你的枪调了包，换过去的枪里第一发子弹是空弹，余下的都是实弹，我本来就打算被一枪毙命，所以剩余的都是实弹也没什么关系。而且，就算事后你检查手枪，枪里剩下的都是实弹，你也不会想到只有第一发是空的。”

须原脸上露出惊叹的神色。

“你真是好胆量！万一我再多开一枪，你不就真的死了吗？”

“哈哈哈哈，这就是心理学了。凶手都会害怕发出声响，只要开一枪对方倒地不动，那他们就不会再开第二枪了。

“你用我调过包的枪打我，而我又知道你会开枪打我，所以我提前准备了血浆，你一开枪，我就倒在地上往脸上涂血，伪装成脸部中枪的样子。”

但须原依然没有信服。

“等等，这不对啊！当时你是在我眼前倒下的，我还探了你的心跳和脉搏，确实都停了，怎么可能起死回生？”

“那也是魔术。”

“魔术？魔术能让脉搏停止？”

“让心脏停止跳动还是很难的，所以我在衣服里夹了一块贴身的塑料板，这样就摸不出心脏跳动了。至于脉搏，只要在腋下夹一个比乒乓球略大的硬橡胶球，紧紧压住动脉，脉搏就会暂停一段时间，自古以来魔术师都用这个办法，并不是什么难事。”

“竟然还有这样的技巧，真不愧是‘影男’。所以，你是趁我打电话期间换了一具真尸体？”

“在海上交换手枪的时候我就已经知道了你的企图，所以我提前从医科大学偷了一具尸体藏在书房旁边的树林里。那尸体与我年龄相仿、身材相似，你去打电话的期间，我在尸体脸上弄出伤口涂满血，再给他换上我的衣服，成功地把你蒙骗过去了。”

须原终于露出一副佩服的神情。

“我真是敌不过你，你太厉害了。我本打算让你想一个完美的犯罪计划，再用这个计划对付你，没想到你竟然早就察觉到了我的意图，还将计就计反将我一军，我承认是我技不如人。不过，我还没输呢，说不定计中计里还有后手哦。”

须原露出阴森的笑容，笑得满脸皱纹。

看他这个表情，影男心道不好，忙向口袋里伸手，但他忘记自己并没有带枪。他刚要站起来，身后却突然伸出一条手臂，紧紧地勒住他的脖子。暗处竟然还藏着一个人！

见状，须原也扑了过来。须原又瘦又矮，并没有造成什么威胁，但身后那人的胳膊像铁圈一样力量惊人。

影男拼尽全力掰开脖子上的手臂站起来，随后展开了长达五分钟的激烈搏斗。

对方有两个人，影男这边只有他自己，而且新出现的这人十分强悍，双拳难敌四手，厉害如影男也终于败下阵来。他的双手双脚都被细绳捆住，嘴里塞了一块手帕。

“哈哈哈哈哈，粗心大意可不像你会犯的错误，你也没想到这里竟然会有伏兵吧？归根结底，还是我赢了。”

须原气喘吁吁地嘲讽道。

另一个人影男并不认识。他叫斋木，就是当初筱田和美与子被关在房间里时在外面砌墙的那个司机。

“抓点儿紧，快把他搬到车上去吧。”

两人抬着影男往森林深处走去。森林里有一座神社，他们从神社外围的灌木篱笆缺口走出来，上了路边停着的一辆车。

影男被塞进后座，须原坐在旁边监视他。司机坐上驾驶座，汽车开始缓慢地行驶，司机一边开车还一边回头和须原说话。

“专务，刚才急着把他搬上车，我就没和您说。出现劲敌了，咱们现在情况不妙。”

“劲敌？”

须原吃惊地盯着司机的脸。

“他耳朵还能听见，让他知道没事吧？”

“没关系，反正他也逃不掉，过一会儿就是个死人了，有什么话你就说吧。”

须原信心满满。

“那我就说了。明智小五郎注意到我们了。”

“什么？明智小五郎？”

“来这儿之前我一直在六本木的事务所，您出去后不久就来了一通电话，说明智小五郎已经注意到我们，要我们小心一点儿。不知道对方是谁，说不定只是恶作剧，但我认为还是小心为妙，我们回去之前应该好好观察一下周围的情况。”

“没错，如果是真的，那可就麻烦了。明智身后可是警视厅，他一开始行动肯定事关重大。另两位董事知道这件事吗？”

“我给二位打了电话，他们现在已经逃到安全的地方了。”

须原抱着胳膊陷入了沉默。

司机也开始加速。

“行，就停在这儿吧，你先下去看看。”

车已经开进了六本木。司机按照须原的指示停车，自己下车查看，不一会儿一脸凝重地走了回来。

“不行，前后有五六个人，不知道是不是刑警，但肯定是在等我们回去。”

“那就去品川的事务所，去御殿山。”

杀手公司在御殿山也有事务所，他们的藏身之处似乎遍布各地，否则也办不起这种无法无天的公司。

到了御殿山附近，司机再次停车下去查看，没多久又脸色苍白地跑了回来。

“不行，这儿也有人看守。我们去哪儿啊？”

“去尾久。”

说完，须原又沉默了。车飞快地向前驶去，品川离尾久有相当一段距离，到尾久时，天已经快黑了。

然而，尾久的住处附近也有人把守。

须原犹如被逼入绝境的丧家之犬。

他们又去了三个地方，但每一处都有人监视。这不是区区一个私家侦探能办到的，警视厅肯定已经出动了。

东躲西藏的须原二人终于无处可逃，在世田谷区的街道上进退两难。

须原陷入了沉思，现在警方说不定已经拉起了警戒线，离开东京风险太大，而且东京都内的主要街道上可能也有人排查，必须尽快藏起来。

须原终于认栽了，这种时候只有出奇的妙计才能救他。他轻轻戳了戳身旁筋疲力尽的影男的肩膀。

“现在的情况你也都听见了。你之前帮我出谋划策，我要是被抓住了，你也是同犯，更何况你自己也干了不少坏事，一旦被抓肯定永无出头之日。所以，打个商量吧，告诉我一个安全的藏身地，明智也好，警视厅也好，谁都找不到的地方。如何？你要是愿意说，我就给你把手帕拿出来。”

见影男重重地点了点头，须原立刻取下了他嘴里的手帕。

“又要和好？”

影男一开口就讽刺道。

“嗯，没办法，现在我们双方的利害一致，暂时休战。总之，现在你我都有生命危险，只有你能想出办法，为了我们双方你也得绞尽脑汁啊。”

“这是被迫讲和？你还真是随心所欲。不过，既然你这么说，那我就出一个主意给你，毕竟我是个随机应变的人，至今还未尝败绩。”

“拜托了，拜托了，全靠你了。”

“那就把绳子解开，被绑着我想不出好主意来。”

“好，我现在就解开。不过，你不会打算丢下我自己逃了吧？”

“你要是不放心就算了，又不是我求你。”

“好，好，我知道了，我给你解开。但如果你要逃跑，我也就破罐子破摔了，我有枪。你看，这次里面装的可不是空弹。”

须原掏出柯尔特威胁影男，然后解开了绳子。

影男活动着重获自由的双手，问：

“现在在哪儿？”

“下高井户附近。”

司机回头答道。

“到荻洼需要多长时间？”

"十五六分钟吧。"

"好，去荻洼，走青梅街道，一会儿就到了。我要提前打个电话，路过公用电话的时候停一下车。"

车辆再次启动。西边天空的晚霞渐渐淡去，路灯亮了。

很快，他们路过一个公用电话亭。须原在口袋里握着枪，和影男一起下车，盯着他走进电话亭。

"好了，找到地方了。接下来给你看些有趣的东西。"

不一会儿，影男笑嘻嘻地走出来说道。

穿过国铁的轨道，汽车开到青梅街道上。影男指挥着司机左转右转，最终停在一栋高墙围绕的宅邸门前。影男已经提前打过电话，车一停下，蔓藤花纹的铁门就悄无声息地打开，待车进去后，又静悄悄地关闭起来。

艳树之森

三人下车后，不知从哪里冒出一个身穿黑色天鹅绒衣裤的男子，他与影男低声说了些什么，然后带着他们绕道去了后院。

后院树木繁茂，大水池里的水黑压压的。黑衣男抬手示意，几人在水池岸边停了下来。影男知道接下来会发生什么，但须原和司机是第一次来，二人心头不由得萦绕着异常的不安。

"这地方真奇怪，接下来要做什么？"

须原贴在影男耳边担心地小声说道。

“要躲进这个池塘里。”

影男回想起自己的经历，一边在心中暗笑，一边故弄玄虚地答道。

“你说什么？要躲进这片水池里？”

“没错，就是要钻进去，潜入水中。呵呵呵，放心吧，不是让你直接跳进去。你就看着吧，一会儿你就知道了。”

大家都沉默不语。这附近十分荒凉，只有这一户宅邸，庭院本身也像森林一样宽广，四下寂静无声。暮色四合，周围没有一盏灯，昏暗得分辨不清周围的景物，黑暗和寂静让人感觉仿佛置身幻境。

黑色的池水表面开始微微晃动，突然从水中伸出一根烟管一样弯折的铁棒——是潜望镜。它伸出一米长时，池水晃动得更加剧烈，一个直径近一米的圆筒像水怪一样探出头来。

铁圆筒在水面上方约六十厘米处停止上升，然后圆形筒盖静静开启，从中伸出一架铁梯搭在了池岸上。

“请。”

黑衣男的声音低得像在自言自语。他率先爬上梯子，钻进了圆筒里。

“这是异世界的入口，一旦进去就会断绝与现实世界的一切联系，进入一个全新的世界，绝对安全。走吧，跟我来。”

影男说完也爬上梯子。须原和司机也跟了上去。

铁筒里装有竖直的梯子，几人依次爬下去，紧贴在狭窄的圆筒底部。

须原和司机没有经验，被关在这漆黑狭小的空间里，又不知道接下来会发生什么，不安与恐惧源源不断地向二人袭来。

忽然，耳边传来马达声，圆筒开始摇晃，像是电梯下降一样让人眼晕。

圆筒静静地沉向池底，等它再次停下来时，面前的铁壁上出现了一条纵向的银光，并迅速地变宽——铁壁上的门开了，外面的灯光随之照进来。

这时铁筒已经变作了两层以确保不会进水。待几人走出铁筒，双层门又自动关闭。

“这边请。”

黑衣男带领几人走向洞窟深处，打开岩壁上一扇难以辨认的隐藏门，进入一间小小的待客室。

“欢迎欢迎，接到您提前打来的电话，我特地在此恭候各位。”

原本坐在椅子上的人站起身来向他们问好。这是一位绅士，又白又胖的脸上留着小胡子，一副西式做派。

“我已经来过一次，但这二位还从未来过，所以我想带他们来见识一番极乐之景。”

影男向绅士介绍道。

见大家都就座，黑衣男行礼后正打算离开，影男叫住了他：

“请帮我们把车停进车库里，别被人从外面看见。”

黑衣男点头答应，鞠了一躬离开了。

“那么，我们就按照规定先支付费用，和之前一样可以吗？”

“当然可以。”

白脸小胡子搓着手答道。

影男掏出支票本和钢笔，在金额一栏写下一百五十万，一边递给小胡子一边说道：

“这是我的支票，绝对没有问题。我可是熟客了，您信得过我吧？”

“当然了，您的巨额收入我们也是有所了解的。”

小胡子挤了挤眼睛，笑容似乎意有所指。

“我们三人可以一起进去吗？”

“当然可以。不过我需要提醒您，现在的景色和您之前参观时大不相同。当时的景色是海，现在已经变成了森林，叫作‘艳树之森’，别有一番风味。第二间全景画馆也焕然一新，现在是荒凉的世界尽头。走那条路……不，这个我还是先不介绍了，你们在艳树之森里任意游荡，自然会走到下一个世界中去的……那么，请沿着这条路一直往里走，带路人与之前一样，中途就会出来迎接各位。”

小胡子为他们指了路，三人在隧道般的洞窟里前行，凹凸不平的岩石表面在隐秘的灯光下昏暗不清。

走了一会儿，洞窟深处出现一个白色的身影，与之前一样是一位全裸的美女。美女带三人进入石窟浴场，按照先前相同的流程为他们洗浴、换好衣服，只有司机斋木不知为何没有下水，仅仅换了套衣服，衣服依然是紧身的天鹅绒衬衫和长裤。

之后，三人走进漆黑的洞窟，隧道渐渐狭窄，他们只得匍匐前进，不一会儿便走到了尽头。但影男有经验，他带着两人等在原地，等着面前的岩石横向挪开，露出前路。

岩石对面是一段陡峭的上行台阶，走上台阶顶端，一个不可思议的神奇世界展现在眼前。

眼前是一片一望无际的大森林，三人正处在森林中央。

当然了，这里不是地上，三人依然身处地底，但地底不可能有如此广袤的森林，这无疑是经营者巧妙的障眼法。他曾利用全景画原理在地下创造了一片大海，这片森林恐怕也用了相似的手法。

然而，这片森林却是在现实中绝不可能见到的，森林中的树诡异妖艳，世上任何一位植物学家都未曾见过。

两抱粗的树干上布满了白色、粉色、浅褐色的曲线，一刻不停地蠕动着。树冠上的叶子像巨大的棕榈叶，枝繁叶茂，遮天蔽日。

森林中弥漫着一股暖洋洋的甘甜芳香，那是年轻女子肉体散发出的香气。

三人走近最近的一棵树干，小心翼翼地观察起来，只见树干竟然是由裸女的身体组成的。或许是树中心立了一根棍子吧。棕榈叶在顶端向四周伸展，但树干却是活的，赤身裸体的女人从上到下紧紧地偎靠、堆叠、拥挤在一起，构成了白色、粉色、浅褐色相互交织的树干。

身体与身体紧贴、重合，纠结成一根带有妖娆曲线的柱子，像是古印度石窟中的石柱雕塑。但石柱雕塑是静止不动的，这里的却是鲜活蠕动着的肉体雕塑。

定睛细看，只见一人的头被另一人夹在腋下，看到他们还嫣然一笑，一人丰满的臀部压着另一人颤动的乳房。臂与臂相交，腿与腿相缠，有的肢体化为肉树枝条横伸出来，蓬乱的黑发像绕着巨树生长的藤蔓。她们尽力保持着静止，但却抑制不了身体的自然颤动。

若是只有一棵，倒也没有太过让人惊讶，但这里的裸女巨树竟有成百上千，抬眼望去，整片森林无边无际。这真的不是在做梦吗？

就算一棵树上只有十几个人，几百棵、几千棵树要动用的人数也根本数不清。这个地底世界竟投入了如此巨资？按刚才小胡子所说，这里应该只有几百人才对，但区区几百人根本造不出如此盛大的裸女森林。

难道，这幅景象也用了全景画原理，远处的树木都是壁画吗？但远处的树也都像活物一般在不停地蠕动，这究竟是怎么回事？

三人目瞪口呆，踉跄地在这妖异的树干间前行。右手边，白色、粉色、浅褐色的妖娆身体层出不穷，虽然很少有人把脸朝外，但露出来的每一张脸都朝这三位旅行者投来妩媚的笑容。丰腴的腰、腹、胸、肩、臀、大腿、手臂紧紧地围绕在脸旁微妙地蠕动着，有的肌肤白皙光滑，有的粉红水润，有的则蒙了一层晶莹的汗珠。

“啊，快看！那边来了几个黑衣游客。”

须原张口说出来到地底的第一句话。

向对面树木的缝隙间仔细一看，果然有三个黑色的人影正朝这边走来。

“啊！那边也有！”

另一个方向也是三个人。

“后面也来了！”

循着司机的声音回头看，后面果然也有三个人。

“那儿也有！”

“啊！这边也有！”

三人环视四周，发现四周每隔二十米就有三个黑影，每一处黑影对面又有相同的黑影，远处还有模糊不清的小黑影。黑影从四面八方将三人包围起来，数不胜数。

难道是他们疯了？在做一场恐怖的噩梦？

“啊哈哈哈哈哈！”

影男突然大笑起来，其余二人惊讶地看向他。

“我知道了！这个戏法的秘密是镜子。在四面镶上镜子……不对，不是四面，这是个八角形的房间，应该是在八面都镶了镜子。真树只有十棵左右，经过镜子的多次反射才形成这种漫无边际的效果。黑衣游客也是一个道理，实际上只有我们三个人，映在八面镜子里看起来才有这么多人。

“如果在地面上用这个方法肯定马上就会暴露，但这里是地底洞穴，而且照明做得很巧妙。这个构思太出色了，一般人到这里看到这些女人组成的树干，肯定要大吃一惊、眼花缭乱的。”

就算知道了谜底，眼前的景色也丝毫没有丧失魅力。无论如何，这里有数十名真正的裸体女孩儿充当着树干，不同的肤色、丰满的肉体、交错的曲线、女妖塞壬[1]一般魅惑的笑容……将这些细节一一看过之前，任何一个男人都不会感到厌倦。

这时，不知从哪里传来一阵喧闹的鼓声，就像布莱克伍德[2]在亚马孙河流域的无人之境听到的诡异声响。

三人不寒而栗，互相看了看彼此的眼睛。

继鼓声之后，四周又响起了弦乐声，十几把小提琴合奏出妖异的旋律，组成树干的女子们随之齐声高歌，气势雄壮的女声四重奏响彻森林。歌声在洞穴里回荡，经过镜子的反射产生奇妙的共鸣，仿佛整个森林被歌声所包围，在歌声中摇晃。

震耳欲聋的歌声或低沉或高亢，绵延不绝。三人被节奏包围，被节奏影响，自己的身体也开始不自觉地随着节拍晃动。

身穿黑色衣裤的三人轻柔地挥动双手，静静地踏着舞步，姿势奇特地穿行在歌唱的树干之间。

三人转来转去，眼前掠过一个一个盛满笑意的眼眸、润泽美丽的嘴唇。女子们裸露的长腿和手臂像跳芭蕾舞一般高高举起，也随着歌声缓缓地律动。三人边转边跳，抚摸着她们的手、她们的腿、她们的肩、她们的胸，甚至她们唱歌的嘴唇。

“啊！那是什么？”

须原突然怪叫一声。朝他手指的方向看去，影男也不禁

---

① 塞壬：希腊神话中人首鸟身的海妖，有着天籁般的歌声和迷人的外表。

② 布莱克伍德：即阿尔杰农·布莱克伍德（1869—1951），英国恐怖小说家，痴迷于研究超自然现象，并将经验用于写作上。

“啊！”的一声呆立在原地。

只见树木之间出现了一个怪物，与裸女缠绕的树干相似，乍看之下根本无从分辨。

怪物身形巨大，通体粉红，前后左右共有五张人脸，还长了十只手、十只脚，像蜈蚣一样逐渐靠近。

竟然是五位裸体的美女将身体扭曲缠绕在一起，组成了一只妖艳的怪兽。五张脸容貌娇艳，红唇齐声歌唱，十只婀娜的手臂打着拍子，十只脚轻巧地踏着舞步。

进入地底已经两个多小时，须原他们忘记了时间，忘记了自己被通缉的身份，忘记了现实中的一切烦恼，沉浸在这片艳树之森里，陶醉于响彻地底世界的音乐、歌声与狂舞的十脚怪兽。然而突然之间，他们注意到一件怪事。

周围镜子里的黑衣人影似乎正在增加。刚开始谁都没有发现，但不知不觉中，人影已多到不得不让人注意。影男先停下脚步，须原也随之停下来。

“怎么回事？是我眼花了？还是什么魔术表演？”

“我也看到了，镜子里的人影多了一倍，不对……多了三倍！树干之间全是黑影。你看，我把手抬起来，但许多人影根本没动，它们不是我的影子！有人进来了？”

两人抬起手脚环顾四周，发现镜子上只有一小部分影子抬起了手脚。果然有其他的黑衣人进来了，而且还不止一两个，足有十多人。

音乐和歌声丝毫未受到影响，还在继续。是这震耳的乐声麻痹了他们的神经吗？

并不是他们的思考能力出现了问题，而是镜中的黑衣人不一般。黑衣人形成了一个包围圈，从四面八方悄悄地靠近影男和须原，如同警察包围罪犯，十多人的包围阵一步一步地逼近。

二人已经动弹不得，不祥的预感涌上心头。

此时，音乐与歌声达到了最高潮，女人们疯狂地摇摆身体，巨大的声响震动着周围的镜子，似乎整个洞窟都在一齐晃动。

声音戛然而止，女人们如人偶一般停止了动作，因为她们听到了一声不寻常的尖锐声响——枪声。万籁俱寂，只剩耳鸣。

二人大惊失色，他们环顾四周，发现紧逼上来的黑衣人手里都握着枪。七八个黑衣人映在镜子里就变成了成百上千人，成百上千个枪口对准二人。

“举起手来！”

走在最前方的一人大吼一声，打破了死一般的寂静。

影男和须原乖乖地高举起双手。如此妖异的环境和成功的突袭，打得这两个恶徒措手不及，毫无还手之力。

“逮捕杀手公司专务须原正与影男速水庄吉。”

这是警察的声音。警察怎么会来这里？这里可是地底世界，而且他们竟然还穿着贴身的黑天鹅绒衣裤。

“你们究竟是谁？”

“我是警视厅搜查一科中村警部，这是对你们的逮捕证。”

说着，黑衣人掏出一张纸来，一眼就看得出来是正规的逮捕证件。

这究竟是怎么回事？难道地底世界的老板是警方内应？小胡子背叛了与影男的友谊偷偷报了警？不，不可能，小胡子利用地下装置非法获利，要是被警察知道了肯定要受重罚，不可能是他报的警。那么，究竟是谁呢？

“喂，须原，你手下那个司机去哪儿了？”

影男一脸可怖地瞪着须原。

“嗯，我刚才也注意到了。喂！斋木！斋木在吗？”

听到须原的呼声，司机斋木拨开黑衣人，出现在二人的身后。他看着两人滑稽的样子毫不惊讶，还咧嘴一笑。

“你们两个，报应的时间到了。”

须原没想到自己的心腹竟然会说出这样的话来，他大吃一惊，整张脸涨成了紫色的，他双眼狠狠地瞪着对方，眼球几乎要夺眶而出。

明智小五郎

“斋木！你说什么？你疯了吗！”

须原满脸怒容，大声斥责道。

“我没疯，倒是你，可是一直都认错人了。”

斋木对社长毫不客气。他朝身边的警察使了个眼色，就有两名警察上前对影男和须原搜身，确定他们并没有携带凶器。

“我认错了？”

须原怒目圆睁，表情阴沉地看着他。

“你不是以为我是斋木吗？”

“这么说，你不是斋木？”

这时，斋木单手抓住自己的头发用力一拽，露出下面毫无光泽、乱糟糟的头发。之前的竟然是一顶假发。

他又捂住自己的脸稍微摆弄了一会儿，待他放下双手，露出来的脸虽然与斋木很像，但却完全是另一个人。

影男曾在报纸杂志上见过这张脸，那顶乱蓬蓬的头发就是他的标志。

“你难道是……”

“我是私家侦探，我叫明智。”

他冲二人嘻嘻一笑。周围鸦雀无声，影男和须原一时竟说不出话来。

不一会儿，须原从一瞬的惊慌中恢复平静，开口问道：

“嗯？你就是大名鼎鼎的明智侦探？恕我眼拙，没认出来。我是听说你善于变装，不过，你究竟是什么时候……”

“在六本木毒气事件之前。幸亏我与斋木有些相似，我把他关起来，化装成他的样子，直到刚才为止，我可是一直在尽心尽力地扮演你忠实的手下呢。”

明智还是笑嘻嘻的。

“哈哈哈哈哈，这么说，你也是杀人的同伙啊！杀害筱田昌吉和川波美与子的时候，是你砌的砖墙！也是你打开的毒气开关！”

“你要是这么想可就大错特错了。”

“你说什么？”

“我砌墙、放毒气的时候，那两人已经不在房间里了。”

“笑话，我们一直在门外看守，除了那扇门根本没有其他出入口，他们怎么可能出来？”

“确实一直有人看守，但你并没有一直守在门口。”

“什么？”

“他们被关进房间后，你从小窗户那里戏耍了他们一阵儿，之后又去接川波良斋。那时候守门的可只有我一个人。”

须原一双眼睛几乎瞪出来，他又惊又怒，嘴里说不出一句话。

“趁你不在时，我打开房门把他们放出来。他们从走廊里的窗户翻出去，沿着树荫绕到后门，我的属下就等在那里。”

“不，这不可能。川波从小窗户往房间里看的时候肯定看到了他们，不然他不会善罢甘休的。”

“这个嘛，我使了个小计谋。我提前准备了衣物和鞋，用报纸包好藏在储物室里。等你离开后，我就让他们换上衣服逃走，再往他们原来的裤子、裙子和鞋里塞上旧衣服，放在窗子正下方的墙边。从窗户往下看是看不到上半身的，川波自然也就以为他们二人绝望地倚在墙上，想不到他们竟然已经不在房间里了。”

“可恶！竟然被你给骗了！”

须原捶胸顿足，不甘地怒吼道。

影男则兴致勃勃地从旁观看。他还是头一次听说筱田和美与子得救一事，他几乎想拍手称赞名侦探的高明手段，须原这矮子的狼狈模样也让他心情大好。

然而，作为名侦探与罪犯的对决场地，这个场景实在是有些诡异——侦探在无数裸露的、蠕动着的肉体的包围下揭露着杀人事实。

见黑衣警队入侵，大多数女人已经从树干上爬下来。但比起警察带来的恐惧，还是好奇心占了上风，她们像看街边杂耍一样围在明智和两个犯人身边，竖着耳朵听他们不同寻常的对话。

明智继续说道：

“一切都取决于你对斋木的信任。如果你没有这么信赖他，我的计划大概也无法成功。为了加深你的信任，我还在森林里袭击了这位佐川——还是速水先生——把他抓起来，开车带你辗转于东京的各个根据地。不过，每到一个地方我都说有警察看守，那是骗你的。你太过信赖斋木，也就没能识破我的谎言。

“我这么做的目的，就是要等你走投无路时向佐川求助。我很好奇佐川会带我们去什么地方。之后，我们就来到这里，见识到这个光怪陆离的地底世界，还发现了另一个神奇的犯人。

“我以前还从未遇到过像你们这么不同寻常的罪犯，一个杀手公司的专务，一个专门搜集他人隐私实施敲诈勒索的‘影男’，还有一个在地底经营全景画王国的怪人，一箭三雕，我这次真是收获颇丰啊，哈哈哈哈哈。”

明智这才真正发自内心地大笑起来，轻快兴奋的笑声飘荡在人们头顶，在周围的镜子间回响。

这时，影男也微笑着走近明智，开口说道：

“明智先生是第一次到这里来吧，你到底用了什么办法这么快就与警察取得联系的？这其中也有什么秘诀吗？”

“当然有。”

明智的语气就像在和好朋友聊天。

“你知道我有个叫小林的助手吧？他就藏在我们那辆车的后备厢里。你问他是什么时候藏进去的？就在森林里，我们把你绑起来之前。

“我们开车进入大门之后，小林就偷偷地从后备厢里爬出来，找电话将这里的地点报告给警视厅。于是，中村警部带人赶到这里，一直在墙外等待时机。

“另一方面，我在这里也做了些准备。刚才，在你们欣赏艳树和艳兽时，我稍稍离开了一会儿，做了一件事。

“趁你们不注意，我原路折返到入口附近的办公室，使了些手段让小胡子坦白，大概了解了这个地底世界的情况。这里总共有八个男人，我把他们分别叫到办公室里一个个地绑了起来。别看我看起来平平无奇，但我对自己的臂力还算有自信，一对一肯定不会输。

“之后，我逼着小胡子把池塘里的圆筒升到水面上，将在外等待的十名警察带进来。中村警部和其他七名警察换上黑色衣裤闯入这片森林，余下的两名警察在办公室看守小胡子和八名男子。

“虽然我没有时间在这里细说，但我可以告诉你们，我是通过山际良子追查到你们的。她是佐川众多女友之一，很聪明的一个小姑娘。你有一段时间没见到她了吧？因为她已经为我所用了。当然了，我们不是恋人，她只是被我的热情感动，从坏人身边迷途知返了而已。她把她知道的事情全部告诉了我，我也大概了解了你之前做过的恶事。川波良斋复仇一事我自己也参与了，自然是清楚的。除此之外，你接受原侯爵夫人春木的委托，将名为小林的流浪歌手藏尸枯井一案，还有你接受杀手公司须原的委托为他们出谋划策，利用人造沼泽杀害富商毛利的情人一案，等等，我都掌握了确凿的证据。

“在调查你的过程中，我知道了须原的杀手公司的存在，也知道了你们二人时敌时友的关系。之后，我化装成须原的心腹斋木，变成杀手公司的一员调查你们过去的种种恶行。

“而后，我制订了一个能够一举消灭你们二人的计划。如你们所见，不仅计划成功了，还意外收获了一个我从未听说过的地底魔境。”

明智讲完时，影男和须原早已悄悄交换了眼色，一点点往后退，已经与明智拉开了三米的距离，似乎是想要混入人群。

明智看到了他们的动作，但仿佛在他预料之中一样，明智十分坦然地摆出一副视而不见的样子。

“啊！明智，他们要逃！”

中村警部上前戳了一下明智的手臂，但已经晚了，两个犯人已经冲进了人群中。他们穿过密密麻麻的白色、粉色、浅褐色的肉体，朝镶着镜子的墙边跑去。八名黑衣警察上前追赶，却仿佛置身于女人的海洋，实在是难以接近二人，而且开枪肯定会误伤女人，手枪也派不上用场。

八角形的房间已经变成一锅沸腾的开水，真人与镜中的影像合二为一，上千名裸体女子和黑衣人混杂在一起，吵闹、混乱、慌张、晃动。成百上千张口中迸发出悲鸣，似是人间的阿鼻地狱。

影男与须原拉着手，朝着闪闪发光的墙跑去。他们面前的女人一个个摔倒在地，发出尖叫。在一片混乱之中，二人终于抵达了墙壁。

只要沿着镜墙巡视一周，肯定能找到通往另一个全景画世界的入口。他们没有忘记小胡子说的话，不约而同地想到了这一点。只要进入另一个全景画世界，说不定就能找到其他的逃脱方法。小胡子说那里是世界尽头，被逼到绝境的极恶之人，也只能逃往世界尽头了。

二人沿着镜墙奔跑，镜子内外挤满了肉体，他们互相推来搡去，拥挤着扭打在一起，呻吟、尖叫、哭泣、呼喊。

路过一个、两个、三个、四个转角，两人的注意力没有从镜子上离开过。他们不停地用手推动镜面，或敲，或踢，或是用身体撞，来确认是否有暗门。

“啊！在这里！”

影男大喊一声。镜子的一部分摇晃了一下，露出一个黑漆漆的洞口，两人拉着手滚了进去。他们刚一进去，镜子就紧紧闭合，立马恢复了原状，也没有人追上来。两人终于进入了另一个世界，这里既没有女人的悲鸣，也没有警察的怒吼。这里，是死亡的国度。

世界尽头

明智小五郎和中村警部等人回到地底世界入口附近的办公室。

地底主人小胡子和他手下的八个男人都被绑着手脚蹲在地上，两名警察在监视他们。

“先生，两名犯人已经逃进了另一个全景画。那个房间的镜子上有暗门吧？”

明智走到小胡子面前问道。对方双手被绑在身后，抬起上半身，一脸怨恨地看向明智。

“没错，不过，一般观众在进入暗门的过程中会失去意识。我们会趁着他们失去意识期间偷偷地把他们搬过去，等观众一睁眼，眼前已经是另一个世界了，这样的效果是最好的。所以我们会使用麻醉瓦斯。在观众充分观赏过艳树之森后，美丽的魔女会围绕在观众身边，打开气体开关，朝他们的鼻子喷麻醉瓦斯。

“所以，那两个人在清醒的状态下打开暗门进入另一个世界会破坏我们精心的设计，这样一来两个世界就是连续的了。”

即使是被抓起来，小胡子依然能说会道。

“你刚才说另一个世界是世界尽头？那里究竟是什么样子？”

“那里确实是世界的尽头，是地球的尽头。只有荒凉的岩石和无边无际的大峡谷。”

“除了这两个世界，还有其他景观吗？”

“没有了，这两个世界已经把我的地底王国占满了。”

“也没有其他通往外界的通道？”

“当然没有，出口只有池塘里那一个。所以只要你们在这儿严加看守，就不用担心那二人会逃出去。”

“我也是这么想才故意放他们逃走的。然后呢，这个世界尽头的世界里会发生什么？”

“会有美丽的天女云降下，不过需要有人转动机器。”

“最后还是用麻醉瓦斯让他们入睡？”

“没错，每到一个世界都要让他们睡一次。但还是那个道理，没有人操作机器的话就不会有气体放出来啊。”

“那你会操作那些机器吗？”

“当然了，那些机器都是我设计的。”

“很好，我给你松绑，你去操作机器。当然了，我会一直跟着你。”

“我知道了，请您快点儿给我松绑吧……对了，你们到底要把我怎样啊，要把我抓起来吗？我什么坏事都没干，也没有杀人、没有盗窃，只是用自己的钱在自己的地底下挖了个洞，建了一个壮观的异世景观而已。就算我有罪，也只是无照经营吧。”

“你应该不是什么重罪，不过肯定免不了详细调查，否则谁也不能确定你是不是清白的。”

话虽如此，小胡子可是经营着“恋人绑架业”，虽然没有“杀手公司”这么严重，但也绝不可能逃脱法律的惩罚。

在明智的陪同下，松绑后的小胡子在陡峭的岩石隧道里转了几圈，来到了所谓的机械室。

这是一个类似于电梯机器的设备，巨大的齿轮相互咬合，粗轴上缠着电线。另一边的配电盘上装有许多开关，使用这些开关就可以操纵机器。

机械室外的地上贴满了厚玻璃板，接缝纵横交错。仔细一看，是由一块块六尺见方的大玻璃板拼接而成。

“下面就是世界尽头。你看，那边有个四方形的透明块儿，从那里可以看到下面。这片玻璃下面一侧是镜子，只有那里是透明的，用来观察下面的情况。从底下看就只是一块普通的镜子，丝毫看不出破绽。”

向下俯瞰，黢黑的岩石裂缝深不见底——这里就是世界尽头。

肉体之云

影男与须原二人在漆黑的岩洞中行走，不一会儿，眼前豁然开朗，不过出现的却又是一幅惊人景象。

只见两侧耸立着黑色的岩山，巍峨陡峭，直插云霄，岩石裂缝之深让人怀疑这里已经接近地心。这里是一片峡谷，但称之为峡谷又有些不妥，世间没有哪个峡谷有如此壮观惊人的景色。

两名罪犯像裂缝底部的两只蚂蚁，伫立在原地抬头仰望。

两侧的悬崖高数百米，尽头是闪烁着星辰的美丽夜空。

“那真的是天空吗？这地底有这么深？”

在这壮丽的风景面前，须原忘记了邪念，忘记了贪欲，只是一个劲儿地因震惊而发抖。

“不可能。如果我们不是在做梦，这里一定还是地下洞窟，肯定也是全景画的障眼法。我猜屋顶上应该贴了镜子，让这峡谷的深度加倍……不对，应该是这里的石头能让人产生错觉。星星可能是小灯泡，也可能是从别的地方投到镜面上的。”

影男有着魔术师的性格，始终从魔术的角度来进行解释。

两人蹲在黑暗中茫然地仰望着天空。这奇妙的景象让他们暂时忘记了现实，诱惑着他们进入虚幻之境。警察也好，私家侦探也好，似乎都已经是很久以前的旧梦。

头顶裂缝的天空渐渐亮起来，闪烁的星星一个个消失。慢慢地，天空变成紫色、褐红色，最后变作鲜艳的朱红色——天亮了。朝阳的光芒照在断崖上，给凹凸不平的岩石染上了红紫色的横纹。但阳光并没有到达谷底，仅仅照在悬崖的顶端。

红霞渐渐褪去，天空变成珍珠般的乳白色，谷底也隐约开始放亮。随后，不知不觉中，天空从淡蓝色变成深蓝色，最后变成了万里无云的蔚蓝天空。

耳边隐约传来风声，一朵形状奇特的粉红色云朵正静静地飘来，似是被这阵风吹过来的。

“啊！那是不是云彩？几个裸体女人抱作一团，变成一朵云彩飘过来了！”

“是脱了羽衣的仙女，一群仙女飘过来了。”

那朵仙女云一边飘一边变幻着颜色：粉色、橙色、绿色、紫色、蓝色、红色，或是一半绿、一半胭脂红，色彩多变如七色彩虹。

云朵似动未动，一直浮在裂缝上空。

“那应该是用绳子吊起来的，使了某些手段让我们从下面看不见。”

影男瞬间开始从现实角度思考问题。

湛蓝的天空忽地阴沉下来，空中出现一点深红。只见红点快速地扩大，如同一块垂下来的幕布，呈现出巨大的褶皱。绯色幕帘形成蜿蜒的曲线，不停地下垂，遮住了整片天空。

“这是北极的极光！和我之前见过的图画一模一样！”

绯色的光幕继续下降，将横向飘浮的仙女云也笼罩起来。但光幕毕竟是透明的，仿若隔了一层红纱，仙女云娇艳的姿态依然清晰可见。

“啊！那云在下降！离我们越来越近了。”

妖艳的仙女云确实在一点点地下降，它穿过了绯色光幕，复杂妖娆的曲线闪烁着粉色的光芒。

除了整片云本身在下降之外，随着七具躯体不断地做出优美的动作，云的形状也在不停地改变。

云朵已经降到了断崖之中，两侧的岩壁全部遮蔽在阴影中，但仙女云自身仿佛会发光，闪烁着乳白色的、桃粉色的光芒，逐渐迫近二人的头顶，朝二人压下来。

这时，不知何处传来一阵微弱奇异的音乐，像掠过树梢的风声，又像山涧潺潺的水声。是清唱？管乐？或是弦乐？像是其中一种，又似是三者和声。音色古老悠扬，神明、死亡与爱的音调混杂其中。

与此同时，两人身旁的石缝中飘出一股淡淡的青烟，那烟并不向上飘浮，只是弥漫在谷底，飘荡在两人腰际、胸口，最后飘到了脸上。这烟有一种奇妙的甜味，让两人如同酩酊大醉。

不知不觉中，仙女云距离头顶只剩下五米。二人眼前被巨大的粉色云朵占据，肉体之云上刻着女人们的阴影，鼓起、凹陷、纠结、缠绕，蠕动着下降。

眼前的景象似乎是个令人瞠目的妖冶噩梦，有着任何事物都无法比拟的奇妙美感。七张笑靥如花的脸庞、十四颗乳房、七个润泽的桃臀、十四个光滑的肩膀、手臂、大腿……汗毛光洁闪耀。距离缩短至三米、两米，不一会儿，女人们就大得如同立体电影里的巨人，视野内已经装不下整朵云彩，只能看到一两个人的影像。

耳边回荡着天上的乐音，鼻尖萦绕着呛人的香料味道和女人体味，眼前充满了凹凸有致的丰满的肉体。肉体已经降到了二人头顶，眼前只能看见巨大的躯体的一部分——丰盈的肌肉与一片汗毛。

两人不堪肉体的压迫，慢慢地缩起了脖子，最后终于躺倒在谷底的岩石上。一具饱满、润泽、有弹性的肉体紧紧地压到他们脸上，皮肤相接，触感冰凉光滑。在眼前变得一片漆黑之前，肉体的皮肤像被显微镜放大了一般，巨大的毛孔和发光的鳞状角质也显露得一清二楚。

两名罪犯被从天而降的仙女云压在谷底，失去了意识。但并不是因为肉体的压迫窒息昏迷，而是因为之前从石缝里冒出来的青烟。

过去所有的影像从影男眼前掠过。

"呜，呜……再来，再来，快来踩我！踩死我吧！"

……美女如同踩年糕一样踩着狮子男肥胖的身体，每踩一下，男子嘴里都会迸发出野兽咆哮般的悲鸣……不只是脚，美女穿着横纹衣物、丰润饱满的翘臀也坐在了男人的脸上。

……女人想把腿拔出来，却让另一条腿陷得更深。越是挣扎，越向下沉……泥沼已经没到了她的大腿，裙子像浮在水面上一样散开。裙子漂散开来，让她看起来像是个身高只到大腿的美丽的矮人……沼泽没过了胸口，沼泽没到了脖子，裙子漂在脖子周围。慢慢地，慢慢地，嘴、鼻子、眼睛也沉了下去。沼泽没过眼睛时是最恐怖的……头发也消失了，只剩竖直伸出的双臂，像两只雪白的小动物在地面上凄惨地挣扎……最后，只剩下双手，像两只五脚螃蟹在泥上爬行。待到双手也消失，混杂着沙石的泥沼"噗噗"地冒出几个气泡，不一会儿就平静下来，仿佛什么都没有发生过。

……他发现这是一座成千上万的裸体女人堆积而成的人肉山脉。山上有无数只眼睛、无数张嘴唇、无数双手脚，大腿与人脸相叠，裸露在外的翘臀数不胜数。

……他爬上了这座人肉山脉。脚下，两个女人稍微动了动，露出一条缝隙，他的脚被夹在缝隙里。这时，身边的女人开始晃动，裂缝张开大口，将他吞噬在无尽的肉体沼泽中。上下、左右、前后，四面八方都是光滑柔软的女性躯体，富有弹力的曲面挤压着他穿着黑天鹅绒衣裤的身体，将他吸入充满脂粉、芳香与甜美触感的无底深渊。

……音乐与舞蹈一齐攀上了狂乱的顶峰。

……白皙的女人跌跌撞撞地四处逃窜，看准时机，如同疾风一般冲向男人。两把匕首在空中交锋，刀身上的光影如阵阵闪电晃过，男人也好，女人也好，胳膊、胸前、腰间、大腿，两人全身上下都布满了红色的伤痕，鲜血随着他们的动作纵横交错，织成一张覆盖全身的艳红血网。

……那是一块三十多平方米的空地，周围树木环绕，地上长满两三寸长的杂草，还放着两颗圆滚滚的大石头。两颗石头像活物一样微弱地蠕动。石头上长了眼睛、鼻子和嘴，一张是男人的脸，一张是女人的脸，两颗头隔着两米的距离相互凝视。本以为这是被斩下的首级，仔细看过才发现是一对奸夫淫妇被活埋在院子里。

忽然，影男感到身体剧烈地摇晃，肯定是地震了。他想逃，但却动不了。

“救命……”

影男濒死大叫，猛地睁开眼睛，才发现并不是地震，而是车体在摇晃。他坐直身体，发现面前并排坐着三名警察，他们身穿制服，腰间佩着手枪。正中间的人他有印象，是中村警部。

车内很宽敞，两侧设有硬长椅，三名警察和三个罪犯面对面。影男感觉手有些痛，低头一看，原来手上戴着手铐。影男认得坐在他右侧的矮子，他是杀手公司专务须原正，手上也戴着手铐；坐在左侧的白皙肥胖的小胡子影男也认得，是地底全景画王国的主人，手上同样铐着手铐。

“哈哈，这是押送犯人的车吧。”

影男仿佛大梦初醒，与身边的须原对视一眼，两人都笑了。

“你醒了啊。你们在谷底睡着了，我们费了好大的劲儿才把你们搬到车上。”

中村警部表情和蔼。

“我们这是要去警视厅？”

“没错，你们的账该算一算了。”

车上没有正常的车窗，只有一扇镶着铁栏的小窗，对面是司机穿着制服的后背。几人看不到窗外的街景，只得面面相觑。

三名罪犯脑海中浮现出煞风景的拘留所，然后是监狱的景象。影男和小胡子的想象就此止步，只有须原继续幻想着绞架，那下垂的、恐怖的绞绳萦绕在他心头。仔细想来，他已经接受委托杀了二十多人，死刑是不可避免的。杀手公司的另外两名董事当然也是同罪，要不了多久肯定也会落网。

囚车载着三名思绪各异的稀世罪犯路过护城河，前方已经可以看到警视厅的红砖。